サクラ
「どうですか、この瀟洒《しょうしゃ》なメイドさん的な気遣い」
ドロシー
「それはね……戦争だよ、君」
クー
「全世界美少女くすぐり委員会の委員長として……」

「――注目！」
ベアトリーチェ
「ごきげんよう、首なしラビッツのお嬢さん！」
シンシア＆モニカ

ドクター
「勇敢な戦車乗りたちに、まずお礼を言わせて欲しい。本当にありがとう。──よく来てくれた」
マドガルド
『貴様らが俺を悪魔と呼ぶのなら、俺は悪魔以外の何者でもない──』

「あ、あ、あ、ありえないわっ！」
揺れが小さくなるのを待って、
ニーナも上部ハッチから顔を出した。
地面の揺れる激しい音は、どうやら山の方から聞こえてくるようだ。
ちょうど、ポイントFの戦いで野良戦車がやってきた方向である。
震源地が山の真下だったりするのだろうか、
などとニーナは持ち合わせている知識で考えた。

だが、

「山が……」

そんな予測など、全くの無駄だった。

「——山が歩いてる！」

まさに文字通り……ポイントFを有する大山が、
機械の足を生やして歩いているのだった。

NINA & THE RABBITS

CONTENTS
目次

ニーナとうさぎと魔法の戦車
NINA & THE RABBITS
兎月竜之介
ILLUSTRATION
BUNBUN

NINA & THE RABBITS

[1] ニーナ、十二歳

油が足らない。

だが、それは機械でなく人間の話だ。

ニーナは疲れきっていた。彼女が村から逃げ出してから、もう一ヶ月近くが経過しようとしている。

山奥にある辺境の村から逃げ出すため、ニーナは魔動《まどう》バイクにまたがった。フィクシオ共和国側に続く葛折《つづら》りの坂をひたすら下る。追っ手が怖いので昼夜問わず走り続けた結果、バイクのエンジンと言うべき魔法板が焼け付いてしまった。あとは、ひたすら裸足《はだし》で歩き続けた。

追っ手は振りきった。だが、今度は渇《かわ》きと飢えに襲われた。川の水を飲み、山を下りてからは畑の野菜を盗んだ。鍵の掛かっていない家を探しては、忍び込んで食べ物や衣服、金品も盗み出した。そして、彼女はどうにか日々を食いつないだ。

悪党になれば生きていける。なりふり構わず、平気で悪事に手を染めて、誰にも姿を見られないように逃げ回っていればいい。決断もなにもない。だって、そうしなければ自分は飢え死にしてしまうのだ。

ニーナは彼女なりに上手《うま》くやった。飢えることもなければ寒さに震えることもなかった。もしかしたら、自分はこうして一生を過ごすのかも知れない。そんな風にすら思えたほどだ。

ただ、それでも足りないものが出てくる。

それが油だ。

「……お肉、食べたい」

気付いてからではもう遅い。油が足らなくなると体がだるくなり、人間はまともに動けなくなってしまう。四肢《しし》が自分のものではないように感じられるようになる。もちろん、ニーナはそんな難しいことを知らない。ただ、肉が無性に食べたくなったと感じるだけだ。

山を駆け下り、麓《ふもと》の村を抜け、ようやく町と呼べる場所へたどり着いたニーナは、まず最初に肉が売っている店を探した。

店自体はすぐに見つかった。ソーセージを売っている屋台である。

白昼堂々、店先から盗むしかない。野良犬のように飢えたニーナにとって、そう結論を出すのに時間はかからなかった。

こっそり近づいて、こっそり盗む――なんて悠長《ゆうちょう》なことは出来そうにない。髪の毛は伸び放題、サイズの合わない軍用ジャンパーは泥だらけで、穴の空いた靴下《くつした》で地べたを歩いている。どう見ても怪しい浮浪児だ。

ニーナは通りの角で息を殺した。ここから十メートルほど離れた場所に屋台がある。昼飯時で、焼き立てのソーセージがトレイにたくさん積み上がっていた。

人通りは多く、昼間の市場は活気がある。通行人は邪魔だが、考えようによっては壁になるし、人混みに紛《まぎ》れて姿を消すことも出来る。

「ふぅーっ、ふぅーっ……」

まだ動いてもいないのに、緊張から呼吸が荒くなってきた。どこにそんなエネルギーが残っていたのかと驚くほど、心臓が強く高鳴っている。

「大丈夫……きっと大丈夫」

小声でニーナは繰り返す。

今までもずっと悪いことをしてきた。自分がお金や食べ物、それに着るものを盗んでしまったことで、困った人はたくさんいるのだ。今更、屋台からソーセージを盗むぐらいで緊張することはない。

「でも」

やっぱり、人目のあるところで悪いことをするのは嫌だ。何より怖い。

……あれこれ考えているうちに、ついに店主が振り返った。新しいソーセージを補充しようと、しゃがみ込んで姿が見えなくなる。

もう迷ってはいられず、ニーナは走り出した。一ヶ月の泥棒生活によって、逃げ足だけはイヤと言うほど速くなった。命が懸《か》かっているのだ。石畳《いしだたみ》を踏み抜くように駆ける。

途中、通行人にぶつかった。その間に、店主が通りの方へ向き直る。猛然と向かってくる浮浪児を見て、店主は反射的に火かき棒を振りおろす。

ニーナは攻撃をかいくぐって、ソーセージで一杯のトレイを強奪する。

泥棒だ――と、叫ばれた。

その通りだ！

私は薄汚れた泥棒なんだ！

走るうちに、トレイのソーセージがボロボロとこぼれていく。自分と同じような浮浪者たちが、地面に落ちたソーセージに飛びついた。

路地に駆け込んだニーナは、足が動かなくなって地面に倒れ込む。

もう限界だ……。おそらく酒場か何かの裏口なのだろう。ちょうど、姿を隠せそうな木箱が積んである。ニーナは木箱の影に腰を下ろす。そして、だいぶ減ってしまったソーセージを鷲《わし》掴《づか》みにすると、口いっぱいに頰張《ほおば》った。

最初に吐き気がやってきた。そういえば、二日くらい何も食べていない。とにかく吐き気を我慢し、ニーナはソーセージを食べ続ける。

「私はもう悪い子なんだ……悪い子、なんだ」

お腹一杯にソーセージを食べきり、ニーナは油で汚れた手を見つめた。

満腹になると、今度は強烈な眠気が襲ってきた。こんな場所で眠るべきではないと分かっているけれど、体力はまだ回復していないし、むりやり詰め込んだせいで胃が気持ち悪い。休まなければ、今度こそ胃の中のものを戻してしまいそうだった。

眠ろう。ちょっとだけ。

体が調子を取り戻したら、すぐにこの町を離れよう。

ふと、肩をたたかれる。

「何をしてるんだよ、ガキ」

ソーセージ屋の店主に見つかってしまった。

そう思ったニーナは、睡魔を追いやって顔を上げた。

だが、そこにいたのは店主ではなく、まったく見ず知らずの男だった。肉体労働の仕事をしているのだろうか……上は袖《そで》なしのシャツで、下はダボッとした作業ズボンをはいている。無精《ぶしょう》ひげが顔を覆《おお》っていた。

男はしゃがみ込んで、ニーナと視線の高さを合わせる。

「ソーセージ、盗んだだろ？　見てたんだぞ、俺は」

問いつめられたが、ニーナは首を横に振った。

逃げようと思って立ち上がろうとしたら、男に肩をつかまれ、強引に座らされてしまう。

「お前みたいな余所者《よそもの》が、街の治安を乱しているんだ」

この恫喝《どうかつ》が早く終わらないかと身をすぼめていたら、今度は髪の毛を掴まれて体を引っ張り上げられた。

「あっ、う……」

こういうのは抵抗しない方が良い。そう思って、ニーナはだらんと体の力を抜く。

好きなだけ怒鳴らせてあげれば、すぐに興味を失って去っていくだろう。

一発、二発と殴《なぐ》られたって我慢する。今までだってそうしてきた。

「ずいぶんと肝《きも》が据わってるなぁ、お前」

首筋にナイフを当てられたのは突然のことだった。

「ひっ――」

恐怖のあまりに、ニーナは引きつったように途切れ途切れの悲鳴を漏《も》らす。

もしかしたら、殺されてしまうかもしれない。そんな恐怖が脳裏《のうり》をよぎる。

そのとき、表通りに警官が歩いているのを偶然見つけた。

暴漢に乱暴されるぐらいなら、泥棒として警察に捕まった方がマシかもしれない。

「お巡りさん！　助けて！」

声を振り絞《しぼ》り、ニーナは叫んだ。

警官はニーナに気づき、腰の警棒を手に取って駆け寄ってきた。だが、数歩進んだところで足を止めると、少々空を仰《あお》いで考え込み、きびすを返して去っていった。

絶望感が覆い被《かぶ》さってくる。

なぜだ？　どうしてだ？　目の前で少女が暴漢に襲われているというのに、どうして正義の味方である警官が無視するのだろう？

ここは、かつて自分がいた辺境の村とは違う。あの村には警察官すらいなかった。

「――助けになんか来ねえよ」

男の力が強まって、ナイフの刃が肌に食い込む。

「いいか、この町で悪事を働けば、女子供でも常に死刑と決まっている。どんな理由があっても、パンひとつ盗んだ時点で首が飛ぶ。そして、罪人が相手ならば何をしてもいいと法律で明言されているんだ。どうせ死ぬことが決まってるやつだからなぁ……なにより、」

男はニーナの気持ちを弄《もてあそ》ぶように、ナイフの腹で彼女の頬をぺたぺたと叩いた。

「お前のような捨て子を助けるやつは誰もいない。この町は困ってるんだよ。お前みたいな浮浪児や、他の国から来る難民のせいで……クソ、あの工場長の野郎、安い賃金で外人共を雇ったら俺はお払い箱か？　あぁ、どうなんだよ、クソガキがぁっ！」

「ご、ごめんなさいっ……」

髪の毛を引っ張って、男はニーナの体を地面に叩きつける。

見上げると、体の大きな男はまるで巨人で、手に持っているナイフは薄暗い路地の中でギラギラと輝いていた。目は真っ赤に血走っている。

表通りの人たちが、ニーナの存在に気付き始めたらしい。通りがかったものには気の毒そうな顔をする人もいるが、大半は見て見ぬ振りである。

私は悪い子だ。

でも、この町の法律も……そして人間も悪い子なのだ。夢も希望もない。ずっと逃げ回っていれば、いつかは平和で安全で綺麗《きれい》な場所にたどり着けると思っていた。でも、そんなことはなかった。甘い考えだったのだ。

やめて欲しい、とニーナは思う。

だって、目の前で悪いことをされると、殺してしまいたくなるから。

ジャンパーの胸ポケットに手を伸ばし、そこから一枚の金属板を抜き出す。五センチ四方、厚さは三ミリ程度の小さなものであるが、表面には細かい文字で埋め尽くされている。五行二節で成り立つ文字列は、その全体が炎の精霊をあがめる言葉だ。魔法板と呼ばれる発動機。ニーナの乗り潰《つぶ》したバイクにも、サイズこそ違うが同じようなものが搭載《とうさい》されている。

ニーナが何をしているのか理解していないらしく、男は一瞬だけ動きを止めた。もしかしたら、煙草《たばこ》でもくわえたかのように見えたのかも知れないが……ともかく、すぐさまナイフを振りかぶり、覆《おお》い被さるようにして男は襲いかかってきた。

意を決し、ニーナは魔力板の角を嚙《か》んだ。それから右胸の奥深く――第二の心臓と呼ばれる位置に魔力を流し込む。武術の達人が丹田《たんでん》と呼ばれる架空の臓器に気合いを入れるように、彼女は第二の心臓に力を込めるのだ。

第二の心臓が強く脈打つ。

体内に霧散《むさん》している魔力が、大きな一つの塊《かたまり》として練《ね》り上げられる。そこで錬成《れんせい》された魔力は全身の血管を駆けめぐり、最終的に歯と舌から魔法板へ送り込まれる。魔法板を通過した魔力が、呪文によって呼び出される精霊の力を帯びる。

ニーナは精霊の姿など見たこともない。だが、魔力さえあれば筋力の弱い女子供であろうと、学歴のない愚者《ぐしゃ》であろうと、誰だって魔法を使うことが出来る。

魔法板の先端から、炎が生み出されて男の顔面を襲った。小さいながらも強力な火炎放射。それは、人間ひとりの頭を燃やすには十分な火力だった。

これが魔法。

火を消そうと、男は地面を転がりまわる。しかし、そう簡単に消えるものではない。すでに火は髪の毛全体に広がっている。たとえ消したところで、頭から顔にかけて大きなやけどが残ることは必至だ。この男は相手が浮浪児だからと侮《あなど》った。それが人生の敗因だ。

ニーナは立ち上がり、もがき苦しむ男のもとから離れる。表通りに出たところで、彼女は一台の魔動《まどう》バイクを発見した。鍵が挿《さ》しっぱなし。おそらく先ほど襲ってきた男のものだろう。

ニーナはバイクにまたがると、挿しっぱなしのキーを回した。

無論、それだけでは動かない。魔動バイクのエンジンである魔法板（特にそれを機動板と呼ぶ）はボディの中にあり、そこから金属のコードが伸びている。そのコードに付いているマウスピースを噛むことによって、運転手は機動板に魔力を送る——バイクを動かすことができるのだ。

ジャンパーのきれいなところで、ニーナはマウスピースを丹念に拭《ふ》いた。それから口にくわえ、第二の心臓から魔力を放出する。

すると、バイクのタイヤがゆっくりと動き始めた。

捕まったら死刑確実。

ニーナ、十二歳。

×

それから一週間ほど、ニーナはフィクシオ共和国を南下し続けた。魔動バイクを再び得たことで、移動距離は大幅に伸びた。今度は魔法板を焦がさないように、ちゃんと休み休み乗るようにした。

体力の余裕はできた。けれど、心の余裕はもうない。捕まったら死刑にされると分かった以上、泥棒をするなんていう命知らずな真似《まね》は出来ない。今までは、警察に捕まっても死ぬことはないだろう……という保険があった。今はない。戸締まりの緩《ゆる》い家に忍び込むことも、昼間の市場で食べ物を狙うことも出来なくなっていた。

孤児院や修道院にだって頼ってみたが、すぐに門前払いを食らった。修道女たちはニーナの姿を見るなり、これ以上を預かる余裕はないと表情を歪めるのだ。

おなかが減りすぎて、むしろ空腹が気にならなくなり始めた頃である。

ニーナが町で唯一の教会を訪れると、そこでは結婚式が行われていた。

教会のドアを開け放ち、真っ白なスーツの新郎と、純白のウェディングドレスを着た新婦が出てきた。天使が降りてきたかのように、輝かしく、華やかな光景だった。ニーナは辺境の村で結婚式を見たことがあったが、それにはドレスなど存在しなかった。

「綺麗《きれい》……」

ニーナの乾いた唇から、久しぶりに前向きな言葉が漏《も》れる。遠く離れた生け垣《いがき》に身を隠し、彼女は新郎新婦が祝福される様子を眺め続けた。

一通りの祝福が済むと、一同は教会の庭へぞろぞろと移動した。

広い庭先には、立食パーティのために料理が用意されている。参加人数はざっと見て三十人を越えているが、それでも広さ、料理の量、ともに十分そうである。

残飯漁《あさ》りのチャンスだ、とニーナは思う。

参加者たちが和気藹々《わきあいあい》と食事している。彼女はそれを食い入るように見つめる。幸せそうにしている人たちが憎たらしいと思う。

五年前、世界を揺るがす大戦争は終わりを告げた。だが、終わったのは表面上の話だけで、本当はずっと戦争が続いてるのだ。ニーナはそれを知っている。

戦争が続いているせいで人々の生活は安定しない。多くの人間が家を失って路頭に迷う。食べるものがなくて、飢えて病気にかかる。自分のようにものを盗んで生きる子供が出てくる。そんな子供が汚い大人たちに利用される。

それなのに、こんな暢気《のんき》に結婚式を開いて、立食パーティなんかをして……たくさんの誰かが苦しんでいる横で、見向きもせず、平和な素振りをしているのが我慢ならないのだ。

こんなの嘘だ。

立食パーティが終わり、参加者がどこか別の場所へ移動していった。結婚式を請け負う業者らしき人たちは、参加者たちを先導して旗なんかを振っている。馬鹿みたいだ。今のうちに、残った食べ物をいただこう。

茂みから飛び出し、柵《さく》を乗り越え、ニーナは教会の庭に足を踏み入れた。白い一本脚のテーブルが並び、その上に料理の盛られた大皿がある。見ると、ほとんど手つかずで残っている皿が一枚あった。

ゆでた小エビが山になっている。今までは海産物なんてほとんど見なかったけれど、どうやら海にだいぶ近づいたらしい。骨付きの鶏肉《とりにく》。つぶつぶのスパイスが振りかけてあって、香ばしいにおいが鼻の奥を刺激する。ミートソースのかかったパスタもある。果物まで用意されている。

この場で食べてしまいたい衝動を抑え込む。早く持ち去らなければ、誰かが戻ってきてしまう。こんな情けない姿を見られるのはイヤだ。どこか人通りの少ないところまで逃げて、それから食べればいいだけの話だ。

いや、でも、エビくらいならいいんじゃないかな？　殻《から》もむいてあるし、食べるのに時間かからないし。一匹くらい、いいよね？　うん、いいはずだ。

小さなエビをニーナは食べる。

むしゃり、むしゃり。

あぁ、これは……おいしい、おいしすぎる！　うっすらとした塩味と、あふれ出る汁のうま味。嚙《か》みごたえのあるぷりぷりの身。手が、止まらない。大皿にかじりつくように食べてしまう。あ、いや、鶏肉なんて食べちゃいけない。骨までしゃぶってしまう。コップ一杯のオレンジジュース。甘い。甘すぎる。のどが焼けてしまいそうだ。

ニーナは夢中になって食べた。なんでも素手で摑《つか》んで、服が汚れるのもお構いなしで、餌《えさ》を差し出された家畜のように食べ続けた。皿に残ったソースも舐《な》めた。

「――あなた、」

「ふぇっ」

「そこで何をしてるのかしら？」

料理に夢中だったニーナが振り返ると、庭の入り口に少女が立っていた。

「たとえ食べ残しといえども、それは私たちのものよ。人様のものを盗むことが犯罪であるということを、まさか知らないわけではないでしょうね？」

黒いパーティドレスに身を包んでいる彼女は、年齢で言えばニーナの二つか三つ上というところ。ただ、細かく編み込まれた髪型や、胸元まで大きくはだけたドレス、同色であわせた長い手袋、濡れたように艶《つや》のあるルージュなど、彼女は体から妙な色気を発散していた。背丈は低いが、まるで貴婦人。そして左手には……なぜだか小さな包みが下げられている。

逃げなければと気持ちが焦り、ニーナは足がもつれて転んでしまう。テーブルまで倒してしまい、皿の上の料理を芝生《しばふ》へぶちまける。無意識のうちに落ちた料理を拾おうとしてしまい、ハッと我に返って振り向いた。

貴婦人のような少女はじりじりと距離を詰めてくる。

とっさに起きあがって、ニーナは胸ポケットから魔法板を取り出した。煙草《たばこ》かパイプでもくわえるように、それの角を強く噛《か》む。そして、少女を強くにらみつけた。

こちらには魔法があるのだ。

だというのに、

「で？」

おびえるどころか、少女はニーナの行動に対してがっかりしたような反応を見せた。

「そんな低俗な魔法板で何をするつもりなの？」

彼女はおもむろにスカートをたくしあげる。編み目のタイツをひっぱるガーターが見える。加えて、太股《ふともも》にはベルトが巻いてあった。ベルトには小さなホルスターがあり、彼女はそこから金属板を抜き取った。

ニーナは驚く。迂闊《うかつ》だった。パーティに魔法板を持ち込んでいる人がいるだなんて、夢にも思わなかった。しかも、明らかに撃つべきチャンスを逃したことにも失念する。

「それ、安物の魔法板でしょう？　魔術協会が推薦《すいせん》してるものなんて、ろくなものじゃないんだから。呪文もチープな文句しか使ってないし。射程《しやてい》が一メートルにも届かないなんて、そんな魔法では魚だって焼けないわ」

ふん、と対峙《たいじ》する少女は鼻で笑う。

「あなたにはお似合いの武器ね。その点、この魔法板は高貴な私にふさわしい一品よ。名のあ

る魔女が作った魔法板で、一〇〇メートル離れていても相手の心臓を射抜《いぬ》くことが出来る。鷹が遥《はる》か上空からネズミを狙い打ちするように、ね」

少女が長方形の魔法板を噛み、宝石のように青い瞳でニーナのことをにらみつける。

ついにきた――とニーナは思う。がちがちと歯が鳴る。今まで、自分は悪いことをたくさんしてきた。その悪事を精算するためにやってきたのが、目の前にいる少女なのだ。

「板を噛んだってことは、あなただって分かっているわよね？　これはもはや決闘なのよ。手袋を投げつけたのと同じこと。今、この場では、貴族の私も浮浪児のあなたも、全く以《もっ》て同等の存在――決闘者よ。あなたがか弱い少女だろうと、武器を手に取った時点で情け容赦《ようしゃ》を与える理由は何一つなくなった」

魔法板を構える少女……否《いな》、決闘者の落ち着き払った態度。

ニーナは感じた。

目の前にいるのは、私なんかよりも遙かに強い魔女だ。魔法の性能も段違い。こちらの炎はあちらに届かなくても、あちらの魔法は余裕で自分を撃ち抜くだろう。ハッタリなんかじゃない。それを確信させられるほどに、彼女の目は力強くこちらを見据えている。

自分は勝てない。殺される。

そう思ったら――腰が抜けてしまった。

口から魔法板が落ちる。

その瞬間、少女の魔法板から放たれた衝撃波が、ピンポイントでニーナの魔法板を撃ち砕いた。舞い散る木の葉を射抜くような正確性。そして、一片の容赦もない無慈悲《むじひ》さ。

飛び散った破片がニーナの頬《ほお》をかすめ、皮膚《ひふ》が薄く裂けた。たらたらと血が垂れて、同時に生気が抜けていくのをニーナは感じた。足腰が立たないどころか、背筋が凍えて体を動かすことも出来ない。

「あ、あぁ……」

地面に膝を突くニーナ。

少女はその場から一歩も動かず、冷静に彼女のことを見下ろしている。

「た、すけて……」

のどの奥から、言葉が漏《も》れてきた。

「たすけて、くださぃ……」

あの魔法板のように、自分の頭が砕かれる瞬間を想像してしまう。どれだけ痛いことか。悪い考えが止まらない。あっと言う間に、涙と鼻水で顔がグシャグシャになった。

少女は決して魔法板を口から離そうとしない。芝の上で泣きじゃくり、命乞《いのちご》いをしているニーナを前にしても平然としている。

「なんでも、しますからぁ……。言うこと、聞きますからぁ……」

少女の足にニーナはすがりつく。逃げもせず、ニーナを足蹴《あしげ》にもしない少女の態度が不気味で——けれど、すがりつく以外に助かる術《すべ》が思い浮かばず、彼女は少女の靴《くつ》に額をこすりつけた。

これでいいんだ、とニーナは思う。

この世界では弱者が強者に負けなければならない。利用されたり、バカにされたり、ひどい扱いを受けても仕方がない。正面からぶつかったところで、そこに待ちかまえているものは死以外に他ならない。だから、弱者はこうして命乞いをするのだ。

命乞いをしたっていいのだ！

悪い子になったっていいのだ！

ニーナの手がギュッと芝生をつかむ。芝がブチブチと切れて、根が抜けて、指先が土で汚れる。悔しくない訳じゃない。ふがいない。七歳からの五年間、ずっと魔女として生きてきた自分が、こうして誰かの魔法の前にひれ伏しているのが嫌になる。しかも、暢気《のんき》に結婚式を開いて、飢えている人のことも知らず食べ物を残すような人に負けるだなんて！

あれがあれば……。

あれさえあれば、あなたなんか簡単に……。

——ギュラララララッ！

そのとき、ニーナにとって聞き慣れた音が耳に届いてきた。

「嘘だ……」

ふいに彼女は顔を上げる。

「どうして、こんな場所に――」

巨大な金属の塊《かたまり》が連結し、回転し、地面を強く噛む。その重みが空気すらも振動させ、ニーナの体を揺さぶった。体だけではない。重厚な金属音に対し、彼女はある種の懐かしさにも震えていた。生き別れになった家族と再会したような感覚だ。

魔動《まどう》戦車。

回転砲塔《ほうとう》に巨大な主砲を搭載《とうさい》し、強靱《きょうじん》なキャタピラで悪路を走破する金属の兵器。

教会のある長閑《のどか》な街角に、ただ動くだけでバリケードを軽く踏みつぶし、大砲を放てば鉄の塊すら砕く兵器が闊歩《かっぽ》している。

ニーナはその巨大な兵器が何であるかを知っていた。

つい一ヶ月ほど前まで、自分は目前に迫る戦車と同じような戦車と一緒にいたからだ。

自分が知っているものと大きさはあまり変わらないから、おそらく五人ぐらいで運転するものだろう。車体は黒と灰色の中間で、全体的に角が丸い。傷は少なく、表面がピカピカに磨《みが》かれている。砲身は車体に対してやや長めで、強力な魔法を扱うことが想像された。

戦車が教会の前に停まると、ハッチを開けて一人の女性が出てきた。

ニーナは少し驚く。経験上、戦車長と言えば男性であると思っていたからだ。

彼女も目の前の少女と同じく、パーティドレス姿のままだった。ただ、肌が小麦色に焼けて健康的で、とてもサバサバしている印象だ。サイドは長い赤髪を垂らしているが、後ろ髪は髪留めか何かでまとめている。女性的なのに、戦車に乗っている姿が堂々としているせいもあるが……とにかく男前に見えた。

戦車長は二人の姿を見つけると、不敵な笑みを浮かべた。ただ……不敵と言いつつも、あまりいやらしい笑いには見えないから不思議である。髪留めを外して、戦車長である女性は髪を振りほどく。

「メンバーが町娘をいじめているんだが、さて、どうするべきかな？」

すると、彼女の問いかけに答えるようにして、操縦手座席のハッチがバタンと開いた。

そこから顔を出したのは、戦車長に引き続いて同じく女性だった。

年齢的には少女と呼ぶのが正しいか……ふわふわとした金髪が目を引く女の子である。いかにも眠たそうな垂れ目で、彼女は貴婦人のような少女を眺める。

「リーダー。ここは一つ、トイレ掃除一ヶ月ということでどうだろう？　あの潔癖性《けっぺきしょう》なちびっこ貴族には、結構良い感じのお仕置きになると思う」

「それがいい。掃除を任せっきりのサクラも喜ぶだろう」

「なぁに、勝手に話を進めてるのよっ！」

貴婦人のような――改め、ちびっこ貴族扱いされてしまった少女が、バタバタと地団駄《じだんだ》を踏んで戦車の二人に訴えかける。

「この気高き血筋の生まれである私……エルザ・アドラバルトが、どうしてトイレ掃除なんてしなくちゃいけないのよ！　そんなことをしたら、一族の恥《はじ》さらしじゃない！」

激昂《げっこう》するちびっこ貴族ことエルザ。

それに対し、操縦手ハッチの金髪少女が語りかける。

「いや、ここはむしろ恥じてもらうことが目的と言える。ちびっこ貴族いじりたい委員会の会長である私としましては、トイレ掃除という屈辱《くつじょく》的な行為によってプライドをズタズタにすることが効果的な精神攻撃であると思われ、」

「精神攻撃すな！　あと、ちびっこ貴族いじりたい委員会なんてへんな組織を作らないでくれるかしら！」

二人の掛け合いを眺めていた戦車長が、からからとした景気の良い笑い声を上げる。何がなんだか分からずにポカンとしているニーナに向かい、彼女はニコニコとした自然な笑顔を向けた。

「ごめんなさいね、お嬢ちゃん。うちのエルザってば決闘マニアだから、所構わず魔法を撃っちゃうわけ。通り魔……じゃないや、発作《ほっさ》的なものだと思って許してね？」

「今日の私はちゃんとした理由があってのことなのよ！　この子が先に魔法板を構えたわけだし……」

エルザが大焦りしている一方、戦車長は砲塔に肘《ひじ》をついて余裕の表情。

「我々も一応はプロなんだから、魔法板なんて使わなくても女の子ぐらい捕まえられるはずじゃない。あなたの高貴な貴族アームはお飾りなの？」

「それはそうかもしれないけど……でも、目の前で料理を盗まれるのがどうしてもイヤで、」

しゅんと肩を落とすちびっこ貴族エルザ。

戦車長は大きく溜息をつく。

「料理を盗むだなんて言ったって、あなたも同じようなものじゃない？　その左手に持ってる包み……中身はタッパーでしょ？」

突如、エルザの顔が沸騰《ふっとう》したように紅潮した。化粧《けしょう》と装飾によって生み出された気高さが剝《は》がれ落ちて、一気に表情が年齢相応へ戻る。貧乏癖《ぐせ》を指摘されて、それを恥ずかしがっているだけの女の子だ。

「ド、ド、ドロシーがいけないのよ！　結婚式のセッティングは任せておけ——とか言っておきながら、注文した料理が多すぎるんだもの。本当に大雑把《おおざっぱ》。だから、私が恥を忍んで残り物を回収しなくちゃいけなくなるのよ！」

「別にいいじゃん、それくらい」

「良くない！　うちの経営が厳しいのは、戦車長であるドロシーが一番知ってることでしょうが！　これだから魔法板オタクは……研究に没頭《ぼっとう》しすぎるあまり、数の数え方まで忘れてしまったんじゃないの？」

「ははは、そうかも」

「肯定すな！　せめて否定しなさいよ、スポンジ頭！」

今の内に逃げ出そう、とニーナは状況を判断する。

二人は喧嘩《けんか》に夢中で自分のことなど見てはいない。魔動バイクに乗って住宅街に入ってしまえば、戦車だと追って来られないだろう。

ニーナは立ち上がろうとする。だが、その途端に喧嘩していたはずの二人が同時にニーナの方を向いた。「別に忘れていたわけじゃないんだよ！」という、少しだけ焦った顔だった。操縦手ハッチから顔を覗《のぞ》かせている金髪少女も、やはりニーナのことを見ている。

逃げようとしているのがバレたのだ。睨《にら》み付けられ、罵倒《ばとう》される……と思った。

だが、ドロシーと呼ばれた戦車長は、改めて彼女に笑顔を見せてくれるのだった。

「食事とお風呂くらい用意してあげるよ。ベッドも余ってるしね。これから二次会だから、ちょっと五月蠅《うるさ》くなるかも知れないけどさ……とにかく歓迎するよ。えーと、名前は？」

「ニ、ニ、ニーナ、です……」

「ニーナちゃん。よし、覚えた」

曖昧《あいまい》にニーナは笑った。満面の笑みなどできない。特に答えるわけでもなく、媚《こ》びるように愛想笑いをしたのだった。これが妥当《だとう》な反応だと思える。

大人は信用できない。

ニーナは心の中で戦車長のドロシーを嫌う。

戦車に乗っているような大人は最低なのだ。

×

結局、ニーナは招待されることにした。

お腹が空いたし、お風呂にも入りたいし、洗濯《せんたく》もしたいし、柔らかいベッドで眠りたい。それだけ楽しめたら、眠っている間に殺されたっていいかもしれない（痛くない殺し方という条件付きで）。

ドロシーはハッチの縁に腰掛け、すぐとなりにニーナを座らせた。落ちないように手すりを握らせ、さらに彼女はニーナの肩に手を回した。ただ、道路は石畳《いしだたみ》で入念に舗装《ほそう》されているので、大きく揺れることは全くなかった。

町は無骨な鉄筋コンクリート造り（古い建造物は石造り）の二階建てが多く、二階の窓から顔を出した住民たちと目が合う。住民が手を振ると、ドロシーは笑顔で手を振り返した。

その一方、戦車の中の空気は微妙に険悪だ。金髪少女に代わって、操縦手の座席にはしかめっ面《つら》のエルザが座っている。操縦手が外を見るための小窓に視線を向けてはいるが、先ほどの掛け合いで紅潮した頰《ほお》は未だに赤みを帯びている。

「エルザ、右折して」

「曲がればいいんでしょう、曲がれば！」

ドロシーの指示にぶっきらぼうに答えて、エルザが飾りレバーに両手を添える。右のレバーを手前に引き、左のレバーを前へ倒す。すると、魔動戦車は玩具《おもちゃ》のミニカーを動かすかのように難なく右折した。

ちなみに、実際に戦車を操作しているのはレバーではなく、機動板と一緒に床下へ収納されている魔法板である（特にそれを操縦板と呼ぶ）。そこから配線が伸び、エルザが嚙《か》んでいるマウスピースに繋《つな》がっている。

そんなエルザの頬をつついているのが、先ほどまで操縦手座席にいた金髪少女だ。彼女が座っているのは動力手の座席である。キャタピラや砲塔を動かすための動力は、金髪少女によってまかなわれているのだ（無論、彼女単独の力ではなく、機動板の魔法によって増幅されているわけであるが）。

ただ、魔力を提供し続けるという長距離マラソン的消耗《しょうもう》を除けば、動力手という仕事は割と暇である。戦車長のように状況を把握《はあく》することも、砲手のように大砲の狙いを定めることもない。接続手のように魔動板をせわしなく切り替えることも、操縦手のように精密な動作を求められることもない。

「というわけで、私はエルザのほっぺたを突っついているのだった、終わり」

「あなたの人生を終わらせてあげようかしら、クー？　フォースランドの田舎娘《いなかむすめ》にはふさわしい末路ね」

エルザの右手が動力手――クーの左耳を引っ張った。

ニーナは二人のいがみ合いから視線を逸《そ》らす。

すると、足下――砲塔内部の座席にいる最後の搭乗員が目に入った。

すらりとした体軀《たいく》の優男《やさおとこ》で、他の女性たちがドレスを着ている中、彼だけは黒いスーツを着ている。短い銀色の髪の毛と、鋭い目つきが特徴的である。

操縦手のエルザ、動力手のクー、戦車長のドロシー……三人の会話に加わっていないが、なにやら微笑《ほほえ》ましそうに彼女らを眺めていた。いささか目つきはおっかない印象を受けるが、口元は笑っている。

　こちらの視線に気付いたようで、彼がニーナの方を振り向く。

　ニーナは反射的に顔を背けた。自分がひどく場違いであるように思える。自分は悪事をはたらいた悪い子だ。着の身着のまま旅を続けている汚い娘なのだ。そんな路傍《ろぼう》の石よりも価値のない自分が、こんな幸せそうな顔をしている人たちと一緒にいるのは心苦しい。同じ空気を吸っているのがつらい。

「ほら、近づいてきた」

　ドロシーの声を聞いて、ニーナはふと顔を上げる。

　住宅地を抜けて、畑ばかりになった道を進むこと二十分弱。半分ほど森に飲み込まれた二階建てのログハウスが、ニーナたちの前に姿を現した。赤い屋根が森の緑に映えて、見るだけでハッと目が覚める鮮やかさだ。戦車が軽々と格納できるほどのガレージが併設《へいせつ》されている。

　家の前には、すでにビールジョッキを片手に十数名の人間が待ちかまえていた。庭には多種多様な車両が溢《あふ》れ、トラック、バイク、ガソリン自動車などなど……中にはニーナたちが乗っているものよりも大型の戦車まである。

　ニーナの正面に回り込み、彼女はログハウスのことを指さす。そして大いに自慢げに、かつ声高らかに言うのだった。

「ようこそ、私立戦車隊ラビッツの事務所へ。結婚を祝ってくれるなら歓迎するよ」

戦車から降ろされると、ニーナはあっという間に二次会参加者たちに囲まれた。その押し寄せる勢いたるやすさまじく、彼女は思わずドロシーの陰に隠れたくなった。

「はいはい、どいてどいてー。美少女に反応している男性陣、特に視界から消えてー」

群がる二次会参加者たちを切って捨てていくドロシー。ニーナのわきの下に手を通し、彼女を抱きかかえて寄りかたまる酔っぱらいたちを突破する。

参加者の大半は大人で、最低でもエルザと同年齢……という人たちの集まりのようだ。少なくとも、ニーナと同じような年齢の子供はいないらしい。

開けっ放しのドアをくぐると、ドロシーはすぐ左手のリビングの方へ顔を出した。

油っぽい料理のにおいと、ツンとするアルコールのにおいがニーナの鼻にも届く。リビングでも参加者たちが所狭しと酒を飲んでいた。

「サクラぁー、サクラいるぅー？」

「はいはーい」

ドロシーが声を掛けると、奥のキッチンから一人のメイドが走ってきた。手にフライ返しを握り、額に大汗をかいて、いかにも大忙しといった様子である。エプロンにはソースやケチャップ、それから油の撥《は》ねた染みが点々と見える。ふわっとした帽子からこぼれ落ちる黒髪が、濡れた黒猫のようで綺麗《きれい》だ。

サクラと呼ばれたメイドは、ニーナのことに気付くと急に顔を緩《ゆる》ませる。

「ドロシーさん、この可愛《かわい》らしい女の子はどうしたんですか？」

「行き倒れしそうだったから拾ってきた。とりあえず、風呂に入れてやってくれ」

「え」

一転して、サクラは顔をこわばらせる。その表情は一瞬だけニーナの気持ちを不安にさせたが、すぐさま彼女の慌《あわ》てぶりに悪気がないことを知らされた。

「この超忙しい状況で、私にさらに仕事を頼むつもりですか、この鬼畜《きちく》主人！　ちゃんと見てくださいよ、今の状態を！　あの人たち、飲み食いするスピードが半端《はんぱ》じゃないんです。やれビールを注げ。やれつまみを作れ。しまいには踊れとか言うんですよ！　私のことをクノイチとかゲイシャとか呼びますし！　……それとも、ドロシーさんが私の仕事を代わってくれますか？　私の主人はずいぶんとお優しい人ですね、はい」

「あ、いや、分かった。サクラは料理に専念して……」

当然です、と言わんばかりにサクラはキッチンの奥へ引っ込む。

ドロシーは小さくため息をつくと、

「じゃぁ、エルザ」

脇をすり抜けようとしたエルザの首根っこをつかんだ。

しかし、エルザはすぐさまドロシーの手を払いのけてしまう。

「どうして私が、そんな浮浪児の面倒を見なければいけないのかしら？　私はこれから、チーズを酒の肴《さかな》に高級な赤ワインに舌鼓《したつづみ》を打つ予定なの。浮浪児の体を洗ってやるなんて仕事は、使用人にやらせておけばいいのよ」

「うわー、たまにしか飲めない上物ワインだからって必死すぎ」

「たまにしか飲めないのは誰のせいだと思ってるのよ、浪費家！」

ドロシーを振りきってリビングに駆け込むエルザ。

彼女はワインを独占している客人にチョップを叩き込み、ワインをボトルごと強奪、「これも貴族のたしなみよ」と決め台詞《ぜりふ》を言い放ってから、勢い良くラッパ飲みし始めた。その豪快な飲みっぷりに拍手が巻き起こる。

「……あの年齢でアル中になっても私は知らない」

ドロシーはまた別の姿を探す。

「クーは？」

リビングの参加者たちから「とっくに二階へ上がってたぞ」と答えが返ってくる。

「寝たな、一二〇パーセント」

むーっと目を細めてドロシーが考え込む。

「私は二次会のホストとしてやることが色々あるし……というか、若干《じゃっかん》お酒が飲みたいし、というか大いにお酒が飲みたいというか、」

後半からドロシーが欲望を丸出しにしていると、背後から声をかけるものがいた。

「……私が入れましょうか？」

搭乗者《とうじようしや》の一人だったスーツの優男《やさおとこ》である。

周囲の人たちが世紀末的に盛り上がっているのに対し、彼だけは酒気にも当てられず平然としていた。

ニーナが見たところ、彼だけにはドロシーがわずかに遠慮《えんりよ》しているようだった。視線をきょろきょろと泳がせ、しばし（といっても三秒くらい）悩んだあとで尋ねる。

「いいの？」

「人手が足らないのだから仕方がありません」

ものでも受け渡すように、優男はニーナのことを抱きかかえた。それからドロシーに一礼すると、廊下《ろうか》の突き当たり……右手にある脱衣所へニーナを運ぶ。

ドロシーの方はホッとした様子でリビングに向かった。

「お酒だ、お酒だーっ！　ひゃっほーいっ！」

脱衣所のドアを閉じると、リビングの喧噪《けんそう》はわずかに小さくなった。

それから、優男はニーナの服を脱がしにかかる。

だが、彼がしゃがみ込んでジャンパーのボタンに手をかけたところで、

「ひゃっ――」

ニーナは思わず飛びのいてしまった。

男の手で、自分の体を触られたくなかったのだ。ソーセージを盗もうとした一件以来、ますますニーナは男性が苦手になった。何か乱暴されるのではないかと思わず身がすくんでしまう

のだ。

優男は短めの銀髪をシャリシャリとかき回す。困ったな……という風に。

「私は女だ。名前はキキ」

「……ややや」

驚きのあまり、変な声が出てしまった。

優男——ではないかもしれないキキは、紳士物のスーツをするすると脱ぎ始めた。ジャケットを落とすと、胸がわずかにふっくらとしているのが見えた。ネクタイがシャツの胸元で持ち上がっている。

「もっと脱ごうか?」

キキがちょっと意地悪したそうな顔をする。

「あの、いえ……」

曖昧《あいまい》な返事しかできないでいると、彼女はズボンを脱ぎ、下着もはずし始めた。

「いいんだ。最初からシャワーを浴びるつもりだったから」

目の前に、疑いようもない女性の裸体が現れる。少し筋肉のついた、しなやかなスポーツマンの体つきだ。ニーナは思わず、足下から頭のてっぺんまで観察してしまう。

「あ——」

そして、キキの胸元に大きな傷があるのを発見する。右の乳房の下にあって、長さは十センチ近くに及ぶ。白い筋が浮き上がり、縫《ぬ》った痕もしっかりと見えた。刃物で刺されでもしなければ、こんなにも大きな傷はつかない。

見てはいけないものを見てしまった、とニーナは思った。

できるだけ顔に出さないようにしたが、それでも最初の驚きだけは隠せない。この傷のことで、ドロシーがわざわざ気を遣ったのだろう。

「そういう顔をされると困るんだ。悪いことをした気がしてくる」

「……すいません、ただ、ちょっと、驚いてしまって。でも、あの、私の体にも一杯傷がありますし、その……殴《なぐ》られたりとか、蹴《け》られたりとか、」

「気にするな。外見の傷なんてどうってことない」

キキはニーナの肩をぽんぽんと叩き、背中を押して風呂場へ送り出す。バスタブにお湯をためつつ、彼女はニーナの体をシャワーで流した。汚れた水が流れ落ち、次第に透明になってくる。それからブクブクと泡《あわ》を立て、強めの力でゴシゴシと洗った。

最初こそ恥ずかしかったが、洗われているうちにニーナはキキの目を気にしなくなった。泥や垢《あか》も落ちて、一応はきれいな肌を取り戻すことができた。あばらが浮いて、すごく瘦《や》せていることもコンプレックスだったが、お互いにキズありと思えば自然と親近感がわいてくる。

「一仕事を終えた達成感だ」

「て、手間をおかけいたしました……」

「いいよ、こういうのは好きだから」

体を洗い終えると、二人は熱い湯船に浸かる。

足先がビリビリとしびれ、特に腰のあたりがくすぐったかった。熱いお湯に浸かったのは、辺境の村にいた時だって指折り数える回数しかなかった。

我慢できなくなって、ニーナは思わず立ち上がろうとする。すると、湯船から出そうになるニーナをキキが後ろから抱きすくめる。熱さに慣れ、温まってくると、頭が心地よい虚脱感に包まれた。

目をつぶると、瞼《まぶた》の裏に少し前のことが思い浮かんできた。

自分が戦車に乗っていた頃のことだ。

×

すべての原因をさかのぼっていくと、最終的には戦争にたどり着く。

ニーナが生まれた場所は、ソルシャ共和国という極北の小国だ。一年の半分を雪に覆《おお》われる国で、シヴァレル社会主義連邦の属国という扱いになっている。国民の生活は苦しく、人身売買が平気で行われていた。農家の三女だったニーナは、長女と次女が相次いで売られていったことに続き、七歳の時に人買いに売り渡された。

ただ、ニーナは運が良かったのかもしれない。首輪につながれて運ばれること三週間。忘れもしない五年前、とある国に新型の魔力爆弾が投下された。某国《ぼうこく》は国土の半分以上を吹き飛ばされ、爆弾から放たれた魔力の波は世界の裏側まで届いた。魔力の波によって、多くの魔動機《まどう》

械が制御不能に陥《おちい》った。ニーナを運んでいる車も例外ではなく、彼女はその隙《すき》をついて逃げ出した。

大半の魔動兵器が無力化されたことによって、戦争を継続することはもはや不可能だった。魔力爆弾を使用した側も予想外の威力に巻き添えを食らったらしい。戦争は曖昧《あいまい》なまま終結を迎え、曖昧な勝者と曖昧な敗者が残った。

とにかく戦争は終わった——はずだった。

だが、そう簡単にはいかなかった。

魔力爆弾が投下されてから半年後、無人の魔動兵器が人間を襲い始めたのだった。魔力爆弾によってスクラップになったはずの機械たちは、実は眠っていただけであり、むしろ魔力の波によって新しい兵器に生まれ変わったのである。

搭乗者《とうじようしや》が不在の状態で、魔動機械が動くなど前代未聞《ぜんだいみもん》である。しかし実際に動いてしまった以上、どうにかして戦わなければならなかった。

だが、魔力爆弾によって無力化された魔動兵器は、使いものにならないからと戦場に乗り捨てられていたり、基地に置き去りにされていたのである。いつ襲ってくるかも分からない無人兵器が、全世界に回収不可能な規模でばらまかれていたのだ。

ニーナを拾ったのは、野良《のら》戦車から村を守っている一団だった。シヴァレル連邦とフィクシオ共和国との国境沿いは、世界でも有数の激戦区であるとニーナは親分（そう呼ぶように村の戦車長から言いつけられていた）から教えられた。魔力爆弾の被害を逃れた戦車は一台きりだったが、彼らは村を守るために迫りくる野良戦車と戦っていたのである。

魔法の才能を見いだされたニーナは、拾われてからすぐに動力手として戦闘へ参加することになった。砲手を担当している人が女性で、彼女から色々と魔法の手ほどきを受けた。魔法を習うのは楽しくて、村のために戦うのもいいように思えたのだった。

しかし、戦車に乗せられたことで、ニーナは初めて動力手のつらさを理解した。絶えず一定量の魔力を流し続ける必要があり、休むことは許されない。才能はあっても経験が足らないニーナにとって、動力手の仕事は苦痛以外の何物でもない。

砲手と交代してくれるように頼んでみたが、大人たちが耳を傾けてくれることはなかった。それどころか、ニーナが少しでも嫌がったりすると、親分は容赦《ようしゃ》なく体罰《たいばつ》を加えるようにすらなった。

戦車隊の態度が豹変《ひょうへん》――否《いな》、ニーナがその本性を察するようになって、村の実状が見えるようになった。

野良戦車に襲われているこの村は、戦車隊によって恐怖統治を敷かれている植民地だ。唯一の戦力である魔動戦車がなければ、村は野良戦車によって壊滅させられてしまう。それをいいことに威張《いば》り放題で、村人たちは彼らに頭が上がらないのだ。

逆らえないのはニーナも同じだった。少しでも反抗しようものならば、ひどい仕打ちが待っている。むりやり笑顔を作る生活を彼女は送った。愛想だけでも良くしていなければ、命がいくらあっても足らない。殴られたり、蹴られたり、唾《つば》をかけられたりしても、ヘラヘラしていられるような癖《くせ》がついた。

そんな中、ただ一人だけ……砲手の女性に限っては、時々ニーナを慰めてくれることがあった。同じ酷使《こくし》されるものとしての同情だったのだろうか。しかし、彼女も戦車隊の親分に楯突《たてつ》くようなことはしなかった。

ふと、ニーナは考える。辺境の村から逃げ出すまでもなく、すでに弱肉強食の世界はあったのだ。そして、それが人間の本性なのだ。心の奥深くに根付いている加虐《かぎやく》的な気持ちは、その人が大きな力を得ることによって表へ出てくる。大人ですら立ち向かえない。子供に自分にできることはなかっただろう。

理不尽《りふじん》な暴力が憎い。

ただ、ひたすらに憎くて仕方がないのだ。


風呂から出ると、いつの間にか着替えが用意されていた。下着は妙にぴったりだったが、パジャマはサイズが二回りほど大きかった。

キキに連れられてリビングに顔を出すと、参加者たちは先ほど以上の盛り上がりを見せていた。まだ夕暮れ時にもほど遠いのだが、誰も彼もがすっかりできあがり、笑い声が一秒たりとて止まることはない。ダウンするものも続出し、床には空き瓶《びん》だけでなく、眠りこけた人たちのせいで足の踏み場もない。

一番盛り上がっているのは、ニーナがざっと見た限りではエルザである。明らかに酒が入ったら危なそうな年齢に見えるが、両手にビール瓶を握って交互にがぶ飲みしている。浴びるように飲んでいる。むしろ浴びている。

テーブルに飛び乗って、彼女は高らかに言った。

「砲手フィーネと薬屋ジョニー、二人の結婚を祝して乾杯！」

四方八方から「何度目だよ！」と声が挙がる。

「アドラバルト家の名において何度でも言うわ！　結婚を祝して乾杯！　アルコール万歳《ばんざい》！」

エルザはニーナの姿を見つけると、すぐさまテーブルから飛び降りて駆け寄ってきた。ビールでべたべたの頬《ほお》をすり寄せ、口の中に瓶を突っ込もうとしてくる。

「あなたも飲みなさいよ、ニーナ！」

「あ、いや、お酒はちょっと……」

「もしかして、大陸貴族である私の酒が飲めないとでも言うのかしら？　拒否したら決闘よ、決闘！　私のマグナムが火を噴くわよ！」

「なにやってるのさ、エルザ」

途端、エルザの両手から瓶ビールが奪い取られる。

彼女の背後に現れたのは、お酒が入って顔を真っ赤にしているドロシーだった。彼女も相当飲んでいるようだが、エルザと違って思考力が失われたりはしていないらしい。

「二桁《けた》もいってない子供にビールを勧めたりしないの」

「……あの、私、十二歳です」

「え？」

一同、驚いて硬直する。

動じていないのはキキだけで、彼女はニーナの横をするりと通り過ぎ、ビールジョッキを片手にフライドポテトを食べ始めた。

エルザが新しいビール一本を空《から》にして、うんうんと頷《うなず》いた。

「栄養が足らないから、そんなに背が低くてやせっぽちなのよ。ほら、ビールで栄養を補給しなさい。良薬口に苦しという偉い人の名言を知らないの？」

「この貴族、教養ゼロだ！」

ドロシーが大げさに嘆《なげ》く。

楽しい人たち。

ニーナは心の底からそう思う。でも、表情はいっさい動かない。

この人たちが笑っていられるのは、彼女らが強者であるからにすぎないのだ。笑うこともできずに、生きているだけで苦しい弱者を彼女らは知らない。弱者の存在を知ろうともしない。たとえ知っていたとしても、知らない振りをしてやり過ごす。いざ目の前に弱者が現れたとなれば、彼女らは徹底的に傷つけ、利用し、打ち捨てるだろう。

だから、ニーナはとてつもなく怖いのだ。自分は弱者で、彼女たちは強者である。この人たちの笑顔が、いつか自分を虐《しいた》げる楽しむ笑顔に変わるかもしれない。

そう思うと、彼らの楽しそうな宴会に参加することが出来なくなる。大人は怖い。信用できない。戦車に乗っていて、巨大な武力を持っているやつは特に大嫌いなのだ。自分が強いからって、私のことを平気でいじめるのだ。

平気で、いじめるんだ……。

「――なに泣いてるのよ、あなた？」

うつむいていたら、下からエルザに顔をのぞき込まれた。息がお酒臭《くさ》かった。

ニーナは確かめもせずに突っぱねる。

「泣いてないです」

「泣いてるわよ」

「泣ひてなんかないれす」

「やっぱり泣いてるじゃないの！　この宝石の如《ごと》くきらびやかで美しい私の目はごまかせないわ！　この胸に燦然《さんぜん》と輝く紋章に誓って言うけど、あなたは泣いているのよ、ニーナ！」

ドロシーがニーナの手を引いてイスに座らせる。

何事かとバカ騒ぎをしていた参加者たちが集合し、彼女の周囲をわんさかと取り巻いた。牛の出産か、大火事でも聞きつけたような有様だ。

「泣ひてなんんか、ひないんれすからぁっ……」

認めたくなくても、ニーナの視界は涙でぐにゃりとゆがんでいた。雫《しずく》が頬《ほお》を伝う感触もあったし、のどの奥から漏《も》れてくる嗚咽《おえつ》を止められなかった。

「泣いてないれす……なひていないんれすぅ……」

参加者たちの間で「なんで泣いてんだ?」の連鎖が続き、最終的に責任はエルザにぶち当たった。エルザは全力で首を横に振り、「私じゃないわ、愚民《ぐみん》ども!」と否定した。

そのとき、ニーナの目の前に山盛りのフライドポテトが差し出される。ホクホクとしたポテトから湯気が立ち上り、酸味の強いケチャップのにおいが鼻の奥を刺激した。皿一杯に積まれた熱々のポテトが、一挙に場の注目を集める。

皿を差し出したキキは、もぐもぐと口いっぱいのポテトを飲み込んだ。

「食べるといい。気持ちが落ち着く」

なるほど、と一同が納得。

「なによ。お腹《なか》が空いているのなら、ちゃんと言ってくれないかしら?」

すると、エルザが他のテーブルから皿を運んでくる。

いかにも酒のつまみらしい料理が、次々とニーナの目の前に集まりだした。

鮮魚のマリネ、フライドチキン、きのこのバター炒《いた》め、色々な具の載ったクラッカー。どれもこれも、においだけですらニーナの空腹をあおった。

我慢できず、ニーナは素手で熱々のポテトをつかむと、可能な限り口いっぱいに頬張《ほおば》る。涙が止まらなかった。口の中にケチャップの味が広がったときの感動は、なかなか言葉では言い表せない。花畑が見えた。灰色だった自分の世界に、真っ赤な花が咲き乱れた。それくらいおいしかった。酔っぱらいで一杯のリビングが楽園に見える。

あぁ、食べるってことはとても素晴らしい。

ニーナの食べる姿を見ていた人たちが、「じゃぁ料理大会をしよう」と言い始めた。大勢でキッチンに詰め寄ると、サクラが「料理を押しつけておいて、今度は邪魔もの扱いとはどういうことですか！　キッチンは私が守る！」と怒り出す。

酔っぱらいとサクラの正面衝突を眺めて、ドロシーがひっくり返りそうなほど大笑いしている。食べながら、そして泣きながら、それに釣られてニーナもクスリと笑ってしまう。

本当は笑っちゃいけない。自分みたいな弱者が一緒になって楽しんではいけない。そうニーナは自分自身に言い聞かせる。

ただ、彼女はこうも思うのだ。

今、この瞬間まで、生きていてよかった——と。

NINA & THE RABBITS

[2] 初陣

ニーナが目を覚ましたのは、太陽が昇り始めてから間もない頃だった。

スプリング付きのまともなベッドから下りて、すぐさま用意されている服に着替える。水兵の服に似ているけど下はスカート。それに加えて、ストッキングに革のブーツまで用意されていて、それも遠慮《えんりょ》なく履《は》くことにする。誰が用意したのかは分からないが、ニーナには奇妙な組み合わせの服装に感じられた。

それから、クローゼットに肩掛けの鞄《かばん》が入っているのも見つける。それには食べ物やお金になりそうなものを片っ端から詰め込んだ。

ログハウスを出ると、ニーナは庭にバイクが停めてあるのを見つけた。彼女が教会で乗り捨てたものである。鍵さえあれば動くだろう……ニーナは鍵を探すため、ログハウスへ戻ろうとした。

そうして、きびすを返した途端に誰かにぶつかった。

「おはよ」

ドロシーだ。

彼女は寝起きであるらしく、身につけているものは就寝時用のそっけない下着だけだった。豪快に逆立っている寝癖《ねぐせ》をなでつけ、大きくあくびをする。挙動は暢気《のんき》そのものである。

ニーナはいやな汗が全身から出てくるのを感じ、取り繕《つくろ》うように会釈《えしゃく》した。

「……おはよう、ございます」

眠たそうに目をこすりながらドロシーは言う。

「別に、泥棒みたいにコソコソと出ていく必要はないんじゃない？」

大いに有りだ、とニーナは思う。

「なんか思うところがあるみたいだね」

「うっ……」

隠しているつもりだったのにバレてしまう。

あまりにも恥ずかしくて、そして気まずくて、ニーナの顔がカァッと紅潮した。焦りが顔に出れば出るほど、なおのこと恥ずかしさが増していく。気まずさの永久機関だ。

「出ていくときは、ちゃんと出ていくって言ってくれればいい。そうすれば、こっちだって君を邪険《じゃけん》に扱ったりしない。いっそ、あの部屋に住んでもらってもかまわない。家賃さえ入れてくれればね」

ニーナは首を縦に振らない。

「それとも、私たちみたいなやつらとは一緒にいたくない？」

そこで頷《うなず》けない意思の弱さをニーナは感じる。

彼女はドロシーから視線を外し、どうにか自分の気持ちを言葉に表そうとした。

ドロシーの目線は怖い。濁《にご》っているわけではないし、暴力的なわけでもない。ただ、あまりにも真っ直ぐすぎて受け止められない。答えを引き出そうという気持ちが伝わってくる。まるで、そう……幼い頃、母親に悪さを咎《とが》められた時と同じような気持ちになる。

本当は答えたくなかったのに、気付いたらニーナは言葉を紡《つむ》いでいた。

「私は……」

言ったら、ひどい目に遭《あ》わされるかもしれないと思いながら。

「私は戦車乗りが大嫌いなんです」


村におけるニーナの立場は過酷《かこく》なものだった。

戦車隊には利用されるだけで、村人からは軽く扱われる。どこにも居場所がなく、気持ちを理解してくれる人もいなくて、ひどく肩身の狭い思いだった。

それでも、村人のことは嫌いになれない。彼らは自分と同じ弱者で、追い込まれているせいで心が曲がってしまったのだ。やはり、もっとも憎むべきは親分率《ひき》いる戦車隊だろう。

だが、何も変えられずにそんな生活が五年も続いた。

戦車隊の横暴によって、村は急速に疲弊《ひへい》していった。金や食料を巻き上げられるせいで、村人たちは激しい飢えと貧困にあえぐようになった。山を下りて逃げ出す人もいたが、逃亡者は探し出され、見つかると罰《ばつ》を与えられた。見つからなかった場合、近親者が罰を受けた。山を下りて犯罪に手を染め、そうやって戦車隊に貢《みつ》ぐものも増える始末である。

そのうち、親分が村長を名乗るようになった。村は完全に戦車隊の支配下に置かれ、そこは小さな王国になった。男たちは奴隷《どれい》のように働かされ、女たちは怯《おび》えて自分の家からでなくなった。

その間も、ニーナはずっと魔動《まどう》戦車の底で歯を食いしばり続けた。それしか出来なかったのだ。時折、他の隊員がいないところで、砲手の女性と慰め程度に言葉を交わした。

ニーナにとっての終わりがやってきたのは、村に来て五年目の春のことだった。

彼女は十二歳の誕生日を迎えたが、周囲の人からは二つか三つほどは年下に見られ続けていた。ろくなものを食べていないせいで背が伸びず、貧相なあばらが浮いていたからだ。

その日も、ニーナは戦車に乗っていた。野良《のら》戦車には攻撃する周期のようなものがあるらしく、村は数日ほど前から大攻勢を受けていた。もちろん、幾度となく乗り切ってきた展開である。大失敗をしなければ、今回も被害を出さずに済むとニーナは思っていた。唯一の不安要素といえば、どうもお腹《なか》の痛みが収まらないことぐらいか。

その不安要素が致命的だった。ニーナは初潮《しょちょう》を迎えていたのだ。

生理がやってくると、その期間は女性の魔力が大幅に減退する。これは魔女の間では常識だったが、ニーナが余りにも小さく、やせているせいで、誰も彼女が初潮を迎えていることには気付かなかったのだった。

結果、戦車は機動力を失って沈黙。野良戦車は集落を大きく崩壊させ、夕方過ぎに野良戦車の巣へ帰っていった。村民二百人のうち、大人と子供を合わせて十二名が命を落とした。

すべての責任は、当然のようにニーナに押しつけられる。戦車隊に対する畏敬《いけい》の念は消え去り、それに反発するように親分は怒り狂った。罰としてニーナは木に吊《つる》された。

救いの手が差し伸べられたのは突然のことだった。

深夜、揺さぶられて目を覚ましたニーナは、自分がいつの間にか木から下ろされていることに気付いた。下ろしてくれたのは砲手の女性で、彼女はニーナに護身用の魔法板、わずかな金銭、それから魔動バイクの鍵を手渡した。

ニーナが状況を理解できずにいると、砲手の女性が周囲を警戒しつつ教えてくれた。曰《いわ》く、死んだ村人の中に、戦車隊にとっていい金蔓《かねづる》がいたらしい。それを失ってしまい親分は怒り心頭、このままではニーナを殺してしまいそうな勢いだという。

「だから、あなたは逃げて――」

砲手の女性はそう言うと、ニーナを魔動バイクに乗せて送り出した。

そして、現在に至る。

自分を逃がしてくれた女性がどうなったか……それはニーナの知るところではない。想像もしたくない。ただ、彼女の行いは戦車隊にとって喜ばれるようなものではなかっただろうし、動力手が失われたことで、村では何かしらの変化が起こったはずだ。

多くは闇の中だが、一つハッキリしたことがある。

十二歳のニーナは、ますます汚い大人が嫌いになっていた。

「それで、戦車乗りが嫌いになったのか……」

ドロシーは納得したように頷く。それは深々としたものではなく、まるで野菜の安売りでも小耳に挟んだような態度だった。危機感が全く感じられない。

物わかりの良い振りをしたって無駄だ、とニーナは歯ぎしりをした。

白々しい態度にイライラする。心の奥底から、次から次へと言いたいことが湧き出てくる。溢《あふ》れんばかりの気持ちが喉《のど》を震わして、いつの間にか彼女は叫んでいた。

「それに……あなたたちみたいな戦車乗りも嫌いなんです！　食べ物に困ったり、居場所に困ったりしながら、私はずっと戦車で戦ってきました。それなのに、あなたたちは結婚式だ、飲み会だと大騒ぎをして……本当の戦場を知らないで、戦車をただの乗り物扱いして——私は、借り物の強さで調子に乗ってる人や、困っている弱者から目をそらす人のことが大嫌いなんですっ！」

言った。

言い切った！

ずっと、これが言いたかった。言いたくても言えなかったのだ。思っていても、聞いてくれる人なんていない。こんなことを口に出したら殺されてしまう。言っても意味がない。だけれど、目の前には自分の言葉を聞こうと待ちかまえている人がいる。

思いのすべてを吐き出して、ニーナは全身が熱くなっているのを感じた。食事をしている時や、お風呂に入っている時以上に生きている気がした。本物の心臓がドクドクと脈打って、熱く燃える血液を循環させている。

浮浪児なんかに説教されたのだ。きっと怒るに違いない。ニーナがそう思っていると、ドロシーは演劇の役者みたいに大袈裟《おおげさ》な身振り手振りで歩きだした。

「あぁ、可愛《かわい》いニーナ！　あぁ、可哀想《かわいそう》なニーナ！　あなたはそうやって、誰も信じられなくなってしまったのね……。こんなに背も小さくて、あばらが浮いてしまうぐらいやせてしまって、さぞや惨《みじ》めな思いをしたことだろう。そんなに不幸ならば、誰かを恨んでしまうのも無理はない」

歩みを止め、

「だけどねえ――」

ドロシーはニーナの方に振り返る。

「嫌う相手が小さいよ、ニーナ。小さすぎるんだよ。ニーナちゃんの目に映っている敵は、戦車乗りなんていう小さいものだったわけね。はぁー、そいつは知らなかった。戦車乗り程度の存在が怖いだなんて、私、ニーナちゃんの弱虫っぷりに同情しちゃうなー」

バカにされた。

これだけ真剣に説明したのに……暴力の恐ろしさを伝えたのに！

ニーナは体が浮き上がるような怒りを感じた。胸の奥から轟々《ごうごう》とわき起こる感情に、自然と体を動かされる。

目の前にいるのは自分よりも優れた魔女であり、体格も優れた大人だ。つい昨日までなら、いくらバカにされたところで黙っているしかなかった。

だけど、今はこの女をひっぱたいてやりたいくらいだ。

「せ、戦車乗りだけじゃないです……」

「ふーん、言ってみてよ。もっと同情してあげるから」

おちょくったりして、この赤髪女。

「大人のことも大嫌いです！」

「へへー、残念だけど私は十九歳ですー。こう見えても十九歳ですー」

訂正《ていせい》――ひっぱたくだけじゃなくて、思い切りぶん殴《なぐ》ってやりたい。

殴るようにニーナは叫ぶ。

「嫌いだ、嫌いだ！　みんな大嫌いだ！　おいしいご飯を食べられるやつも、柔らかい布団で眠れるやつも、毎日お風呂に入れるやつも大嫌いだ！」

「もっと！　もっと言ってみなよ、ニーナ！」

「屋台でソーセージを売ってるおじさんも嫌いだ！　暢気《のんき》に買い物をしているおばさんだって嫌いだ！　楽しそうに学校へ通ってる子供には、戦車がどれだけ怖いか思い知らせてやりたい！　みんな、みんな、何もかも大嫌いだ！　だ　い　っ　き　ら　い　だっ　っ　！」

ドロシーが笑った。

天を突いて、空を落っことすような高笑いだ。

「まだまだ小さいよ、ニーナ！　小さすぎるよ！　君の嫌いなものは、そんなにちっぽけなものだったのか！　一人だけに思い知らせてやれば気が収まるのか？　十人か？　百人か？　千人ならいいのか？　君が自分のことを不幸だって言うならば、もっともっと、本当に嫌いなものを言ってみたらどうなのさ！」

「言ってやる！　もっと言ってやる！」

ニーナは獣のように叫んだ。

感情が抑えられない。髪の毛をかき乱す。四肢《しし》が震える。気持ちが昂《たか》まりすぎて爆発してしまいそうだ。どこか遠くに向かって走り出してしまいたい。泣くことしか知らない赤ん坊のように、彼女はがむしゃらに声を張り上げた。

「人間なんか大嫌いだぁっ！　あの村も、この町も大嫌いだぁっ！　フィクシオも、シヴァレルも、ソルシャも……国なんか大嫌いだぁっ！　全部なくなっちゃえばいいんだ！　みんな、何もかも、すべてが、大嫌いだぁっ……」

立っていられない。

ニーナはしゃがみ込み、頭を抱え込んだ。額が地面をこすって、細かい砂がジャリジャリと音を立てる。怒りが体中から湯気のように立ちのぼっている。

「なんで！　どうして！　こんなに苦しい思いをしなくちゃいけないんだ……。私は売り飛ばされたり、殴られたり、バカにされたりするために生まれてきたんじゃない！　私はただ幸せになりたいだけなのに……幸せになりたいだけなのに！」

ドロシーは彼女の背中に向かって言い放つ。

「ニーナ。ならば、この世界を大嫌いなものに変えてしまった原因は何かな？　賢い君には見えているはずさ。だって、君が一番その原因を嫌っているはずなのだから」

彼女の言葉に反応してしまうニーナ。

びくり、と体が小さく震えた。

不覚だ、とニーナは思った。

答えには思い当たる節がある。いや、思い当たるなんて曖昧《あいまい》な言い方では駄目だ。もう知っているのだ。自分でも気付いていたのに、ずっと目をそらし続けていたのだ。

自分が最も嫌っている相手は、あまりにも強大で、暴力的で、理不尽《りふじん》で、圧倒的で、何度も何度も彼女を打ちのめしてきたものだから。

顔を上げると、ドロシーが挑戦的な笑みを浮かべていた。

「それはね……戦争だよ、君」

×

ウウウウウウウウ――――――ッ！

前触れはなかった。

突如、ログハウスの側に立っているスピーカーから、けたたましいサイレンが流れてきた。

あまりにも大音量だったため、ニーナは胸の奥からわき起こる怒りのほとんどをサイレンに吹き飛ばされてしまった。素でびっくりしたのである。

すぐさま、アナウンスが入った。


『ポイントFより、野良戦車一台が出現！　近隣の戦車隊は、現場へ即時急行せよ！　繰り返す――』


アナウンスは野良戦車出現の旨《むね》を告げると、今度は町民の避難誘導をし始めた。町民は急がず、騒がず、指定された場所まで避難し、安全が確認されるまで待避すること。そして、避難場所がわからなければ防衛隊や警察官、消防隊員を頼ること云々《うんぬん》。

ギラリ――とドロシーの瞳が輝いた。

「ポイントFか……うちの近くじゃないの」

彼女はぺろりと唇を舐《な》め、それからサイレンに負けない大声で叫んだ。

「しゅーごぉーっ！」

　すると、二階からドタバタと駆ける音が聞こえてくる。ドアが蹴《け》り開けられると、転げるような勢いで住人たちが飛び出してきた。エルザは本当に転んだが、一回転してすぐに立ち上がり、決められた手順を踏むように整列していく。

　左から順にエルザ、キキ、クー、サクラ。

　昨日は結婚式の二次会で、掃《は》いて捨てるほどの人間が集まっていた。だが、このログハウスに待機しているのはこれで全員。つまり、ここに集まっているのがラビッツの全メンバーということになる。

　みんなパジャマだのネグリジェだの……寝間《ねま》着《き》姿のままであり、一番最後にやってきたクーに至っては裸足《はだし》だ。下着姿のドロシーも含め、これから戦車に乗り込もうという格好には見えない。物々しさが不足している。

　みんなが一列に並んだところで、ドロシーは腕組みをして言い放つ。

「これから我々はポイントFに赴《おもむ》き、野良戦車一台を迎撃《げいげき》する」

　すると、エルザが苦々しそうな表情をして意見した。

「あまり頭が痛くなるようなことを言わないでくれるかしら？」

「……それは二日酔いでしょうよ」

　明らかにカチンときた顔をするが、気持ちを静めてエルザは言葉を続ける。

「そういう問題じゃないじゃなくて、足りないメンバーをどうするのかって聞いてるの！　砲手をやってたフィーネさんが結婚退職しちゃったじゃない」

「その辺は問題ない。たった今、新しい砲手が見つかったからさ」

ラビッツのメンバーたちは驚きの表情を浮かべた。

だが、何よりも驚いたのは、

「彼女を砲手に使う」

ドロシーに指名されたニーナ自身である。

なんの脈絡《みゃくらく》もない大抜擢《だいばってき》に、彼女はドロシーの神経を疑いたくなる。だが、彼女はあくまで自信満々の表情を崩さず、子供をあやすようにニーナの肩を軽く叩いた。

「だ、駄目です！　無理です！」

「みんな、安心してくれて大丈夫。この子は野良戦車退治のために、動力手を五年も続けてきた。間違いなく仕事を任せられる」

開いた口がふさがらないとはこのことで、間抜けな顔のままニーナはみんなのことを見回してしまった。

なぜだか、みんな「こいつなら大丈夫だ」という顔で感心している。天が落ちて地面がひっくり返るほど鈍感なのか、それともドロシーの言葉に謎《なぞ》の説得力があるのかは分からない。昨日、ドロシーのことを暢気《のんき》ものと散々罵《ののし》っていたエルザですら、今の彼女の言葉にはうんうんと頷《うなず》いている。

砲手の代わりになれそうな人物を発見し、ニーナは思わず指差してしまう。

「あの、その、サクラさんなら砲手になれるのではっ？」

「彼女には別の仕事がある。そして操縦手も、接続手も、戦車長も、いきなり君に任せられる仕事じゃない」

「じゃ、じゃぁ、動力手を交代します。いきなり砲手だなんて……」

「ということは、少なくとも戦車に乗ってはくれるのね？」

「あ、」

今からでも否定すれば――とニーナが考えていると、言葉を返すまもなくドロシーがまくし立ててきた。

「私たちが戦ってる相手は戦車じゃない。戦争という概念《がいねん》そのものだよ。人を嫌っても、国を憎んでも、この世界をボロボロにしている元凶を倒すことは出来ない。ただ……」

一瞬、彼女は言葉を詰まらせる。

「ただ、今は細かいことなんてどうでもいい。野良戦車を放っておけば町が壊れる。怪我人《けがにん》が出る。死人が出るかも知れない。その被害は金だけで解決出来るものじゃない。そして今、私たちは戦いたいけれども、砲手をやれる人間がいなくて困ってる。だから、君に乗ってほしいわけ。単純な話じゃないの」

ニーナはうつむいた。

砲手なんて出来るわけがない。自分がしてきたことは、ただ座席に放り込まれ、そこで歯を食いしばって我慢していることだけだった。大砲で魔法を撃ち、敵を倒す砲手の仕事とは勝手が違う。

戦争は嫌いだけど、戦車は嫌いじゃない。戦車は自分の心をちゃんと受け止めてくれる。受け止めて、それを力に変えて動いてくれる。

けれど、つい昨日出会ったばかりの人とは乗りたくなかった。信用出来ないし、自分だって信頼されていないだろう。半端《はんぱ》な心構えで戦い、その末に死んでしまうだなんてイヤだ。それと同時に、同じ理由でラビッツの少女達を死なせるのも耐えられない。

気が付けば、ニーナは必死に言い訳を探していた。

「別に……その、人が死んでも、いいです。私とは、関係がありませんから……」

「ふーん、そのバイクに乗って一人で逃げるわけ？　一宿一飯《いっしゅくいっぱん》の恩義も忘れて」

「は、薄情者だと思われて結構です。私、命があればそれでいいですから。生きていられるだけで、本当に十分ですから……」

ニーナは尻込みする。

戦争なんてスケールの大きいものとは戦えない。死ぬのだって怖い。自分は弱者なのだ。だったら、弱者らしく気弱で薄情な生き方を選ぶのだ。強い敵が目の前に現れたら、謝って、命乞《いのちご》いをして、一目散に逃げるのだ。心も体も汚くなって、目も当てられないぐらいになってしまえばいい。

突然、罵声《ばせい》が別のところから飛んできた。

「バカ！」

怒鳴ったのはエルザだった。

鼻から頬《ほお》にかけて、昨日にはなかったそばかすが確認できる。まるで自分のことのように怒り、その興奮のあまりにギリギリと八重歯《やえば》が見えた。まるで自分のことを侮辱《ぶじょく》されたかのように、彼女は大声で怒鳴る。

「あなたには戦える力があるの！　それなのに逃げるっていうの？」

つかみかかりそうな勢いのエルザ。

彼女が飛び出さないようにキキが肩へ手を回すが、それでもエルザの怒りは収まらない。

「あなたが何も出来ない子だったら同情する。反抗したら殺されるって決まってるなら、戦えだなんて無理には言わない。でも、今のあなたは十分に戦える。戦車がある。仲間もいる。あなた、本当は戦いたいんじゃないの？　野良戦車のせいで人間が傷つくのは、嫌だって思ってるんでしょう？　だったら、」

乱暴な言葉を飲み込み、エルザは自分の気持ちを抑えつける。キキも彼女から手を離す。拳を振るわなかったけれども、言葉の一つ一つに衝撃が込められていた。

「……だったら、お願い。私たちと一緒に戦って」

ニーナは想像する。

今もなお、この町に向かって野良戦車が走り続けているのだ。野良戦車は町に侵入し、家を破壊し、人々をキャタピラで踏みつぶすだろう。ここで迎撃しなければ、市街戦になって多数の死者が出るに違いない。

一ヶ月と少し前、死んでいった村の人たちのことを思い出す。

戦車に追い立てられ、自分たちの住処《すみか》が粉々に砕かれるのを見なければならない人たちがいた。毎日汗水を流し、必死になって育てた野菜を踏みつぶされたって、石の一つも投げつけることが出来なかった。戦車隊の大砲に脅《おど》かされて、結婚のために貯めていたお金を巻き上げられる人だっていた。

生きるコツは見て見ぬ振りをすることだ。自分に関係のない災厄《さいやく》から目を背け、ときには関係あることからすらも逃げる。十二歳のニーナは、そのことを骨身に染みて知っている。

だが、同時に無知と無視こそが最大の罪であることも分かっている。

なぜならば、ニーナはその二つが大嫌いだからだ。

ふと、戦車隊で砲手を務めていた女性のことが思い出された。五年も一緒に暮らしていたのに、名前すらまともに覚えていない。でも、彼女が命を懸《か》けて自分を助けてくれたことは覚えている。忘れない。忘れるものか。

一歩でも良い。

「……乗ります」

ニーナは思う――たった一歩でも良いから、自分は彼女に近づけるだろうか！

ニヤリとドロシーは笑う。

思った通りだ、と言わんばかりに。

「よろしい。ならば、私立戦車隊ラビッツ出撃だ！」

居残りのサクラを残し、ニーナたち五人は魔動《まどう》戦車に乗り込んだ。

ニーナの座席は打ち合わせ通りに砲座だ。一段下、戦車の底では操縦手のエルザと、動力手のクーが席に着いている。ニーナのすぐ脇に接続手のキキ、開け放たれたハッチの縁にドロシーが腰掛けている。

初めて座る砲手の席は新鮮だった。今までは、ずっと動力手として戦車の隅に追いやられていたのである（クーに対して失礼な表現かもしれないが）。中央を陣取るというのは、戦車が自分のものになったかのように心地よい。

「発進！」

ドロシーの号令により、まずは動力手のクーが機動板へ魔力を送り出す。魔力が行き渡ると動力手正面のランプが点灯し、それを確認してから操縦手のエルザが続けて魔力を送る。すると戦車はゆっくりと前進し始めた。

ラビッツ事務所の敷地を出たところで右折し、町とは反対の方向へ進む。

私立戦車隊ラビッツの愛車――ラビット号は、ドロシー曰《いわ》く世界大戦中に作られた中期型の戦車であるらしい。すべてが魔力で動くため、後期型にありがちなゴテゴテした計器はそれほどない（戦争後期は魔女の数が不足し、男性がマニュアル操作で運転できる戦車を開発するしかなかった）。傑作機《けっさくき》として名高いモデルであり、造りも頑丈だという。

「大戦中は愛情を込めて黒ウサギだなんて愛称で呼ばれてた。ともあれ、見た目が可愛《かわい》いラビット号だけれど、一番重要なのはそこじゃぁない」

「……どこでしょうか?」

ニーナは尋ねる。

素人《しろうと》っぽい質問のせいで、ちょっと恥ずかしさを感じた。

「ライブラリーさ」

ドロシーが指さしたのは、動力手および操縦手座席の後方に存在する格納庫だ。

車体のおおよそ半分ほどを埋め尽くし、さらに床下まで及ぶそれは、戦うときに使う多種多様な魔法板が収納されている。魔法板が大きければ大きいほど、魔法の基礎威力は上昇する。多ければ多いほど、その戦車が使える戦法が増える。したがって、いかに大きく、そして多くの魔法板を積み込めるかが、戦車設計の肝《きも》なのである。

そして、搭載《とうさい》されている魔法板の管理を一手に引き受けているのが接続手だ。

魔動バイクを運転するときと同じように、戦車乗りはコードの付いたマウスピースを使う。コードの先端には大きなクリップが付いており、接続手が魔法板とクリップを用途《ようと》ごとに接続し直すのである。

一目見て、ニーナは自分が乗っていた戦車との違いに気付く。

「……ずいぶんと数が多いですね」

明らかに魔法板の数が多かった。ざっと数えても三十以上。ライブラリーの奥にしまわれているものを足せば、さらに増えることだろう。だが、ニーナの記憶では、自分がかつて乗っていた戦車には魔法板が十も積まれていなかったはずだ。

「ふむ……だとしたら、ニーナの乗っていた戦車は明らかに魔動板が少なすぎるな」

キキが冷静に言い放つ。

「まともな戦車乗りならば、少なくとも三十は魔法を積んでいる。ラビット号の装備は、これでも少なくて困っているぐらいだ。ただ、これ以上を載せすぎると、動力手の負担が大きくなってしまう」

ニーナは動力手のクーを見る。一番早く寝て、一番起きるのが遅かった彼女であるが、座席に着いた途端に妙な落ち着きを見せている。まぶたを閉じているが、戦車は動いているので、一応起きてはいるのだろう。

同じ仕事を五年も続けた経験上、ニーナは動力手のつらさを知っている。あれは戦車が揺れるたびに、第二の心臓がプレスされたように苦しくなるのだ。だが、舗装《ほそう》もされていないあぜ道を走っているのに、クーは表情を一つ変えずにのんびりとしている。

クーの代わりに、この疑問にはエルザが反応した。

「その戦車の魔法板、焦げてんじゃないの？」

「そ、そんなぁ……」

骨董品《こっとうひん》の贋作《がんさく》を疑うような調子だった。

ニーナは『五年も活躍してきた動力手』という数少ないプライドと実戦経験が、砂で作った城のようにあっけなく崩れていくのを感じた。

「や、やっぱり動力手のクーさんと交代してもらっても、」

「クーなら寝てるよ」

「えっ？」

ハッチから中を覗《のぞ》き込むドロシーと顔を見合わせ、それからニーナはクーの方を振り向く。

先ほどからずいぶんと大人しいと思っていたが、まさか寝ているとは——

「え、でも、戦車は普通に動いてますし、」

「眠りながらでも魔力を絶やさないのが、クーのすごいところなのさ」

すごい、というか……どんな技術なのだろうか。

未だに半信半疑でニーナが驚いていると、ごろんとクーが寝返りを打った。

「私は眠りながら戦うことの出来る特殊スキルの持ち主……むにゃむにゃ」

「ず、ずいぶんと具体的な寝言ですね」

「うーん、これは流石《さすが》に起きてるんじゃないかな……」

終始自信満々だったドロシーすら戸惑っていると、

「起きれや、田舎娘《いなかむすめ》！」

エルザがクーの頬を左右から思い切り引っ張った。

すると、カッと目が見開いて、クーが「卒業単位がっ！」と大声をあげる。

「馬鹿なことを言ってないで、ちゃんと起きてなさいよ。そろそろ、接敵《せってき》が近いから」

ちょっと立ち上がって、ハッチから外の風景を見せてもらう。

ログハウスのあたりから続いていた森が途切れ、そこから先は背の高い草原が一面に広がっている。ずっと先には山があり、その陰には小さいながら砦《とりで》のようなものが見える。自然林に埋め尽くされた緑色の山で、砦に向かって山道が続いていた。

ポイントF。

ニーナは生唾《なまつば》を飲み込み、ハッチの奥へ首を引っ込めた。

×

ひとまず、ラビット号は森の切れ目に姿を隠す。

前方には車体よりも背の高い雑草が生えている。ススキや葦《あし》が多い。隠れるにはもってこいであるが、これでは相手を探すのに苦労するだろう。少々危険ではあるが、戦車長がハッチから身を乗り出して目視するくらいしかない。

ニーナがそんな風に考えている矢先、ドロシーが身を屈めてハッチを閉じてしまった。同時に魔力ランプが点灯し、車内は淡いオレンジ色の光で照らされた。

「あの、敵機を探さなくてもいいんでしょうか？」

「探すさ。でも、今日は不慣れなピンチヒッターがいるから、なるべく早めに片を付ける。そのためには、とにかく迅速《じんそく》な情報収集だねー」

「でも、ハッチを閉めたら敵を探すことなんて……」

ドロシーはニーナの隣に腰を下ろすと、後ろに控えているキキに指示を出す。

「視界拡張」

「了解」

キキはドロシーのコードを手に取ると、先端のクリップを一枚の魔法板につないだ。

胸元に下げていたマウスピースの端をくわえると、ドロシーは明後日《あさって》の方向を見ながら「ふむふむ」と大袈裟《おおげさ》にうなずく。すでに、彼女の目には戦車の内装以外のものが見えているのだろう。

「手頃なサイズだ」

彼女にはどのように見えているのだろうか……ニーナが興味津々《しんしん》に眺めていると、ドロシーがグイと顔（正確にはマウスピース）を突き出してきた。

「ほれ、こっちの端っこを噛《か》んでみて」

「は、あの、でも……」

彼女がためらっていると、操縦席のエルザがすごい剣幕で振り返った。

「さっさと噛んじゃいなさいよ！　女の子同士なんだから別に恥ずかしくもないでしょう⁉」

「わ、分かりました」

それでも恥ずかしいものは恥ずかしいのに……。

心の中で主張しつつ、ニーナはドロシーのマウスピースを噛んだ。魔力の伝達は歯と舌によって行われる。前歯とマウスピースがぶつかってカチンと音が鳴り、舌先で舐《な》めると血に似ている鉄の味がした。

途端、ニーナの目に外の風景が飛び込んでくる。まるで眼鏡《めがね》をかけて、そこに映っている活動写真を見せられているような感覚。戦車のゴツゴツとした内装に、一面に広がる草原が重なって見える。視点はさながら宙を舞う鳥だ。

ドロシーの操作によって、視点は自由自在に動き回る。雑草すれすれを滑空するように移動したかと思うと、垂直に上昇したりもする。視野は人間の目に見える範囲と同じくらいだが、何より自由に視点を切り替えられるのが便利だ。

ニーナはドロシーの手をギュッと握る。視界の半分が鳥になっているせいで、どうも何かにつかまっていないと不安になるのだ。

森の木々よりも遙《はる》かに高い位置から、ドロシーとニーナは草原一帯を見下ろす。そして、ポイントFの方からこちらに向かって進む迷彩柄《めいさいがら》の点を発見する。すぐに、ドロシーは視点をそちらに急行させた。徐々に、進撃する迷彩柄――戦車が大きくなってくる。

「距離は五〇〇〇……まだ、こちらの射程外か」

気付いた途端、ニーナは驚きのあまりに叫んでいた。

「でかっ！」

その戦車はニーナが知っている野良《のら》戦車よりも、そしてラビッツが乗っているラビット号よりも遙かに大きかった。そもそも、この草原で車体の半分以上が草から顔を出している。ラビット号は砲塔《ほうとう》まですっぽりと隠れてしまっているのにもかかわらず……だ。

ラビット号と比べると、横幅、全長、高さ——どれも二倍くらいある。砲が一門、ハッチと両サイドに機関銃が計三つ。キャタピラはとげとげしく、車体の前方には体当たりに使う杭《くい》が取り付けれている。装甲はいかにも分厚そうで、まるで動く要塞《ようさい》のような印象を受ける。

無論、いくら世界各国で戦車の開発が巨大化の傾向にあったとはいえ、このようなモンスターマシンはどこの国でも開発されていない。だが、この実在し得ない造形こそ、野良戦車にとって最大の特徴であると言える。

魔力の波を受けた野良戦車は、他の戦車のスクラップを食らうようになる。傷ついた車体を修復させるだけでなく、自身をさらに強い兵器に成長させるのである。戦車の巣と呼ばれている場所には、今も強力な魔力の渦《うず》と、たくさんのスクラップが残されている。それゆえに、際限なく凶暴化した戦車が生まれるのだ。

叫んだニーナに対して、ラビッツの一同は不信感たっぷりの目を向けた。

こいつは何を言ってるんだ……という風に。

エルザがつぶやいた。

「何を驚いてるのかしら？　あれくらい普通の野良戦車じゃない」

一同は顔を見合わせて、「普通だよね」「普通ですな」「普通だ」と頷《うなず》き合う。

信じられないニーナは、声を荒くして主張した。

「だって、私が戦ってきた野良戦車は、豚とかイノシシぐらいの大きさでしたよ……」

が、彼女の発言に驚いたのはむしろラビッツの方だった。

エルザが苦笑いを浮かべる。

「でも、それだけ相手が小さかったら狙いにくいんじゃないのかしら？　車体が小さくて軽ければ動きもすばしっこいから、それだけ砲手に求められるスキルも高いはずで、」

「いえ、すごく遅かったので絶好の的《まと》でした。体当たりされたら痛いですけど、その前に撃っちゃえば問題なかったですし……」

何とも言えない顔で口を結ぶエルザ。

代わって、今度はキキが尋ねた。

「ニーナはどこで戦ってたんだ？」

「フィクシオとシヴァレルの国境沿いです。村の名前もついていないような場所でした」

こめかみに指先を当てて、キキが思案する。

「……ふむ、だいたいの地域は見当が付いた」

「と、言いますと？」

「目立った戦闘の行われなかった場所だな。戦車の巣にあるスクラップも少ない。だから、出現する野良戦車も小さいものばかりだったのだろう」

別に誇ることでもないのだが、ニーナはなんとなく傷ついた。

足下のクーが振り返り、無表情のままに言う。

「これでまた、ニーナちゃんはまた一つ賢くなりましたとさ」

「ぜ、全然嬉しくないです……」

親分はあの場所を世界有数の激戦区だと言っていた。

他の場所は野良戦車なんてそうそう出現しない。平地のやつらは遊んでばかりで、野良戦車と正面から戦えるやつなんていない。それに比べたら、俺たちはとても貴重な存在だ。村を攻めてくる戦車の群れと、対等に渡り合っているんだからな。

親分の大口を鵜呑《うの》みにしていたわけではない。でも、戦っている最中に感じた第二の心臓の圧迫感は、息もできなくなるほど苦しかった。それほどの苦しみを味わわせておいて、それで戦っていた相手が雑魚《ざこ》ばかりだったとなると――

「来るぞ」

「やや？」

ドロシーの予告通り、次の瞬間に強烈な爆発音と振動がラビット号を襲った。

ニーナの口からマウスピースがこぼれ落ちる。

最初、地震でも起こったのかと思った。そんなわけがない。野良戦車の魔法が直撃したのかとも思ったが、防壁すら展開していない今の状況では、直撃した時点でラビット号の装甲には穴が空くだろう。

「落ち着いて。着弾点はラビット号から五十メートルは離れている」

報告を聞いて、むしろニーナは不安になる。

それだけの距離をおいても、なお背筋がしびれそうなまでの衝撃が襲ってくるのだ。

「……これだけ揺れると眠れやしない。耐震設備を要求する」

クーの落ち着きすぎたコメントに、ニーナは改めてラビッツメンバーの肝《きも》の据わり具合に驚かされる。動揺《どうよう》しているのは自分だけだ。

「こちらの姿は捕捉されていない。今は距離を取る。エルザ、森に沿って移動を開始して」

「了解！」

ラビット号はその場で旋回し、森と草原の境目をゆっくりと移動し始める。ドロシーは砲塔《ほうとう》を回し、大砲を野良戦車の方へ向けた。コードが絡んだり伸びたりしないように、キキが背後で気を配る。

移動中もドロシーはマウスピースを噛み続けている。今もなお、視界拡張の魔法で相手の様子を観察しているのだ。額には汗が浮かび、すでに疲労し始めていることが分かった。

第二の心臓を酷使《こくし》した場合、最初に失われるのは魔力だ。だが、同時に魔力を通す媒介《ばいかい》として肉体にも疲労が現れる。そして、魔力を消費し続ければ、第二の心臓の位置――つまり右胸から大量の出血が起こってしまうのである。

最悪の場合には死に至る。第二の心臓とは架空の器官であり、あくまで「魔力を高めるためにはこの辺りに力を入れなさい」という指針に過ぎないのだが、魔力の酷使が体を傷つけるのは明らかな事実なのだ。

疲れるのも無理はないだろうとニーナは思った。辺境の村で戦っていたときも、視界拡張ではないが、広範囲に効果が及ぶ魔法が使われた。使ったのはニーナでなく砲手の女性だったけれど、彼女は魔法を展開してから三分も経たずにそれを放棄《ほうき》した。

おそらく、視界拡張の魔法はここぞというタイミングで使われうるものであり、継続して行うものではないのだろう……ニーナはそう判断する。

「はい、これ」

ドロシーからヘルメットが手渡され、ニーナはそれをかぶる。サイズが少し大きめで、目のすぐ上まで隠れてしまった。

ニーナは辺境の村で戦っていた頃のことを思い出す。

あのときも、確かヘルメットのサイズが合っていなかった。

野良戦車の第二射がラビット号を揺らす。着弾点はずいぶんと離れていようだが、先ほどよりも音と揺れが強く感じられる。

これが、いつ死ぬかも分からない戦車の世界。山奥でくぐり抜けてきた戦いの数々が、今のニーナにはまるで子供の遊びのように思えてしまう。

自分は魔法を一切使っていないのに、心拍数は高まり、心臓の鼓動がうるさく聞こえる。体が震える。ニーナはあからさまに緊張していた。屋台のソーセージを盗む時の比ではない。

手の甲で汗を拭《ぬぐ》い、ドロシーが大きめの声で報告する。

「敵戦車がぶっ放しているのは波動弾《はどうだん》だ」

「は、はどーだん？」

恐怖に飲み込まれないよう、震える声でニーナは会話に食らいつく。

　すると、足下のエルザが「そんなことも知らないの？」という具合に見てきた。

「すみません……」

「私に謝ってどうするのよ。謝る暇があったらドロシーの講義を聞きなさい！」

「はひっ、あ、その、お願いします」

　そうビクビクせずとも、とドロシーはニーナの髪を撫《な》でる。

　絵本の読み聞かせでもしてもらうように、彼女はドロシーの声に耳を傾けた。

「弾種《だんしゅ》・波動。戦車の主砲としては一般的な魔法さ。魔力を物理的なエネルギーに変えてぶつける。砲弾を積み込む必要がないって点を除けば、火薬の大砲をぶっ放しているのと変わりない。純粋な魔力に近い単純な攻撃だから、こちらも魔力で対物理防壁を展開すれば――」

「相手の攻撃を防ぐことが出来る？」

「いや、防げない」

　ドロシーは話の流れをしれっと反転させた。

「理屈の上では可能だけど、敵の魔法は威力が高すぎる。攻撃範囲も広めで、着弾点は直径十メートルぐらいの大穴が開いている」

　直径十メートルといったら、このラビット号が軽々と収まる範囲だ。

「もしも当たったりしたら、どうなるんでしょうか……」

「間違いなく、この戦車ぐらいなら掠《かす》っただけでペチャンコだろうさ。対物理防壁を張ったとしても、生き残れたら運が良かった……という程度かな？　射程も向こうの方が圧倒的に長いみたいだし、こちらの波動弾は効果が薄いだろうね。一般論で言えば、ほとんどの野良戦車は防壁を張るほど頭が良くない。けれども、あの装甲の分厚さ……至近距離まで近づいて撃ったところで、履帯《りたい》を切れるかどうか——」

ニーナは愛想笑いも苦笑もできない。野良戦車の砲撃が、このラビット号を直撃する光景を思い浮かべると、体の中にあるものが一斉にキュッと縮まるのだ。

加えて、こちらの攻撃は一切通用しないと来ている。履帯と言えば、それはいわゆるキャタピラの帯の部分で、戦車が持つ弱点の代表的なものだ。砲塔や車体よりも当てるのは難しいが、命中させれば一発で移動手段を奪うことが出来る——というのが履帯に対するニーナのイメージである。その履帯すら攻撃しても無駄だとは……。

「停止！」

ドロシーが指示を出すと、エルザはすぐさまラビット号を停止させた。

移動を開始してから、砲撃の音は近づいたり離れたりを繰り返している。野良戦車は何者かが隠れていることには気付いているらしいが、正確な場所を摑《つか》んではいないようだ。

だが、見つかったら最後……このラビット号は紙で作った模型のようにつぶされてしまう。砲撃が当たらなかったとしても、体当たりを食らったらおしまいだ。杭《くい》で貫かれ、キャタピラで踏みにじられる。とても痛そうだ、とニーナは思う。

「キキ、旗を貸して」

「了解です」

ドロシーに言われ、キキがどこからともなく旗を持ち出す。まさか白旗ではないかとニーナは疑いたくなったが、どうやらそれはラビッツのチームフラッグであるらしい。いかにも女の子らしい、戦争とは無縁そうな可愛《かわい》いウサギの絵が描いてある。ハッチを開けると、おもむろにドロシーは旗を外に出した。

その行動があまりにも意味不明だったため、ニーナは一瞬にしてパニックに陥《おちい》った。

「み、み、み、見つかっちゃうじゃないですか！」

「これでいいのさ、ニーナちゃん」

「いいわけないじゃないですかっ！　殺されちゃいますよっ！」

全く周囲が見えておらず、とにかく逃げたくなって腰が浮いてしまう。

その間にも、野良戦車からの砲撃は始まっている。音からして、明らかに自分たちを狙っていることが分かる。二発、三発と撃つうちに、少しずつ音と振動が強くなっているのだ。

「わ、私はつぶされて死んじゃうのなんてイヤです。怖いです。痛いのは本当に本当にダメなんです。あの、本当に、私は――」

ガブッ

次々と浮かんでくる言葉を吐き続けていたら、口に手を突っ込まれた。

反射的にニーナは口を大きく開いたが、抜け出た手には赤々と歯形が残っている。

手を差し出したのはクーだった。彼女は少し痛そうに手をひらひらさせ、なぜかピースをしてから座席に座りなおした。したり顔。十二歳の少女を唖然《あぜん》とさせるには十分だった。

「ニーナたん、すこぶる落ち着いた？」

「……すこぶる落ち着きました」

口を強く結び、改めてニーナはドロシーと向き合う。

「いいかい、ニーナ」

旗を振り続けながら、彼女が語った。

「上からものを言うような感じだけれど、私が戦車長で、ニーナちゃんは砲手だ。君の仕事は原則として主砲を撃つことであって、状況を判断することではない」

「はい」

「つまり、過度な想像や余計な勘《かん》ぐりはいらないのさ。恐怖とは想像力の中で生まれる。自分の頭が生み出したものに苦しめられることほど、戦場において馬鹿馬鹿しいことはない。死因がシーツのお化けじゃぁ、格好が付かないってものだよね」

彼女のまなざしから自信があふれている。青白い炎が燃えるように、瞳が爛々《らんらん》と輝いているのだ。一見は穏やかに見える青色だが、その心は果てしなく情熱的だ。言葉選びが、声の調子が、全てが生き生きとしている。

「不安になったり、怖がったりすることは私の仕事さ。だけれども、私は君たちを不安にさせたり、怖がらせたりは絶対にしない。乗組員をビビらせる戦車長は無能だ。断言できる。だからこそ、私はニーナたちが決して怖がらなくても良いように約束しよう」

私たちは必ず勝つ。

戦車長である私が勝たせる。

ドロシーはよどみない声で言い切った。

「ニーナ、君は信じるんだ。ひたすらに信じるんだ。疑いがあるなら、今はただ恐怖してくれてもいい。けれども、勝利の女神が私たちに微笑むことを私は予言するよ。見事に的中したときは、私立戦車隊ラビッツの実力を信じてもらいたいね！」

着弾点が近づいてくる。

音が骨を伝い、脳を揺らしてくる。思わず耳をふさいでしまいたくなるほどだ。

だが、ニーナは歯を食いしばって耐え続ける。さっきはみっともないところを見せてしまった。一度は決めたはずの覚悟を撤回《てっかい》しようとするだなんて……。

飛び散る土のかたまりが、ラビット号の車体に降り注ぐ。これ以上近づかれたら、野良戦車の射程に入ってしまうだろう。

限界ギリギリの駆け引きは——

「かかった！」

ドロシーの顔を微笑《ほほえ》ませた。

「見てみなよ、ほら」

ドロシーに体を押し上げられ、ニーナはハッチから外の風景を見回した。

視界を共有したときよりも、だいぶ近い位置に野良戦車の姿を発見する。せいぜい五百メートルも離れていないだろう。

ニーナはすぐさま異変に気付いた。

野良戦車の砲身が大きく下がり、車体の後部が大きく下がっている。つまるところ、野良戦車の巨体がつんのめっているのだ。

何故？　こんな草原のど真ん中で？

隣からドロシーが顔を出す。彼女はすでにマウスピースをはずし、視界拡張の魔法を解除していた。額にかいている汗は苦痛ではなく、むしろ「いい汗かいた」ぐらいの清々《すがすが》しさを感じさせた。

「この場所は一見したところ草原だが、中心部は湿地になっている。ススキと葦《あし》の分布を見れば気付くんだけど、野良戦車はそういう知識がないからね……。湿地の存在に気付かなかったんだろう。それで、あれだけ重い機体だから、ちょっと泥沼に踏み込んだだけで行動不能ってわけさ」

ラビット号はぬかるんでいない場所を選んで足を進める。正面からは近づかず、野良戦車の横っ腹につける。無論、正面よりも装甲が薄いからである。

さぁ、ついに自分の出番だ。ニーナは意気込む。でも、零《ぜろ》距離から波動弾を撃っても傷つけられない相手に、一体全体どんな手が通じるというのだろう？

「弾種《だんしゆ》・火炎《かえん》」

キキからマウスピースを手渡されて、それを噛《か》む。

彼女はカチャカチャと配線を切り替えながら言った。

「波動弾が通用しない相手を倒せるように、ラビット号にはちゃんと別種の攻撃魔法が搭載《とうさい》されているんだ。その点に抜かりはない」

マウスピースから伸びたコードは、ライブラリーの魔法板に繋《つな》げられている。そして、魔法板からは別のコードが伸びており、そちらは砲身に繋がっている。こうすることで、魔女と魔法板、それから砲身が一つに繋がり、魔法板で生み出された魔法が砲身から撃ち出されるようになるのだ。

野良戦車とラビット号は一メートルも離れていない。砲塔の先端が車体に掠《かす》りそうな至近距離である。絶対必中の射程圏内《しやていけんない》だ。

どうにか沼地から逃げ出そうと、野良戦車は必死にキャタピラを回転させている。だが、それでも車体が沈み込むのは止まらず、泥水を跳ね上げてしまうだけだった。

ニーナは砲塔に付けられたスコープを覗《のぞ》き込み、野良戦車の横っ腹に狙いを定める。ドロシーが選び、キキが接続してくれた魔法の力を信じて第二の心臓を燃やす。全力をもってして魔力を送り出す。第二の心臓がカッと熱くなって、魔力の満ちた血液が全身を駆けめぐる。魔力はマウスピースから魔法板へ伝わり、絶大な破壊力を生み出すのだ。

傍《かたわ》らに寄り添い、ドロシーが耳元でささやく。

「いいかい、ニーナ。君は確かに砲手をしたことがない。君をこき使っていた戦車隊は最悪だったし、戦車の性能にも恵まれていなかった。だけれど、五年の経験は嘘をつかない。動力手は戦車乗りの中で最も地味で苦しい仕事だが、それだけ君の魔力は鍛えられてきたのさ」

魔力が蓄積され、ライブラリーに納められている魔法板が放熱を始めた。

背中がジリジリと熱くなる。同時にニーナは知った。自分の胸の内には、自覚しているよりも多くの魔力が眠っている。あの屑鉄《てつくず》のような戦車に乗っていた五年間は、決して無駄ではなかったのだ。今にも爆発しそうな魔力の高まりを覚える。

ニーナはマウスピースを噛みしめ、戦車長の下す合図を待ち続けた。

そして――

「砲射《ほうしゃ》ッ！」

刹那《せつな》、ラビット号の砲身が火を噴いた。

細く鋭い炎の槍。

「あつっ！」

砲身から吹き込んでくる熱風に当てられ、思わずニーナの体がのけぞった。

炎の槍は野良戦車を猛烈な勢いで穿《うが》つ。どれだけ分厚い装甲を持っているとしても、それが鋼鉄であることには変わりなく、熱を加えればドロドロに溶けてしまう。

それが弾種・火炎。波動弾の通用しない相手に対して使われる切り札である。

ついに装甲が貫かれ、野良戦車は中と外から二重の炎に包まれた。戦車はキャタピラを回してもがいていたが、機動板が焦げ付くと次第に動きが鈍くなっていく。ニーナの力が尽きる頃には、野良戦車はぴくりとも動かなくなっていた。機動板の機能が停止し、戦争の亡霊がまた一つ消えたのだ。

勝利の余韻《よいん》に浸る余裕もなくニーナが額の汗を拭《ぬぐ》っていると、同じくエルザが額に汗をかきながら振り返った。

「……周りのススキに燃え移っているみたいだけど、これはどうするのかしら？」

「あ、」

ニーナもようやく問題点に気づかされる。

「……暑くて眠っていられない。扇風機の導入を要求する。ぶーぶー」

「バカなことを言ってないで、クーも何か考えなさいよ！　ええと……そうだ！　使用人を呼んで芝刈りさせましょう！　五十人くらい呼べば、こんなススキの原っぱなんて十分でゴルフグラウンドに出来るわ」

ライブラリーを管理しているキキすら表情を歪ませている。

野良戦車を倒したのはいいとして、このままでは大火事を起こしてしまう。退避するにしても、モタモタしていれば自分たちが蒸し焼きだ。

結果、一同の視線は頼れる戦車長に向けられることとなった。

ドロシーは悩ましげに目を細める。

「弾種《だんしゆ》・水鉄砲《みずでつぽう》」

またまた冗談を……。

熱気の高まりと共に、うずき出した頭をニーナが抱えていると、

「その手がありましたか」

キキがライブラリーの奥の方をいじり始めた。

「あ、あるんですね……水鉄砲」

×

さっき火を噴いていた砲身から、シャワーのように水が噴き出している。そんな摩訶不思議《まかふしぎ》な光景を呆然《ぼうぜん》と眺めている内に、ボヤの消火は結構簡単に終わった。

しばらくすると、深い青色をした大型戦車が町の方からやってきた。彼らは町専属の警備隊であり、協力しに現場へ急行したらしい。ただ、ラビット号が野良戦車を倒したため、残る仕事は残骸《ざんがい》の処理だけだ。

現場を警備隊に任せ、ラビット号は帰路についた。帰り道の足は遅い。全力疾走で体を酷使《こくし》したあと、軽くランニングして体をほぐすように優しく進む。操縦手のエルザと動力手のクーもだいぶ魔力を消耗《しょうもう》したようで、シートに深く腰を落として大人しくしている。

キキはというと、先ほど使った魔法板の手入れをしていた。焦げ付いていないかをチェック

し、きれいな布で丁寧《ていねい》に磨《みが》く。

辺境の村にいた時、ニーナは戦車隊の人たちが魔法板の手入れをしているところなど見たことがなかった。やはり、あの戦車に積んである機動板はメンテナンス不足で焦げ付いていたのだろう。

ニーナはため息をついた。

いつになく魔力を使ったせいで、第二の心臓が重くなっている。また、それは熱せられた鉄《てつ》塊《かい》のようでもあり、ニーナを体内からゆっくりと焦がしている。

……ただ、それとは別に何かモヤモヤしたものを彼女は感じていた。

「おつかれさん、ニーナ。体は大丈夫？　怪我《けが》とかしてない？」

ハッチの上からドロシーが声をかける。

戦車の外に顔を出し、ニーナはそよ風を受けて涼んだ。

「いえ、その……体の方は大丈夫です」

「気分が悪い？」

ニーナは頷《うなず》く。

この人に嘘をついても仕方がない……いや、嘘をついたりしたくない。今はそう思う。それに先ほどから心のモヤモヤが離れないのだ。この気持ちを誰かに理解して欲しかった。魔法を使った心地よい疲れと裏腹に、どうにも破壊した戦車のことが気になってしまう。

「戦車を倒すことって、あまり楽しくないんですね……。思ったよりも切なくて、なんだか可《か》哀想《わいそう》な気がしました。まるで、犬か猫を殺してしまったような……」

不謹慎《ふきんしん》なことを言ってしまったとニーナは思うが、対してドロシーは優しく微笑《ほほえ》んだ。

「この仕事をした直後は、誰だって憂鬱《ゆううつ》になるものさ」

ドロシーはぼんやりと遠くの景色を眺める。

「戦車殺しを心底楽しめるやつは、未だに戦争へ参加しているやつのことだよ。私たちは戦争と戦っている。暴力をぶつけ合っていることには変わらないけれど、これはどちらが正しいかを決める戦いじゃないのさ。亡霊になってしまった戦車を生み出した人間自身が倒す。むなしいに決まってるよ」

ふと、ニーナは戦車隊と一緒に戦ったときのことを思い出す。迫り来る小さな野良戦車たちを撃ち抜き、踏みつぶし、蹂躙《じゅうりん》したあと、自分以外の乗組員たちは笑っていた。達成感とは違う歪んだ笑みである。彼らは勝利が好きなのだ。まさしく戦争ではないか。

野良戦車が駆逐《くちく》されると、村人たちはほっとしたように頬《ほお》をゆるめた。だが、それが一時の安らぎであることをニーナは知っている。戦車の残骸《ざんがい》を片づけるのは村人たちの仕事であり、そのとき、彼らはいつも憂鬱そうな顔をするのだ。残骸に向かって祈りを捧げるものすらいたのである。

ニーナは知った。

自分は五年間も戦争を続けていたのだ。

「続けちゃいないさ」

ドロシーがニーナの髪をなでる。見上げると、彼女は優しげに目を細めていた。

「五年間、君はずっと亡霊たちの悲しみを背負ってきたんだ。自分でも知らないうちに、ニーナは戦争と戦い続けていたんだよ。それは胸を張って誇っていいことなんだ」

胸に手を当て、ニーナは自問自答した。

本当に自分は誇れるだけのことをしてきたのだろうか？

いや、誇れるだけの生き方をしてきたのだろうか？

でも、考えれば考えるほど、恥ずかしい人生を送ってきたと思えてしまう。

「……私はそんなに立派じゃありません。だって、みなさんが戦車乗りだって分かった瞬間から、みなさんのことを嫌ってしまいました」

エルザとクーが同時に振り返る。

醜《みにく》い自分が見られている、とニーナは恥ずかしくなった。

けれども、ここで本当の気持ちを言葉にしなかったら、もっとつらくなってしまう。

「私、戦車乗りってだけで悪い人だと決めつけてました。悪い戦車乗りしか見たことがなかったから……いや、私の心が狭かったから。勝手に嫌って、勝手に恨んで、だから、私は立派な人間なんかじゃないんです！」

最後、感情的になって声を張り上げてしまう。

すると、エルザが唐突《とうとつ》にマウスピースから口を離す。そして、クーの口を無理矢理こじ開けたかと思うと、自分のマウスピースを強引にねじ込んだ。クーはタバコを二本同時に吸うかのように、動力手と操縦手の兼用運転を任せられた。速度がガクンと落ちる。

ハッチからエルザも顔を出す。同じ場所に三人もいると、さすがに少女の細い体でもギュウギュウだ。必然的に体が密着して、エルザとニーナは額がぶつかりそうなほどである。

「じゃぁ、今ならどう？」

エルザが問いかける。

「今の私たちも、やっぱり嫌いなのかしら？」

「あ、いえ、その……」

視線の逃げ場もないくらいに近くて、ニーナはさらに恥ずかしくなった。第二の心臓はようやくおとなしくなってきたのに、今度は本来の心臓が忙しくなっている。

「嫌いじゃ、ないです……でも、その、」

「私、ハッキリしない子は好きじゃないわ」

「……あの、みなさんのことを嫌いだなんて言って、私、どうしたら、」

ふふん、とエルザは鼻であしらうように笑う。年齢は一つか二つくらいしか変わらないはずなのに、ニーナには自分と全く違う大人の態度に見える。

「私たちはこの仕事にプライドを持っているの。あなたにちょっと勘違《かんちが》いされたくらいで、逆恨みするほど心が狭くなんかないわ。それに、」

エルザの指先がニーナの頬に触れた。

「私は身なりの汚い人間は嫌いだけど、自分の気持ちに素直な人間は好きなの。愛していると言っても良いわ」

「愛！」

ま、お子さまには分からないかしら？

そんな風にエルザは笑う。

「……ニーナ、気を付けて。こいつ、愛とか言ってるけど恋愛経験ゼロ」

「暴露すな、田舎娘《いなかむすめ》！」

すぐさま取っ組み合いが発生する一方、ニーナは深々と考え込んだ。

自分と大して年齢の変わらない少女から、愛だなんて言葉を聞かされた。人買いに売り飛ばされるまでは、少なからず両親の愛に触れていたと思う。だが、それすらもニーナの記憶からは消えつつあった。戦車の中にも愛があるだなんて、知らなかった。

思えば、砲手の女性が時折見せてくれた優しさも愛だったのかもしれない。

そこで大笑いしたのはドロシーだった。

笑われたエルザの方は、なんだか不本意そうにムッとしている。

「ニーナが私たちのことを嫌いじゃなければ、自分のやることを見つけるまでラビッツの事務所に住んでいいよ。今回は人手が足らなくて、君を強引に乗せることになった。それは……本当にゴメンね。挑発して命のやり取りをさせるなんて、私が悪かったよ」

「あっ、いえ……」

すぐにニーナは否定した。自分は戦車に乗りたかったし、戦争と戦いたかったのだ。ドロシーから戦車に乗るように言われたとき、自分と彼女の意志は合致《がっち》していた。

はにかむドロシー。

「でも、戦車に乗ることがすべてじゃない。私はそう思う。特に君は十二歳だ。自分のすべてを一つのことに賭けるには、まだまだ早すぎるよ。うちも新しい砲手を探すさ」

子供。

つい一ヶ月前、女になった気がしていたのに。

「私、子供でいいんでしょうか……」

「いいに決まってるだろう？」

隣のキキから声が掛かる。

「胸が膨《ふく》らんでもいないのに、どこが大人だって言うんだ？　それは一緒にお風呂に入った私が、一番よく知っていることだぞ。エルザよりも胸板が薄かったことは確実だ」

「ちょっと確認」

座席から立ち上がったクーが、おもむろにニーナの胸にタッチ。両手に全神経を集中させているからか、目をつむり、眉間《みけん》に皺《しわ》まで寄せている。

「むむ……エルザのサイズを基準にした場合、ニーナちゃんの胸は０．７５エルザと言ったところか……絶望するにはまだ早い。諦めるな」

「ややや、くすぐったいれす」

「くすぐったい？　全世界美少女くすぐり委員会の委員長として、これは聞き捨てのならない言葉……失礼、ニーナちゃん。直《じか》に触ってみてもよろしいか？」

「――ていうか、なんでクーが私の胸のサイズを正確に知ってるのよ！」

「あぁ、裸にひんむかれても鼻ちょうちんを膨らませていたエルザさんじゃないですか」

「貴族チョップ！」

我慢できなくてニーナは吹きだしてしまう。

チョップが命中する直前で、エルザとクーの動きがぴたりと止まった。

二人にじっと見つめられるけれども、どうしても笑い声が止められない。こうして心から笑っていられることが嬉しい。一緒に戦った仲間と、気軽に掛け合いをしていられることが楽しい。一度にやってきたプラスが多すぎて、ニーナは思わず大笑いしてしまった。

笑い声はラビッツの仲間達にも伝わる。エルザは大爆笑して車内の壁をバンバン叩き、クーはお腹《なか》を抱えて座席の上をゴロゴロしている。

「なんだ、ちゃんと笑えるんじゃないか」

笑いすぎで息が苦しくなっていると、キキが背中をさすってくれた。

「は、はひっ、笑えまふっ」

「これからはもっと、ゆっくり笑えばいいだろう。時間はたっぷりあるんだから」

「お、そろそろ到着するよ」

ドロシーが前方を指さし、ニーナとエルザもそちらに顔を向けた。気付けば、もうラビッツの事務所であるログハウスが目前だ。

片手にフライパンを持ったままのサクラが飛び出してきて、庭先でラビット号に向かって大きく手を振っている。どんどん近づくにつれて、焼いたパンやベーコンのおいしそうな匂《にお》いが漂ってきた。

「おかえりなさーい。ちょうど、朝ご飯ができたところですーっ！」

サクラにそう言われた途端、ニーナのおなかがグゥと大きな音を立てた。

帰る家があって、おいしいご飯が待っている。

命を懸《か》けて戦争と戦ったのだ。

今ぐらいは、こうして幸せな気持ちに浸ってもいいはずだ。

NINA
&
THE RABBITS

[3]

ラビッツの日常とアンフレックの町

まず、ムギュッとしていた。それからギュギュッとなって、だんだんと苦しくなってきた。あまりにも息が詰まるのでジタバタしていたら、いきなりドタンと頭を打った。

目覚めると、ニーナはベッドから転がり落ちていた。もう朝だ……というか昼だ。窓の外を見ると、太陽がずいぶんと高くのぼっている。

首や胸に妙な圧迫感があり、ニーナはこほんこほんと咳《せき》をした。寝ている間に何かあったのか——と顔を上げると、自分のベッドにクーが眠っているのを発見した。

ここは自分があてがわれた部屋であり、クーはちゃんと自室を持っているはずである。彼女がどうして自分のベッドで眠っているのか、ニーナの思考力が全然追いつかない。

クーは枕を抱きかかえ、それを絞《し》め殺すような勢いでギュッとしている。おそらく自分はあれに巻き込まれたのだろう。あの圧搾機《あっさくき》みたいなハグに。

ただ、枕に対する攻撃を除けばクーの寝姿はとても可愛《かわい》い。つくづく眠っている姿の似合う人だ、とニーナは思う。ご自慢のふわふわした金髪が、シーツ一面にばさぁーっと広がっている。まるで油絵でも眺めているようで、実に絵になる光景だ。

「あの、クーさん？」

ニーナが声かけをしながら肩をたたくと、もぞもぞとしながらクーは目を覚ました。

「なんりゃい、ニーナちゃん？　私は今、巨大プリンにしがみつくのが大変で」

「それは夢ですよ、クーさん。あと、さっきまでしがみついていた相手は私です。……ともかく、どうしてクーさんは私のベッドで眠っているんですか？」

問いかけてから答えが返ってくるまで、だいたい三分ぐらいかかった。

「全世界美少女くすぐり委員会の委員長として、あくまで義務を全《まっと》うしていたまで。先日、あまりにも眠くてニーナちゃんのくすぐったいところを確認し忘れたので、こうしてベッドに潜り込んでみた」

今までずっと枕を抱きしめていたクーが、ようやく体を起こそうとする。だが、手足に全く力が入らないのか、起きあがろうとしてもべたっとベッドに倒れ込んでしまう。

「どうやら、体がまだ眠ったままらしい」

「は、はぁ……ずいぶんと器用な眠り方ですね」

右手だけを持ち上げて、クーがちょいちょいと手招きをする。

「ニーナちゃん。ちょっと私のことを部屋まで運んでくれる？　可能ならばお姫様抱っこで」

お姫様抱っこをする腕力はないので、ニーナはクーに肩を貸してあげることにした。

クーの体はほとんど脱力状態で、歩こうにも足が動かず、半ばニーナは彼女のことを引きずることになった。

体を預けている間、クーは今にも意識を落としてしまいそうに目が虚《うつ》ろだった。

この居眠り癖《ぐせ》は尋常《じんじょう》ではない。でも、どうしたらこんな風になってしまうのだろう？

クーの部屋はすぐ隣なので、特に考えがまとまることもなく到着する。

ドアを開けて彼女の部屋に入ると、まず最初に古い本の匂《にお》いがした。本棚《ほんだな》には本がぎゅうぎゅうに詰まり、机の上には山積みで、それ以外にも床一面に散らばっている。しかも、ただ量が多いだけではない。中には今まで見たこともない、絵のような文字や、ミミズのようにひょろひょろした文字で書かれているものまであった。

本だけでなく、大量の紙も散乱していた。羽ペンと空《から》っぽになったいくつものインク瓶《びん》。彼女は単なる読書家であるだけではなく、かなりの物を書く人であるらしい。ごみ箱にはインクで黒くなった紙が、クシャクシャに丸めて捨てられていた。

どうにか、本だらけのベッドの隙間《すきま》にクーを押し込む。

「変わった文字の本が一杯ありますね」

もしかしたら、もう聞こえていないかも知れない。そう思いつつニーナがつぶやくと、クーはもぞもぞと体を動かしながら答えてくれた。

「それは外国の文字。不思議と外国の本の方が読みやすい。好みに合う」

ふと、ニーナの目が机の上にあるメモ書きに止まる。フィクシオ共和国でも使われ、ニーナにも少しは読める言葉で書いてあったので、彼女は思わずメモ書きに手を伸ばした。

途端、むんずと背中をクーによって摑《つか》まれる。

「読まないで、恥ずかしいから」

「これ、何が書いてあるんですか？」

「……小説の下書き」

ニーナの背中を摑んでいた手がストンと落ちる。

どうやら、今度こそ睡魔に意識を持っていかれたようで、クーはベッドから半分身を乗り出した状態で固まっていた。このまま放置するのはあまりにも可哀想《かわいそう》なので、ニーナはクーの体をベッドに戻して、ちゃんと毛布を掛けてあげる。

部屋から出て行こうとすると、背後からクーの寝息が聞こえてきた。

「これは寝言だけど三時には起こして」

「さ、サクラさんあたりに伝えておきます……」


階下へ降りたニーナは、まずリビングに顔を出した。サクラがいるかと思ってドアを開けたのだが、しかし誰の姿もない。宴会のあとは片付けられており、昨日の朝食以来にきれいな床板を拝むことができた。この辺にエルザが寝ていたな、などと思いながらテーブル脇を通過。キッチンをのぞき込んでみても、やはりサクラの姿はない。

「私がいっちばーんっ！」

ログハウスの外から声が聞こえてきたので、ニーナはリビングの窓から顔を出す。

見てみると、庭の芝生《しばふ》でエルザが誇らしげに仁王立《におうだ》ちをしていた。半袖《はんそで》シャツにカーキ色のズボン（なんとなく軍人が穿《は》くズボンに見える）というラフな格好で、額には汗、呼吸も荒くなっており、どうやら何か運動をしていたらしい。

少し遅れて、キキが庭先に駆け込んできた。

どうやら二人でランニングをしていたようで、同じ格好をしているところを見るに、シャツとズボンはスポーツウェアというところであるらしい。息を整えながらゆっくりと庭を歩き、キキは肩に掛けたタオルで汗を拭《ぬぐ》った。

一方、エルザはタオルを持っていないらしく、パタパタと手のひらで顔を扇《あお》いでいる。

「ちょっと待っていてください！」

ニーナは洗面所までタオルを取りに行き、すぐさま庭へ飛び出した。

タオルを受け取ったエルザは、ニンマリと満足そうに笑う。

「なかなか気が利《き》くのね、ニーナ。どこぞの毒舌駄《どくぜつだ》メイドとは大違いだわ」

「今、水も持ってきますからね」

リビングまで引き返してコップになみなみと水を注ぎ、それを二つ持って庭へ舞い戻る。

「どうぞ！」

「ありがとう、助かる」

コップを手に取って、一息で水を飲み干すキキ。彼女はもう一方の水も受け取ると、おもむろにそれをエルザの頭へかけた。

エルザはずぶ濡れになり、当然のようにシャツは透けてしまう。けれども、エルザはそれを恥ずかしいとも思っていないようで、サラッと濡れた前髪をかき上げると、爽《さわ》やかな笑顔で言った。

「いつもなら侮辱《ぶじょく》罪というところだけど、スポーツの後に限っては気分が良いわ。それに、今日はキキにも勝てたからね」

中腰になっているキキの頭をポンポンと叩くエルザ。

キキは別段悔《くや》しがっている風ではなく、むしろ喜んでいるように見えた。

「前にも増して速くなったなぁ、エルザは」

「当然よ」

エルザは胸を張って言う。

「アドラバルト家の娘である私は容姿端麗《ようしたんれい》、成績優秀、スポーツ万能。努力する天才とは私のことよ。いくらキキが元軍人とはいえ、私の高貴な血筋には勝てなかったようね」

はー、あっついあっつい。

エルザがリズミカルに口ずさみながら、おもむろにシャツを脱いだ。下着は着けておらず、当たり前ながら上半身裸である。

シャツが透けている時から動揺《どうよう》していなかったとはいえ、まさか脱いでも平然としているとは——とニーナは彼女の不思議な性格に驚きを隠せない。

……あ、本当に私が0．75エルザだとしたら、彼女はちょうど1エルザくらいの胸だ。

ニーナがしみじみと直視していると、視線に気付いたエルザがモデルのようにポーズを決めてきた。なんだかおもしろいので鑑賞する。

すぐ脇ではキキがストレッチを始めていた。時々、右胸の下……風呂場で見た古傷のあたりを押さえている。

純粋に疑問に思ったので、ニーナは二人に向かって尋ねた。

「体を鍛えると、魔法が上手になるんでしょうか?」

答えたのはキキだった。

「ふむ……答えはイエスでありノーだ」

「て、哲学的な解答ですね」

「そんな立派なものじゃないが、ともかく魔力というのは個人によって絶対的な強さが決まっている。魔法を使えない人が一生使えるようにならないのと同じく、これればかりは個人の才能としか言いようがない」

「その点、私は何の心配もないわね。なんといっても才能のかたまりだから」

「でも、イエスでもあるということは、一応鍛えられるんですよね?」

「あ、意図的に私の言葉をスルーしたわね、ニーナ」

エルザにこめかみをグリグリされながら、とりあえず説明の続きを聞く。

「魔力の使いすぎで右胸から出血するように、人間の体は魔力を扱うには繊細《せんさい》すぎる。故に体を鍛えることで、ある程度は魔法を使いやすくなるという寸法だ。持ち合わせている才能を有効活用するための努力だな。それ以外にも、単純に戦車乗りは体力を使うし……ニーナの場合は、運動以前に栄養面での問題がありそうだがな」

「……自分でもそう思います」

もちろん、ニーナだって自分の食がとても細いことについて自覚している。ただ、ものをたくさん食べようとしても、あまり胃が受け付けないのである。特に脂《あぶら》っこいものは苦手で、肉の脂身なんてものには全く手が出ない。

そのくせ、大好物と言われて最初に思い浮かぶのがソーセージなのだった。ソーセージが一本あると、その気になれば丸一日くらいは楽しめる気がする。

トップレスのエルザがコメントを挟む。

「極貧《ごくひん》生活が長かったから、胃がびっくりしてるんじゃないの？」

続けてキキが見解を述べた。

「ニーナは確かソルシャの出身だったな？　ということは、君は農耕民族というよりも狩猟民族に近しいはずだ。だったら、体が肉を受け付けないはずはない」

「かといって、慣れるまでソーセージを毎日食べさせてあげる――というわけにもいかないのよね。残念ながら、ラビッツは財政的に厳しい局面に立たされているもの。どこかの誰かさんが、身の程知らずの豪華な結婚式を立ち上げてしまったせいでね」

不満があふれているエルザと対照的に、どうもニーナはしっくりと来ない。

二階建ての大きなログハウスがあり、ガレージには立派な戦車があり、メイドを一人雇うことが出来る。見ず知らずの少女を拾って、世話までしてくれているのだ。ニーナからしてみると、あまり金銭で困っているようには見えない。

「うちがどれだけ傾いているかは、そのうちニーナにも分かるわ」

「あんまり目《ま》の当たりにしたくない現実ですね……」

ニーナが深々とラビッツの内情について考えていると、

「あ――――っ！」

ログハウスの南側から素《す》っ頓狂《とんきょう》な声が聞こえてきた。

三人が一斉に振り向くと、そこには大きなかごを抱えているサクラが立っていた。どうやらログハウスの南側で洗濯でもしていたらしく、大きなタライにはボトル洗剤が入っている。顔を真っ赤にして、両手で熱そうな頬《ほお》を押さえており、妙に切迫した面《おも》もちだ。

彼女はエルザのことを指差して叫ぶ。

「破廉恥《はれんち》！　破廉恥です！」

エルザは先ほどと態度を変えることなく、上半身裸のまま平然としていた。

「ふんっ、使用人風情《ふぜい》が大騒ぎして……」

ずいずいとエルザはサクラに接近する。

「私は貴族よ。平民とは違う高貴な生き物なの。あなたは犬や猫の前で裸になるのを恥ずかしがるのかしら？」

何か違うような気がするのだが、あまりにエルザが自信満々に語るので、ニーナは口を挟むことが出来ない。

サクラは彼女から視線を逸《そ》らして吐き捨てる。

「まったく……エルザさんの露出癖《ろしゅつへき》でどれだけ迷惑が掛かっているとお思いで？　ポストに突っ込まれている小汚いパンツ入りラブレターを処分したり、藪《やぶ》に隠れた盗撮魔を始末したり、どこかで誰かが苦労しているんですけどもねぇ……知りませんか、露出癖のある貴族の娘さん？」

「露出癖言うな！　私を変態呼ばわりしないでくれるかしら！」

「所構わず全裸になったと思ったら、今度は『接ぎ当てのある服なんて恥ずかしくて着ていられない』だなんて……服を着ても脱いでも羞恥《しゅうち》プレイとは、いやはや大陸貴族のお姫様はずいぶんと物好きなようで」

「決闘よ、決闘！　この島国女の眉間《みけん》に波動弾《はどうだん》をぶちこんでやるわ！」

「その前にサムライソードで真っ二つにしてやりますけど、この場で大恥《おおはじ》をさらす覚悟はおありですか？」

ぐぬぬぬっ——と睨《にら》み合う二人。

まぁまぁ、と子供の喧嘩《けんか》を仲裁《ちゅうさい》するようにキキが割って入る。

「エルザは服を着てくれ。いくらなんでも、そのままでいたら風邪《かぜ》をひいてしまう。貴族の娘

が風邪をひいて倒れでもしたら、そちらの方が恥ずかしいんじゃないのか？」

「そ、そうね……キキがそう言うなら」

納得半分、不満半分といった面持《おもも》ちで、エルザはログハウスの中に引っ込む。

それを見送ってから、今度はサクラに言葉をかけた。

「いつも迷惑を掛けるね、サクラ。洗濯物《せんたくもの》の残りは私がやっておくから、君はニーナに食事を作ってあげてくれないか？　私はどうも料理だけは苦手でね……お腹《なか》を空かせた可哀想《かわいそう》な少女に、どうか存分にその腕前を振るってくれ」

「キキさんがそう言うのなら……じゃぁ、残りの洗濯はお願いします」

こちらも納得半分、不満半分。若干《じゃっかん》納得の方が多し。

ニーナは素直に感心する。ラビッツの戦車長はドロシーだけれども、一番大人なのはもしかしてキキなのではないだろうか？　そんな気すらしてくる。

タライと洗剤を受け取って、キキがログハウスの南へ駆けていく。

それを見送ってサクラが方向転換したところで、

「完成だ、バンザーイ！」

二階の窓が開いて、そこからドロシーが顔を出した。

よれよれになったセーター、前髪を持ち上げるヘアバンド、ビール瓶《びん》の底のように分厚い眼鏡《めがね》。結婚式の時とはほぼ別人となったドロシーが、部屋の中から五十センチ四方の魔法板を取り出した。

「枕に仕込んでおくことで、絶妙な振動が安眠を妨害し、その人間に悪夢を見せる魔法！　この銀盤を買うのに、今月の食費を使っちゃったけどね」

ニーナは今日が何日であるかを思い出す。

あぁ……まだ九日じゃないか。

×

町に行くべし。足回りはエルザとキキがなんとかしてくれる。

ドロシーからの指令を受けて声をかけると、二人は快《こころよ》く了解してくれた。

午前中に運動をしていたエルザとキキは、もうちゃんと服を着替えてていた。エルザは木綿《もめん》のブラウスに、ふわっとふくらんだ赤いスカート。キキは黒いジャケットに、すれたジーンズを合わせている。

ニーナも着替えるべく自室に戻る。クローゼットを開けてみると「これを着なさい！」と言わんばかりに、水兵っぽい子供服がハンガーで掛けられていた。単なる間に合わせとは別の意思を感じつつ、彼女はそれに着替えた。

とりあえず鞄《かばん》を提げて庭へ出てみると、二人はすでに車に乗り込んでいた。屋根のない古びたジープで、後部座席は荷物をたくさん載せられるようにシートが取り外されている。

運転席にはキキが腰掛けており、エルザは後部座席にラグを敷いて座っている。ニーナが助手席に乗り込むと、彼女はニーナとキキの間から顔を出して、機動板につながっているマウスピースを手に取った。エルザがそれを噛《か》むと、機動板に魔力が送り込まれて車体が揺れる。排熱パイプがブロロロロと低い音を立て始めれば、もう発進準備は完了だ。

「出発進行！」

エルザが高らかに言う。

操縦はマニュアル化されているようで、キキはマウスピースを噛んでいない。ハンドルを握って、アクセルを踏み込むと、ジープはゆっくりと加速し始めた。

車は庭から出て、すぐさま左折。道のりはきわめて単純で、あとはひたすらまっすぐ走るだけで町にたどり着く。一昨日に眺めたばかりの風景のはずだが、逆順でたどると、それがまたニーナには新鮮に見える。

「畑がいっぱいですね」

左右を見回してニーナが言った。

町へ続くあぜ道は、両側を広い農地に挟まれている。その多くは夏野菜で、あと一ヶ月か二ヶ月ほどで収穫《しゅうかく》できそうだ。農夫たちが水まきをしたり、雑草を抜いたりと作業に没頭《ぼっとう》している。コンクリートの建物が多い町中とは一転して、田舎《いなか》のようにのどかな風景である。

畑の一角をキキが指さした。

「あの辺はラビッツが所有している畑だ。本業じゃないからそこまで熱心じゃないが、交代で世話をしている」

エルザが「不本意だけど」という風にため息をつく。

「生きていくためには仕方のない話ね。野良《のら》戦車の被害で畑はつぶされるし、うちのアホ戦車長は食費を使い果たすし……まったく、昔はガーデニングだって庭師を雇っていたのにね」

ともかく、とエルザがニーナの頬《ほお》を指でつついた。

「あなたは今日中に仕事を見つけなさいよ」

「も、もうですか？　しかも今日中に？」

突然のことにニーナは体をビクッと震わせた。

今まで、仕事をしてお金を稼《かせ》ぐことなんて考えたこともなかった。幼い頃は両親に養ってもらい、辺境の村では村人に食事の世話をしてもらっていた。そもそも、自分のお金というものをほとんど持ったことがないのである。

「ログハウスの住人として、食費ぐらい入れてもらわないと困るわ。ドロシーだってそのつもりで、あなたを町に行かせようとしたんじゃないのかしら？」

「そうなんでしょうか……」

「あれでドロシーは人を甘やかさないたちだから。というわけで、今日中に仕事が見つからなかったらソーセージ禁止」

「え！」

座席に腰掛けていなければ、膝から崩れて落ちていたかもしれない。

ほろり、とニーナの目尻から涙の粒が落ちた。

ギョッとしてエルザが顔をひきつらせる。

「な、泣くの早すぎないかしら？」

「だって、ソーセージが食べられなくなるんですよ。世界の終わりじゃないですか……」

もちろん、涙が止まらない理由はソーセージが食べられないから——ということだけの話ではない。

正直なところ、町に出て仕事を探すだなんて怖いことをしたくないのだ。仕事をするとなれば、雇い主は決まって大人だ。たぶん、男の人が多いと思う。大人の男の人だなんて、どうやって接すればいいか分からない。いつ酷《ひど》いことをされるのか、ビクビクしながら働くだなんて耐えられる気がしないのだ。

励《はげ》ますようにエルザがニーナの髪をなでる。

「まぁ、そこまで心配しなくても大丈夫よ。私たちラビッツのメンバーだって、仕事を掛け持ちしているわけだしね。アルバイト程度のことだけど」

「……そういえば、みなさんはどんな仕事をしているんですか？」

その質問にはキキが答えてくれた。

「私は整備工として、町の工場で働いている。エルザはパン屋のレジ係。クーは寝てばかりのように見えるが、五カ国語の翻訳《ほんやく》ができる。サクラは私たちが雇っているメイドだから別として……ドロシーさんは夢追い人だな」

夢追い人。

「なんと言いますか、ファンシーな表現ですね」

「ふふふ、働かないドロシーさんも素敵……面倒くさがっているのをお風呂に連れ込んで、髪の毛を洗ってあげたい」

「そ、そうですか……」

「甘やかせば甘やかすほど、ドロシーさんは怠惰《たいだ》になっていく。私がつけいる隙《すき》はそこにあるというわけだ」

ラビッツで一番の常識人だと思っていたが、ここに来てキキが不敵な笑みを浮かべている。これは彼女に対する認識を改めなければなるまい――と思いつつ、ニーナはドロシーの浪費癖《ろうひへき》&怠惰《たいだ》癖を重ね重ね警戒させられた。

ひとしきり妄想《もうそう》を楽しむと、キキは再びいつものポーカーフェイスに戻る。

「……それほど気負わなくても、仕事ぐらいなら簡単に見つかるだろう。この町は景気も上向きだし、治安もいい。男どもは夜遊びする場所が少ないとわめいているが、それを除けば不足のない町だ」

それから、彼女は自分たちが住む町についても説明してくれた。

フィクシオ共和国リサ地区アンフレック町。

人口は五千人強の中規模な町であり、南にある交易都市ドラスの玄関として機能している。最近は治安の良さが注目され、アンフレックを拠点《きょてん》に活動する商人も増えてきてきた。

唯一の欠点と言えば、野良戦車の襲撃を受けやすいということである。

北に百キロほど進めば、そこはもう先の大戦で戦った相手——アーケシア元帝国の領土だ。帝国の攻撃を受ける防衛都市として、アンフレックは戦時中に成長したのである。町の付近に作られた基地や陣地が、後の野良戦車を生み出す温床《おんしょう》になったのだった。それゆえ、ラビッツのような私立戦車隊が数多く活躍している。

門をくぐって町中へ入ると、一気に風景が様変わりする。アンフレックは周囲が高い壁に囲まれており、これも防衛都市として戦った際の名残《なごり》だ。壁には銃眼《じゅうがん》が開いていたり、砲座《ほうざ》が取り付けられていたりしている。

所々、噴水が目に付く。ちょっとした広場があると、必ずと言っていいほど噴水が設置されており、町民たちと憩《いこ》いの場となっていた。

だが、それもキキの説明によれば戦争と結びつくらしい。

「アンフレックの町は、地方の割には上下水道がしっかりしている。ただ、それは住民の要望に応えたというわけではなく、消火活動を円滑《えんかつ》に行うためなんだ。噴水だけでなく、この町には消火栓《しょうかせん》や勝手に使える水道がたくさんある」

奇《く》しくも戦争と関わりの深い町。

運がいいのか悪いのか……と、ニーナは少々複雑な気持ちになった。

「でも、その、なんと言いますか、」

四角い町並みを眺めながら彼女はつぶやく。

「激しい戦争を戦い抜いた防衛都市の割には、それほどゴツくないというか、」

「ふむ、君はかなり勘《かん》がいいな」

感心したように言うキキ。

「防衛都市の割にいかめしくない。確かにその通りだ。あまりゴテゴテせず、血なまぐさくならず、上手《じょうず》に戦い抜くのには秘密があるわけだが……それは、いつか私以外の誰かが語ってくれるよ」

「秘密？」

「なにそれ、私も知らないわ！」

魅力的な単語にエルザも飛びついたが、クスクスと笑うばかりでキキは教えてくれない。

アンフレックの町に隠された秘密。

それをニーナが思案している間にも、キキの運転するジープは進んでいった。

×

「結局、大した成果はなかったですね……」

住宅地に面している通りにジープを停め、ニーナとキキは一休みしていた。二人とも右手にドーナッツ、左手に熱々の紅茶を持っている。これらは正面にあるパン屋――エルザの職場からサービスとして受け取ったものだった。エルザは今、パン屋の店頭で元気に焼き立てのパンやドーナッツを売っている。

アンフレックの町に入り、まず三人はパンプキン商会という名の酒場を訪れた。そこには仕事募集のビラを貼る掲示板があり、仕事を探している町中の人間が集まるとのことだ。それなら期待できるかもしれない……とニーナは意気込んでいたのだが、結局、自分に向いていそうな仕事は一件しかなかった。

ニーナはフィクシオ共和国で使われている三つの言語のうち、二つを話すことはできるのだが、書けるものは一つもない。計算も下手《へた》で、足し算と引き算すらままならないのだ。必然的に出来る仕事は限られる。

「……だが、そうガッカリするものではないさ」

掲示板からもらってきたビラを見て、キキはそう言った。

メイド募集、年齢学歴問わず——雇い主・ドクター

「このドクターというのは町長のことだからな」

「え、そうなんですか?」

素直に医者なのだろうと思っていたニーナは、ちょっと驚いて聞き返す。

「医者にして町長。彼のメイド募集といったら、生活に困っている女性の支援という意味だ。信頼していい。今は回診している時間だろうから、これが食べ終わったら町役場まで会いに行こう」

うなずいて、ドーナッツにかぶりつくニーナ。

ふいに、通りを駆けていく子供たちの姿が目に入る。自分と同じくらいか、少し年下の子供たちだ。同じ見た目の鞄《かばん》を提げているあたり、おそらく学校からの帰り道なのだろう。

この町には学校へ通っている子供が大勢いる――そのことにニーナは衝撃を受ける。山奥の村から逃げている途中、もちろん学校や、そこへ通う子供たちの姿を見かけたことがある。だが、それに比べれば働く子供たちの方が圧倒的に多かった。

ニーナが生まれたソルシャだって、学校に行ける子供はほとんどいなかった。村長の息子が都会の学校へ進学する……ということが、村の一大ニュースとして騒がれるくらいだ。子供というのは農作業の手伝いをするのが普通であるという村だった。

しみじみと平和に浸っていると、通りの角を曲がって一台の魔動《まどう》バイクがやってきた。サイドカーが付いている珍しいタイプのものだ。

乗っているのは女性の二人組である。白いヘルメットと大きめのゴーグルをかけているせいで、いまいち顔立ちは分からない。けれども、風にあおられてなびく二組のブロンド髪は、濡れたようにキラキラとしてニーナの目を釘付けにした。

そのサイドカー付き魔動バイクが、不意にニーナとキキの前に停車する。

二人の女性は打ち合わせをしたように同じタイミングで振り向くと、

「「ごきげんよう、首なしラビッツのお嬢さん！」」

全く同じ声の調子で挨拶《あいさつ》してきた。

どうやら見知った間柄であるらしく、呆気《あっけ》にとられたニーナの代わりにキキが挨拶を返す。

「どうも、ピジョンズのお二人さん」

魔動バイクの二人が、同時にヘルメットとゴーグルを取り去る。

するとと、うり二つの顔が現れた。

「ふふーん」

「じゃじゃーん」

ニーナがあんぐりと口を開けているのを見て、自分たちで効果音までつけてしまう二人。

長いまつげ、切れ長の目、高い鼻、真っ赤なルージュを引いた唇。甘い香水のにおいが漂ってきて、そばにいるだけでニーナをクラクラさせる。ぴっちりとしたレザーのジャケットとパンツに身を包んでいるが、胸元は大きく開き、どうしても胸の谷間に視線が行ってしまう。唯一違うのは、目尻にあるほくろの位置が逆だと言うことか……。

ドロシーにしろ、キキにしろ、サクラにしろ、ラビッツの大人組はニーナの目からしてみるとかなりの美人だ。けれども、目の前にいる双子《ふたご》は別種の美しさを感じる。町に来た初日、バッチリとメイクを決めていたエルザの妖艶《ようえん》さ……それに近い美しさと同じだ。

二人は軽い身のこなしで魔動バイクから降りると、ニコニコとしながらニーナの方へ迫ってくる。

同じ顔の二人に左右から近づかれるというのは、ニーナにとってちょっとしたホラーだ。

運転をしていた右側の女性が言う。

「ピジョンズの戦車長、シンシアでーす」

サイドカーに乗っていた左側の女性が言う。

「ピジョンズの砲手、モニカでーす」

あまりにも急に近づかれたので、ニーナは思わず上体をそらした。

彼女と双子の鼻先は煙草《たばこ》一本分も離れていない。

「あ、あの……」

「こちらは同業者の二人。つまり戦車乗りだ」

「戦車乗り、ですか？」

キキの紹介を聞いて、ニーナはさらにポカンとする。

これもまたラビッツを基準とした話だけれども、彼女らはほとんど化粧《けしょう》というものをしていない。身だしなみに気を遣う……という程度にしか、美容には興味がないらしい（クーが鏡に向かって「パッチリ二重《ふたえ》にな～れ～！　パッチリ二重にな～れ～！　うぁ、なんだ、ちびっ子貴族。私を哀れむような目で見るんじゃない。べ、別に私は念を送っていたわけじゃ――おのれ、バサバサまつげにパッチリおめめ、うらめしや。ハゲろ！」と言っていたことは除くとして）。

だから、日頃からこんなにメイクを決めている戦車乗りがいるだなんて思わなかったのである。

きっとモテモテなんだろうな。ラビッツの人たちには男の影がまったく見えないのに……。

で、その男の影が見えない美人筆頭——キキが続けて言う。

「部隊名はピジョンズ。人からは白いカラスとも呼ばれているな」

変な通称だと思って聞き返そうとすると、先にピジョンズの双子が反応した。

「カラスなんてひどい呼び方。私たちは純正潔白、平和の象徴の鳩なのに！」

「そうそう、私たちは純粋なんだから。フィクシオ共和国でもっとも純真な戦車隊として有名なのよ！　言うなれば天使ね！」

それこそフィクションだろう、という顔をしているキキ。

なんとなく、ニーナは白いカラスという通称の意味を理解する。

キキを横へ追いやって、シンシアとモニカはニーナを挟み込むようにベンチに腰掛ける。キキが自《おの》ずから避けてあげたのは気のせいか……ともあれ、ピジョンズの双子はがっしりとニーナの二の腕をつかみ、彼女を完全に拘束《こうそく》してしまう。

両腕に胸の感触が！　首筋に吐息が！

「ややや、道を行くお兄さんたちが、私たちのことを若干《じゃっかん》興奮した面《おも》もちで凝視《ぎょうし》しているのですけども……」

「お嬢ちゃん、お名前は？」「首なしラビッツの新人さん？」

間髪《かんはつ》いれずに質問が飛んでくる。

「その、えーと……ニーナと言います。でも、ラビッツのメンバーというわけじゃなくて、その、今は事務所に居候《いそうろう》しているだけなので、」

双子が顔を見合わせる。視線で会話して、同時に頷《うなず》く。

「居候ならうちに来ない？」「そうそう、ピジョンズの事務所に！」

「い、いきなり言われましても……」

「事務所に来て、楽しいことをしましょうよ！」「そうそう、とっても楽しいこと！」

楽しいことってなんだろう？

ちょっとだけ期待してしまった次の瞬間、

「あーん」「いただきまふー」

シンシアとモニカに耳を甘噛《あまが》みされた。

「はにゃにゃにゃんっ！」

今まで体験したことがない未知の感覚に、ニーナは盛大に変な声を出してしまう。

なんだろう、この、髪の毛を撫《な》でてもらうときとは別種の――いや、別次元のくすぐったさは！　ぜんぜん体に力が入らなくなって、ずるずるとベンチからずり落ちてしまいそうになる（でも、シンシアとモニカに腕を掴《つか》まれているので、一向に逃げられる気配がない）。

ニーナの首筋を指先でなぞるピジョンズの双子。

「ねぇ、どんな気持ち？」「ねぇねぇ、どんな気持ち？」

「ど、どんな気持ひもなにも、くすぐったひれす……」

二人はこくりと頷き、ようやく手を離してくれる。

ずり落ちるニーナの体を受け止め、キキはハンカチで彼女の耳周りを拭《ふ》いてあげた。ニーナをベンチに寝かせ、放心状態になっている彼女に向かってキキは言う。

「イヤならイヤと、最初にハッキリと言うことだよ。この二人は真性《しんせい》のレズビアンだからな。うっかり巣へ招かれたりしてみろ。新しい世界に目覚めるぞ」

「はっ、はひぃっ……」

必死の思いで返事をするニーナだったが、拭くハンカチの感触にすら敏感になってしまい、もはや、まともに思考を働かせられる状態ではなかった。

シンシアとモニカはニコニコと放心状態のニーナを眺める。当初の予定は遂行《すいこう》されました。してやったりです、という風に。

「ニーナちゃんがよかったら、いつでも事務所においで」「おいで、おいで」

お断りします。

ニーナがそう答える代わりに、別の誰かが口を挟んだ。

「――やれやれ、昼間から過激なものを見せられてしまったよ」

放心状態だったのでニーナは気付けなかったが、ベンチのすぐそばに新たな魔動バイクが停まっていた。

運転席に乗っているのは白衣姿の中年男。バイクは一人乗りのものだったが、荷台の部分には少々窮屈《きゅうくつ》そうにパンツスーツの女性が腰掛けている。

声をかけてきたのは、白衣を着ている中年男の方だった。彼はスタンドを立ててバイクから降りると、無精《ぶしょう》ひげをこすりながら世間話でもするように語る。

「ここ最近のことだがね、家出少女たちが家へ帰ってくるなり、お姉さまぁ——だなんてため息をつくらしい。聞く話によると、彼女らを積極的にかくまっている悪女がいるそうだ。保護者たちから何とかして捕まえてくれと言われているのだが、ふぅむ……僕の勘《かん》が正しければ、すぐ近くに犯人はいるような気が、」

それからのシンシアとモニカは素早かった。

「さ、さぁー、誰のことでしょうねぇー？」「心当たりなんて、な、ないですよー？」

血相を変えてバイクに飛び乗ると、挨拶《あいさつ》もそこそこに急発進。

あっという間に曲がり角の向こうへ姿を消してしまう。

ニーナは全身からおかしな汗をかいていることに気付いた。これで家に帰ってシャワーを浴びたら、くすぐったいところが凄《すご》いことになってしまう予感がする。

「やれやれ」

つぶやき、白衣の男が短く刈り上げた髪をかく。

柔和《にゅうわ》そうな顔つきだが、肌は日焼けをして浅黒く、体格がガッシリとしているので迫力がある。ラビッツで一番背の高いキキにすら、頭一つ分以上の差を付けていた。まくられた白衣の袖《そで》から、太い二の腕がのぞいている。いくつか縫《ぬ》ったような傷痕があって、それが妙におどろおどろしい。けれども、小さな黒縁眼鏡《くろぶちめがね》がなにやら愛らしく、よけいな迫力を中和してくれていた。

シンシアとモニカを追い払った彼は、ニーナにとってはヒーローのようにも見えた。

「あの、あなたは……」

「僕かい？」

しわだらけの白衣を羽織《はお》りなおし、中年男は答えるのだった。

「僕はドクター。町の人にはそう呼ばれているよ」

×

白衣を着た町長はにぃっと笑う。日焼けした肌に真っ白な歯がまぶしい。

「戦時中に軍医をしていてね、復員してからは医者として働いていたのだが……うっかり町長の仕事をすることになってしまった。まぁ、今も片手間だけど、回診だけは続けている」

彼が自己紹介を終えると、隣に控えているパンツスーツの女性が小さく会釈《えしゃく》した。

彼女も眼鏡を掛けているが、こちらは頭脳明晰《めいせき》そうな銀色フレーム。淡い茶色の長髪を大きな三つ編みにして垂らしている。感情表現の薄そうなまじめ顔で、彼女もまたラビッツにいる誰とも違うスマートな印象をニーナは受けた。

屈強な町長兼お医者さんとインテリ美人秘書さん。それが一人乗りの小さな魔動バイクに相乗りしているのだから、なんだか変わっているとニーナは思う。

「秘書のベアトリーチェ・カークランドと申します」

礼儀《れいぎ》正しい挨拶だったので、ニーナも思わず同じように挨拶をした。

「に、に、ニーナと申します。えと、ラビッツの事務所に居候《いそうろう》をしてますっ」

彼女が大きくお辞儀《じぎ》をすると、ドクターは「礼儀正しい子だ……」と感心の声を上げた。

久しく大人から誉《ほ》めてもらっていなかったことを思い出し、嬉しすぎてニーナは胸が苦しくなる。

「あの、えと、その……」

せっかく本人に会えたのだから、仕事のことを話しておこうとニーナは思う。

だが、不思議と言葉が出てこない。まるでのどの奥から手が生えて、出ていこうとする言葉をつかんで引っ張り戻しているみたいだ。仕事に応募してみようと思います、よろしくお願いします。ただのそれだけなのに声がつっかえる。

成り行きを見守っていたキキが、放っておけない様子で助け船を出した。

「この子、メイドの募集に応募するそうです」

それを聞くなり、ドクターはにっこりと笑った。またもや、白い歯が眩《まぶ》しい。

「タイミングがいいな。その募集は今朝貼ったばかりなんだ。君が第一号。即採用だ」

ありがとうございます……の一言が出ない。

怖いわけではない。恥ずかしいのだ。大人の男の人から、こんな風に優しくされたことは久しくなかった。ラビッツの人たちから誉められるのとは違う気恥ずかしさがある。体の大きな人に自分を肯定してもらうと、なんだか大きなパワーで守ってもらっているような気持ちになるのだ。

ニーナは真っ赤になってうつむいた。

ドクターは「ハッハッハ！」と豪快に笑う。

「……仕事を探しているということは、君は学校に行ってないのかな？」

「はひっ……その、今まで学校には一度も行ったことがありません」

「そいつは悪いことをしたなぁ。まいった、まいった」

今度は苦笑するドクター。軽く流しているように見えて、一瞬、とても真剣な目をする。かつて立派な軍人だったであろうことを想起させる、冗談でごまかしたわけではない態度だ。

彼はしゃがみ込んで、ベンチに腰掛けているニーナを見上げるようにして言った。

「すまないね。もう少し町全体の所得が上がれば、文句を言われず税金を引き上げることができる。そうすれば、君みたいな子供の学費を負担できるのだが……いかんせん野良《のら》戦車対策の防衛費がかかりすぎる。いや、これも言い訳にすぎないか。町長としての実力が足らないだけなのだからな」

彼がニーナの頭をなでる。

大きな手のひらだ。ドロシーと比べると乾いてゴツゴツしている。懐かしい父親のことを思い出す。大きくて、包容力があって、強くて、優しい人だった。父は農夫で、ドクターは元軍医だけれども、雰囲気《ふんいき》が——まとっている空気がとても似ている。

五年前に離れてしまった我が家には、まだこの空気が残っているのだろうか？


『——番組の内容を変更して、臨時ニュースをお伝えします』


遠い故郷に思いを馳《は》せた直後である。

ドクターのバイクに下げられているラジオから、男性アナウンサーの声が聞こえてきた。公共放送らしく、感情のこもっていないロボットのような声だった。

『臨時ニュースです。タイラン合衆国の特別戦犯収容所から、特A級戦争犯罪者であるアドリオ・マドガルドが脱走していたことが判明いたしました。合衆国政府と国際合同議会は連携をとり、現在マドガルドの行方《ゆくえ》を捜索中です。マドガルドらしき人物を目撃した方は、速やかに警察へ連絡し——』


三人の表情がそろって険しいため、よくないニュースであることはなんとなく分かる。

だが、アドリオ・マドガルドが誰であるのかをニーナは知らないし、ほかにも意味を理解できない単語が多すぎた。唯一、意味を推察できるのは戦争犯罪者という言葉。悪い人であることには間違いないだろう。

「あの、詳しくはどういうニュースなんでしょう……」

　秘書のベアトリーチェが口を開いた。

「ニーナさんは戦犯って——戦争犯罪者って分かりますか？」

「……いえ、分かりません。でも、その、戦争で悪いことをした人のことですよね？　あ、けど、戦争って全部悪いことですし、じゃあ、兵隊さんになった人はみんな悪いことに、」

　一瞬、悲しげな目をするベアトリーチェ。彼女は眼鏡をくぃと押し上げる。

「戦争にもいくつかルールが存在します。それを破ったものは戦犯として裁かれるのです」

「ルール！」

　ニーナは大声を上げていた。

「戦争にルールなんてあるんですか！」

　大人たちが全員、大きく目を見開き、苦しげに口を結んでいる。

「ルールを守れば人を殺してもいいんですか！」

　奴隷《どれい》商人に売られてしまう前、ニーナの故郷であるソルシャも戦場になっていた。かつて悪の枢軸《すうじく》と呼ばれ、現在は東西に分割されているアーケシア帝国。ソルシャを属国とするシヴァレル社会主義共和国連邦。その二つがソルシャの地で衝突したのである。

　家族と一緒に耕した畑が、収穫《しゅうかく》をすぐに控えた小麦やジャガイモが、軍靴《ぐんか》とキャタピラによってグシャグシャに踏みつぶされた。民家は弾避けのように使われて、砲撃によって粉々になった。敵に見つかれば、命乞《いのちご》いをしても助からない。味方からは徴発《ちょうはつ》を強要され、抵抗すれば撃ち殺された。

戦争は無情だ。無慈悲《むじひ》だ。ニーナは七歳にしてその事実を知った。

なのに、そんな戦争にすらルールがあっただなんて！

彼女の叫び声は道を挟んだエルザの元にも届いていた。彼女は借り物のエプロンを着たまま駆けてくると、呆然《ぼうぜん》と立ち尽くしている大人たちをかき分け、少々乱暴なくらいの勢いでニーナを抱きしめた。動けたのは彼女だけだったのだ。

「どうして黙ってるのよ！」

小さな貴族の声が路上に響く。

「こういう時に何とか言ってやるのが大人でしょう！」

エルザの胸の中でニーナは肩を震わせる。

なかなか信じられないことだ。でも、子供である自分とは違って、周りにいる人たちはちゃんとした大人である。

彼らが「戦争にもルールがある」と言うのだから、きっとそうなのだろう。

「じゃぁ、」

ニーナは顔を上げる。

「アドリオ・マドガルドという人は……どんな悪いことをした人なんですか？」

お互いに顔を見合わせる中、口を開いたのはドクターだった。

「マドガルド元大佐。かつてタイラン合衆国陸軍に在籍していた男で『戦争を動かした十人』の一人として挙げられている。非人道的魔法の使用、人体実験、戦争終結後の戦闘行為……罪状は余りある。だが、どこの誰でも知っている大罪が一つ、」

ラジオは告げる。

タイラン合衆国はアドリオ・マドガルド脱走の事実を半月以上も隠蔽《いんぺい》し、独力で彼を逮捕《たいほ》しようとしていた。だが未だ以《もっ》て見つからず、マドガルドは国外へ逃亡した可能性が高いと見られる。

声を震わせてドクターは言った。

「やつは魔力爆弾を投下した男だ」

ニーナの視界が、ぐにゃり、と歪んだ。

爆弾は勝手に落ちたりしない。必ず爆弾を落とした人がいるのだ。

爆弾の入れ物を作った人、魔力を込めた人、組み立てた人、運んだ人、最後に落とした人。全世界規模の大事件には、必ず人間が関わっている。なぜ、そんな簡単なことに気付かなかったのか――否《いな》、無知だから気付けなかったのだ。

黙っていたベアトリーチェが、恐る恐る言葉を付け加える。

「正確に言えば、自ら研究していた魔力爆弾を勝手に投下実験してしまったのです。どんな大爆発が起こるか、どんな被害が出るかも分からないまま……」

最低のクズよ、とエルザが悪態をつく。

「最初こそ、戦争を一瞬で終わらせたとしてタイランでは英雄扱いでした。けれども、野良戦車が出現した途端、彼は相応の責任をとらされることになりました」

野良戦車を生み出した男。

つまり、自分たちが今も戦争と戦わなければいけない、最大の理由を作った男だ。

野良戦車が出現したせいで、どれほどの人間が不幸になったことだろう。数えることすらできない大人数だ。そして、失われた命を取り戻すことができない。その男は絶対に取り返しがつかないことを興味本位で行ったのだ。

『――認めてやろう。あぁ、認めてやろう』

ラジオから聞こえてくる濁《にご》った声。

それは数ヶ月前、国際合同議会本部にある裁判所で執り行われた裁判における、アドリオ・マドガルドの答弁の模様だった。

『アーケシア人工作員の拷問《ごうもん》。人体実験に使ったモルモットが五千人。メルキア市の十万人虐殺《ぎゃくさつ》。魔力爆弾の投下。戦争で起こったすべての悲劇が、俺の責任であったことを認めてやる。

貴様らが俺を悪魔と呼ぶのなら、俺は悪魔以外の何者でもない――』

強い西風が吹く。

ベンチに打ち捨てられていた古新聞が引っかかり、ふとニーナの注意を引く。

その一面ではマドガルドの答弁について取り上げられており、ご丁寧《ていねい》に写真まで掲載されていた。

拘束着《こうそくぎ》によって自由を奪われた大男。痛々しさなどみじんもなく、今すぐにでも拘束着を破り捨ててしまいそうなほど自信に満ちた顔をしている。目には精気が満ち、恰幅《かっぷく》がよく健康的で、この上なく生き生きとしているのだ。髪の毛が整えられずとも、髭《ひげ》が伸びたまま放置されていても、そんなものはマイナスの要素にならない。今、この瞬間、世界でもっとも自分が正しいと確信している男の顔だった。

「こんな……」

ニーナの胸が釘を刺されたようにズキズキと痛む。

エルザに抱きしめてもらっていなければ、身悶《みもだ》えしてしまいそうなほどだった。

「こんな人を野放しにしておいていいんですか……」

「いいわけがない。だから戦犯なんだ」

「だったら、どうしてすぐに……こ、こ、こ、」

胸を破るように悪い言葉が出てきた。

「——殺さなかったんでしょうか？」

すると、思ってもいない答えが返ってきた。

「殺せなかったんだ」

バカな、とニーナは思った。

たくさんの人々を苦しめておいて、そんなバカなことがあってたまるか。小さな悪事に取りこぼしはあるだろうけれども、相手は世界中の人間が存在を知っている大悪党だ。罰《ばっ》せられなかったら、誰もが怒るに決まっている。

ドクターは説明を続ける。

「戦争犯罪者の裁判は、全世界百六十カ国が所属する国際合同議会の裁判所で行われる。世界の悪を平等に裁くための機関だが、ここにはタイランの息がかかっている」

「自分の国の人間だったら、犯罪者でも守ろうとするんでしょうか……」

「殺すには惜しい人材だ。歴史上、やつほど有能な魔法使いはいない」

ずっと黙っていたキキが質問を投げかけた。

「素人《しろうと》の意見ではありますが、マドガルド元大佐は誇大妄想狂であると聞きます。前線を退けられてからは、透明になる戦車だとか、移動要塞《ようさい》だとか、対抗魔法だとか、鉄人兵団だとか……実現不可能の研究に明け暮れていたと」

そういった一面もある、とドクターは肯定する。

「やつの優れている点……男性であるのにもかかわらず、極めて高い魔力を持っていることは言うに及ばないだろう。なにしろ、戦果を挙げすぎて上層部から目を付けられ、タイラン本土へ戻すために階級を上げてやったくらいだ。だが、やつは本土に戻ってから別の才能を発揮し始めた。それこそ、兵器開発の分野だ——」

『だが、弱者どもよ。決して忘れるな。戦争でしか解決できないことがあるのだと……戦争こそ明快な解決手段であるということを！　野良戦車は貴様等を戦いの世界へ誘うだろう。人類総戦士。これこそ俺の望む世界である！　強いものが道理に縛《しば》られることなどない……弱者はただ己《おのれ》の弱さを嘆《なげ》けばいいっ！』

ついに耐えきれなくなったか、ドクターが深々とため息をついた。

「現役《げんえき》で軍にいる友人の見解だが……マドガルドの釈放まで三年もかからないだろうとのことだ。野良戦車被害はタイランでも日々深刻化している。ニーナはピンと来ないだろうが、マドガルドはタイランの主力戦車であるウィンドポッドを設計した男だ」

それに強く反応したのはキキだった。

ニーナとエルザが、疑問符を浮かべて彼女のことを見上げる。

「ウィンドポッド……ラビット号と同時期に開発された魔動戦車だが、性能は同時期に開発されたものと比べて段違いに高い。革命的な技術によって、機動板と操縦板の縮小化を成し遂げた傑作機《けっさくき》。マドガルドは間違いなく天才だ」

キキの言葉をドクターが引き継ぐ。

「やつの開発能力はこれからさらに重宝《ちょうほう》される。野良戦車の対策だけでなく、これからはタイランとシヴァレルの軍事開発競争も激しくなるだろう。マドガルドを利用できるかどうかで、世界全体の動向が大きく変わるのは間違いない」

ラジオは、裁判の録音内容を繰り返す。

人を殺すのはいけないことなのに……暴力で他者をねじ伏せることはいけないことのはずなのに、マドガルドという一人の軍人はそれを肯定する。弱者が踏みにじられてしまってもいいのだと。弱者がいけないのだと。

ニーナの拳に力がこもる。ぎゅっとエルザの服を握りしめてしまう。

「……許さない」

気持ちが言葉になって溢《あふ》れてくる。

前は大人が無条件で嫌いだった。戦車乗りも大嫌いだった。そういうやつらは死んでもいいと思っていた。だけれど、特A級戦犯の話を聞いて考えが変わった。世の中には、正すことのできない人間が確かにいるのだ。どう平和を肯定しようとも、人間の善なる部分を信じようとも、それを裏切ろうとする人間が存在するのだ。

今、ニーナはひしひしと感じ取っていた。

これこそが本当の殺意なのだ。

「私　は　絶　対　に　許　さ　な　い　！」

三人が帰宅すると、クーがログハウスの前庭でうつ伏せになっていた。

もしや、ドロシーに柔術の技でもかけられて撃沈したのではなかろうか……ニーナが最悪の事態を想定して青ざめていると、ジープを車庫に停めてきたキキが、ひょいとクーの体を拾い上げた。まさかのお姫様だっこである。中性的な顔立ちのキキと綺麗《きれい》な髪をしたクーが組み合わさると、まるで童話の一部分のように見えた。

「この癖《くせ》は一向に直らないな……」

キキが難しい顔をしてつぶやくと、眠っていたはずのクーがパチリと目を開けた。うつ伏せでいたせいで、顔には芝生《しばふ》の葉がいくつもついている。

「意識自体は三十分ほど前に覚醒《かくせい》していた。でも、せっかくだからニーナちゃんの反応をうかがおうというテスト」

「ふむ、それは残念だったな。ニーナが対応していたならば間違いなく慌《あわ》てふためいていただろう。けれども、その場合は私が『狸寝入《たぬきねい》りだろうから全身をくすぐってやれ』と指示をしていたはずだぞ」

しばし沈黙するクー。彼女はキキの腕の中で縮こまると、ぺこりと頭を下げた。

「キキ様、起こしていただき感謝します。起こして頂いたところを恐縮なのですが、さっそく下ろしていただけませんか？　私、ちょっと高いところは……」

「高い？」

何を言っているんだ、という顔になるニーナ。クーはキキにお姫様だっこされただけだ。視線の高さは普段立っているのと大差ないはずである。むしろ、若干《じやつかん》低いくらいではないだろうか？

けれども、血色が回復したニーナと対照的に、クーは真冬の湖に放り込まれたように青ざめていく。ようやく下ろしてもらっても、なかなか顔に血の気が戻らない。

「わ、私は高いところが嫌いだ。特に宙ぶらりんが大嫌いだ」

再び眠りについてしまいそうなクーに向かって、高笑いしているのはエルザである。

「この子はいつも飄々《ひようひよう》としてるけど、本当に弱点が多いのよね。辛《から》いものは食べられないし、くすぐり好きのくせにくすぐられると弱いし、虫だって苦手だし、」

「……エルザだって虫が苦手のくせに」

四つん這《ば》いになって唸《うな》っていたクーが、精一杯のにらみつけ攻撃をエルザへ向ける。

だが、エルザはいつもの「フンッ」で軽くあしらった。

「私は貴族よ？　虫なんて蝶《ちよう》ぐらいしか愛さないに決まっているじゃない。農民上がりとは訳が違うの。私はお茶を飲む。あなたはせっせと働く。それが正しい身分と、」

「足下にムカデ」

「――きゃんっ！」

別人みたいに可愛《かわい》い声を挙げて、エルザがキキの体に飛びつく。先ほどのお姫様だっことは違い、思い切り正面からガバッと行ってしまったので、エルザの抱かれ具合からは全く威厳というものが感じられない。

子供なんだから無理をしなくても——などと、今までの自分の立場を若干棚《たな》に上げつつニーナは思う。

「どこっ？　ムカデどこっ？」

「キキの足を上っていった」

「ひっ——に、逃げ場がないわっ……かくなるうえは天使になって空へ上るしか、」

バタン！

リビングの窓が乱暴に開かれて、

「庭先までやってきて、いつまでコントしてるんですかねぇ？」

サクラが眉間《みけん》にしわを寄せて言い放った。

「三人が帰ってきたと分かって、急いで配膳《はいぜん》を済ませたわけですよ。どうですか、この瀟洒《しょうしゃ》なメイドさん的な気遣い。空豆のスープ、豆腐ハンバーグ、グリンピースご飯。どれも出来立て熱々なんですけどねー」

「な、な、なんで豆ばっかりなわけ？　私、豆が苦手だって言ったじゃないの！」

エルザが絶叫する。

「最低限度の文化的生活」

クーも文句を言う。

「苦手だから出したに決まってるじゃないですか！　これに懲《こ》りたら、平気で全裸になるのも、持病を悪用して狸寝入りするのも一切やめてください。献立《こんだて》を決める権利は私に一任されてるんですから、いつでも豆料理に出来るんですよ。幸い、豆は安いですからねー」

意気消沈する二人。

庭の一同がリビングに着くとすでに、ドロシーが自分の席で待っていた。ニーナたちとは別にどこかへ出かけていたらしく、あのよれよれセーターではなくて、ちゃんとよそ行きの格好をしている。

ともあれニーナも席に着く。

横長のテーブルには、多種多様かつ基本的に緑っぽい料理が並べられている。

スプーンやフォークを配り終えたところで、一番最後にサクラが席に着いた。

いただきますを言うのはドロシーであるという謎《なぞ》の決まりがある。

それなので、ニーナは涎《よだれ》がこぼれそうなのを我慢しながら、なにやら神妙な面《おも》もちで押し黙っているドロシーの顔を見上げた。

見上げられたドロシーは急に立ち上がると、

「大きな仕事が入った」

短く、端的に、ラビッツのメンバーたちに伝えた。

「一週間後、我々は合同作戦に参加する！」

NINA & THE RABBITS

[4] 戦死者

翌日。

ニーナはドロシーに連れられて、再びパンプキン商会を訪れていた。いまいち、ニーナは合同作戦がなんなのか分かっていなかったのだが、ドロシーが「見れば分かる」と言うので特に質問もせずジープへ乗り込んだ。

酒場に着くと、二人はすぐさま二階へ通された。カウンターやテーブル席がある一階と違って、二階はいくつかの個室に分かれている。その突き当たりのドアには『会議室』という札が下げられていた。中から到底会議とは思えない笑い声が聞こえてくる。

早速《さっそく》、部屋に入ろうとしたニーナだが、

「いたっ……あいたたたっ」

「どうした、ニーナ？」

ドアノブを握ろうと腕を上げた瞬間に、急に右胸――第二の心臓が痛んだ。

第二の心臓は臓器として存在しているわけではないから、正確には右の肺あたりということになるのだろう。指をぐいぐい押し込まれたような鈍痛がするのである。

「魔力疲れだなぁ、それは」

ニーナの体を支えつつ、ドロシーが言った。

「日頃から訓練せず、ぶっつけ本番で砲手をやると第二の心臓が痛くなるのさ。砲手は他の乗組員に比べて、一瞬で使う魔力がとても多い……が、しかし、一日経ってから胸が痛み出すなんて、まるで運動不足のおっさんみたいだね」

「……ふがいないです」

「仕方がないさ。いきなり過ぎたからね」

ドロシーがドアを開ける。

すると結婚式の二次会さながらに、むせるようなアルコールのにおいが漂ってきた。我慢していればすぐに慣れるのだが、それでもニーナは顔をしかめずにいられない。

「み、みなさん、お酒が大好きですね。私も少しぐらい飲んだ方がいいんでしょうか？」

「いやいや、無理しなくていいからね。戦う前にアルコールで死なれるとか洒落《しゃれ》にならない」

ドロシーの後に続いてニーナも会議室に入る。

会議室にはざっと見て二十人近い人間が集まっていた。

テーブルとイスは用意されているが、誰もが立食パーティのごとくグラス片手に立ち上がっている（といっても、大半はグラスじゃなくてジョッキだけれども）。すでに酒がだいぶ回っているようで、顔を真っ赤にしているものも少なくない。一応、飲みすぎで床にぐったり……という人はいないようだ。

「みんな、戦車隊のリーダーをしているやつらさ。中には別の町から来てくれた人もいるけど、ほとんどがアンフレックに住んでる」

「へぇ、結構多いんですね」

戦車長が二十人——つまりは戦車隊が二十組もアンフレックに存在することになる。すべての部隊がラビッツと同じような編成だとすれば、一つの戦車隊につき五人……ざっと百人の戦車乗りが町に住んでいるわけだ。

想像していなかった戦う人間の多さに、ニーナは素直に感心する。

見たところ、集まっている人はほとんどが女性で、男性は数名しかいない。

これはごく自然なことである。そもそも、女性は男性よりも魔力が強い（マドガルドのような例外はのぞく）。男性がメンバーとして加わっている戦車隊は、おそらく後期型のマニュアル式戦車を採用しているのだろう。

ドロシーのことを見つけると、会議室のあちらこちらから「首なしラビッツが来たぞ！」と声が飛んだ。

首なし。

ちょっと怖い単語が出てきて、ニーナが恐ろしげにドロシーのことを見上げる。でも、懐かしいあだ名を呼ばれたように、彼女は嬉しそうな顔をしていた。

思い返せば、ピジョンズの二人と最初に出会ったときも、首なしラビッツという呼ばれ方をしていた。そして、その時のキキも悪い顔はしていなかった覚えがある。

もしかしたら、怖い意味じゃないのかもしれない……などニーナが考えていると、ほかの人たちに先駆けてピジョンズのシンシアとモニカが駆けつけてきた。

今日の二人はダンサーのようにド派手なドレスを身にまとっており、相変わらず化粧《けしょう》を決めて美貌《びぼう》を振りまいている。ドレスは大きく背中が開いており、思わずニーナの視線もそこへ移ってしまう。

「はいはい、ドロシーちゃん。ビールよ！」

「どーも」

シンシアからジョッキを受け取り、ドロシーは一息で飲み干してしまう。

その堂々とした飲みっぷりを眺めていたら、

「ニーナちゃんにはこれね」

モニカがコップ一杯のオレンジジュースを手渡してきた。

「オレンジジュース、大好きです！」

たまらずコップに口をつけ、ドロシーのまねをしてぐいっと飲む。

「ちなみにそれ、半分くらいお酒ね」

「！」

口に含んだ分をそのままコップにでろでろー。

ニーナがコップを突き返すと、今度は別の戦車隊の人が飲み物を持ってきてくれる。においを嗅《か》いでみたところ、今度こそ間違いなく一〇〇％のオレンジジュースであるらしい。アルコール独特のイガイガした感じをジュースで洗い流す。

「ちょっと口に入れただけで真っ赤になってる」

「本当に可愛《かわい》いよね、ニーナちゃん」

「いたずらしちゃいたい」

「そうね、そうね」

ピジョンズの双子《ふたご》にちょっかいを出されつつも、ニーナはようやく一息。けれども、さらに別の戦車隊のリーダーがやってきて、今度は皿に山盛りのフライドポテトを差し出してきた。

結局、息をつくまもなく受け取って一口。

カレー風味、素晴らしい。

フライドポテト提供者が「私は私立戦車隊フロッグスの――」と自己紹介している間にも、さらに別の人がやってきて料理を置いていく。

「俺は多砲塔《たほうとう》戦車愛好会の――」

「僕はインドア戦車団・本読み少女隊の――」

「あたしは特攻少女Qチームの――」

「ややや、あの、ラビッツの砲手として参加するニーナと申しまふ」

もらった飲み物を飲みつつ、食べ物を食べつつ、さらに自己紹介もどうにかこなすニーナ。

一度に二十人も覚えきれないが、どうにか自分の名前ぐらいは伝えられた（嚙《か》み嚙《か》みで）。

そんな中、ニーナが砲手であると知って、びっくりする人が結構多かった。話を聞いた限りだと、どうやら自分がこの界隈《かいわい》での最年少戦車乗りであるらしい。これで「本当は七歳から乗ってました」と言ったらどうなるだろうか……などとニーナは想像したが、余計な心配をかけそうなのでやめた。

ニーナが一人気遣っていると、室内をぐるりと巡っていたピジョンズの双子が戻ってきた。

二人とも肌が白いため、赤みがかった頰《ほお》がよく目立つ。それが二人の色気に拍車をかけていた。

「うぅーん、ニーナちゃんも飲んでる？　ていうか飲んじゃう？　口移しで」

「結構です」

「シンシアってば強引なんだから。ほら、ニーナちゃん。私とソーセージを半分こにしましょう。私がこっちの端から食べるから、ニーナちゃんはそっちの端ね」

「ややや、ソーセージ大好きで——いえ、結構です」

ソーセージの端をくわえて待っていたモニカだが、ニーナに相手にされないと分かると、まるごと一本をもぐもぐと食べてしまう。それから別のソーセージを皿ごと差しだし、酒が回って少し赤らんだ顔をにぃと緩《ゆる》ませた。

「からかいすぎた？」

「そういうことは苦手です」

ニーナの反応に双子が揃《そろ》ってしゅんとする。

すると、二人の間に割り込むようにしてドロシーが顔を出した。彼女の手にはまた新しくビールの注がれたジョッキが握られている。

「豪快に読み違えたようだね、ピジョンズ。この景気づけの宴会……飲み物も料理も、全部あなたたちが用意したんでしょう？」

「えっ――」

手元にあるオレンジジュースに視線を落とすニーナ。

「これもお二人が用意したやつなんですか？」

「ど、どうですかしらー」「さ、さぁ、なんのことですかしら―」

シンシアとモニカはどうにか誤魔化《ごまか》そうとする……が、二人が嘘を付いているのは会議室の誰が見ても明らかだった。

だが、どうして宴会の準備をしたのかまでは分からない。

ニーナが解けない謎《なぞ》に頭を悩ましていると、いきなりドロシーの言葉が飛んできた。

「これは全部、君のためだよ」

「ええっ？」

驚きの声を上げてニーナは目を見張る。

ビールのジョッキをテーブルに置いて、ドロシーがシンシアとモニカに顔を向けた。

「こういう子なんだよ。ニーナのことを心配するんだったら、次からは『あなたのことを心配してます』と言ってあげることさ。……食べ物の方は効果があったみたいだけど」

「ソ、ソーセージは美味《おい》しくいただきましたっ！　オレンジジュースも、フライドポテトも、たっくさん食べました。本当に美味しかったですっ！」

自分で言っておきながらさらに恥ずかしくなり、ニーナの体はキュッと縮こまる。

シンシアとモニカはお互いに顔を見合わせ、「私たちの大失敗ね」「そうね、そうね」と頷《うなず》きあった。二人の頬はお酒とは別の意味で真っ赤になっている。

そんな二人に追い打ちを掛けるかのごとく、ドロシーはなおも正解を言い当て続ける。

「ニーナは引っ込み思案のところがあるよね？　そういうのは戦車乗りにとってかなり致命的なことなのさ。四人とか五人で戦車に乗って、大規模な作戦となれば百人単位で動くことも珍しくない。周囲の人間とコミュニケーションが取れないと、間違いなく後で困ることになる。死活問題のレベルで、だ」

それを防ぐのがコレだ、と彼女はお酒と料理に視線を向けた。

「堅苦しい作戦会議が始まる前に、ここは一つ宴会で盛り上げておこうじゃないか。まぁ、そういうところかな？」

で、タダ酒をみんなに飲ませて今に至る。

「恥ずかしながら、全くその通りで……」

顔を真っ赤にしてモニカが認めた。

それから、シンシアが苦笑しつつニーナに語りかける。

「強引なことをしてごめんなさいね。でも、私たちはニーナちゃんと仲良くしたいの。みんなと一度に仲良くなることはできなくても、せめて私たちとだけでも友達になってくれない？」

同意してモニカも首を縦に振る。

「性的な意味ではなくってね」「そうそう、変な意味ではなくて」

「く、繰り返し強調しないでください！　なんか意識しちゃいますから！」

「じゃぁ、お近づきの印としてさ、」

ドロシーがスッと手を挙げた。

「二人はニーナに砲手の仕事を教えてあげてよ。単純に撃ち方から、効率のいい魔力の高め方とか、照準の正しい合わせ方とか……」

それはニーナとしても学んでおきたいところだった。なにしろ、一日の間を空けて疲れが出てくるような状態である。付け焼き刃でもいいので砲手としての技術を学ばなければ、合同作戦で戦うのに支障が出てしまうだろう。

「ニーナちゃんさえよかったら、明日からにでもピジョンズに来なよ」「来てよ、来てよ。いろんなことを教えてあげるから」

迷いはない。

「──はい！」

自分にできる最高の笑顔でニーナは返事をした。

昨日は二人の前で笑顔になれなかった。でも、今はちゃんと笑顔になれる。この町で笑顔になれる場所が増えてきているのを感じる。もっと、この町を好きになっていきたい。もっともっと、この町に住む人たちと仲良くなりたい。

だから、ニーナはこうも考える。

絶対に……この場所を失いたくない。

「——注目！」

いつの間に来ていたのだろうか。西側の壁に設置されている黒板の前に、白衣のドクターが立っていた。その隣には秘書のベアトリーチェがいて、チョークの入った小箱や、大きな紙の束を抱えている。

途端、すべての戦車乗りが彼に注目した。酒と食べ物はテーブルへ置かれる。各々《おのおの》が手近なイスに腰掛けて、あっと言う間に会議室は静まった。先ほどまでの騒ぎが嘘のように、一瞬にして真剣な空気が漂い始める。

ニーナも一同に倣《なら》い、背に対して少々大きめのイスに座った。急に真面目《まじめ》な顔を始めた大人たちに、彼女はやや気圧《けお》される。確かに、最初の賑《にぎ》やかな飲み会がなかったら、もっとナーバスな気分になっていたに違いない。

「本日、参加を表明してくれた勇敢《ゆうかん》な戦車乗りたちに、まずお礼を言わせて欲しい。本当にありがとう。よく来てくれた」

ピジョンズの二人が「どういたしましてー」と返事をする。

場、少し和《なご》む。

ドクターもこわばっていた表情を少しだけ緩《ゆる》めた。

「して、今回の作戦なのだが、警備隊だけでは大いに人手不足だ。その事態を解決するため、二束三文《にそくさんもん》の給金で諸君らを働かせることには大変胸が痛む。だが、これも町の平和を守るためのことであり、そのことを諸君らに理解していただけることを願う。それから謝らなければならないことがあり……ニーナくん、」

唐突《とうとつ》に名指しで呼ばれ、ニーナはびくんと小さく跳ねた。

「……年端もいかない君を戦場へ駆り出すこと。そして、学校制度を整えるために使うはずだった予算で、この作戦を運営していること。この二つを君に謝っておきたいと思う」

テーブルに額がぶつかってしまいそうなほど、ドクターが深々と頭を下げる。

「誠に申し訳ない」

「あっ、いえ、はい……」

どう答えてよいか分からず、ニーナは困惑した。

「あの、戦車に乗ることは好きですし、ええと……学校に通うことも今は考えていないので、その、大丈夫です。私、頑張ります。町のみんなのために頑張ります」

「ありがとう」

ドクターがはにかむ。だが、笑顔になったのもつかの間、彼はすぐに真剣な表情を見せた。昨日、マドガルド脱走のニュースを聞きつけたときと同じ顔だ。

「ベアトリーチェ、あれを頼む」

指示を出されて、ベアトリーチェが小脇に抱えていた紙を広げる。

磁石《じしゃく》で張り付けてみると、黒板を一杯に埋め尽くすほど大きい。どうやら地図のようだが、ニーナは地図を読むことができないので、どんな情報が書き込まれているのか読み取ることができない。唯一分かるのは、中心からやや上のあたりに『J』と銘打《めいう》たれている建造物があることぐらいだ。

「知っているものもいるかと思うが、今回、我々が攻撃するのはポイントJだ」

地図を指さし、ドクターは説明する。

「ポイントJこと旧第六沿岸基地は、アンフレックの中心地から西へ二時間ほど行った場所にある。もともと上陸戦に備えて造られたものであり、現在は野良《のら》戦車の巣になっている。突き出た岬《みさき》の岩陰にあり、上陸する敵を迎え撃つための戦車だけでなく、対艦砲や自走砲などの遠距離兵器が多く配備されていた」

対艦砲と自走砲。

ニーナはその言葉を知らないが、遠距離兵器と言われたからには、遠くから攻撃する兵器なのだろうと推測する。そして、きっと野良戦車らしく改造を繰り返しているはずだ。どこまで戦車は進化するのだろうかと怖くなり、一方で興味深くもなる。

「諸君らも知っているとおり、最近は野良戦車の襲撃が鎮静《ちんせい》化している。割に大人しい。今月に入って、我々はすでに三つの巣を攻略している。反面、ポイントJからの攻撃は、先々月、先月と、回数が倍々で増えている。このままでは近隣の村が壊滅するおそれがあり、一刻を有する事態であることは間違いない」

ふと、ニーナの脳裏《のうり》に辺境の村が思い浮かぶ。同じように苦しんでいる村が、この町の近くにも存在する。そう思うだけで、心臓がキュッと縮こまった。

「我々、町立警備隊の戦車五機。諸君ら、私立戦車隊の二十二機。そして、襲撃を受けた村から三機。併せて三十機を六つの小隊へ編成し、全体をアンフレック特別中隊と命名する。中隊は指揮官である僕の指揮下に置かれ、一週間後にポイントJの魔力母体を破壊する」

周囲から声が挙がる。

異議なし！

ニーナはとなりのドロシーを見る。

彼女はニーナの視線に気付くと、励《はげ》ますように肩へ手を回した。実際、誰かに触れられていると落ち着く。これもアンフレックに来てから――なによりラビッツのメンバーと一緒に暮らすようになってから変わったことだ。

イスを引きずりながら、シンシアとモニカが近づいてくる。

「ドクター、すごく気合い入ってる」

「久しぶりに大きな作戦だものね、気合いも入るってものよね」

先ほどまでの酔っぱらいはどこへ行ってしまったのか。獲物《えもの》を狙うような目つきで、二人は黒板の地図を見ている。

みんな同じ顔だ、とニーナは周囲を見回して思う。誰もが戦士の目をしている。戦争そのものと戦う人間の強いまなざしが、今、指揮を執るドクターに向かって注がれているのだ。

「私、頑張って砲手の練習をします。この戦い、絶対に勝ちたいです」

「もちろんよ、ニーナちゃん」「勝利は私たち美少女にこそ相応《ふさわ》しい」

シンシアとモニカがお互いの手を重ね合わせて言う。

戦いに向けての作戦会議。

一息ついて、ドクターは会議の続きを始めた。

×

前日に現地入りしたアンフレック特別中隊は、近隣の村で一夜を明かし、翌日の早朝に布陣を開始した。

野良戦車の魔力は、戦車の巣にある『魔力母体』と呼ばれるものから供給されている。それを破壊しない限り、敵の野良戦車は無限に魔法を行使してくる。夜間戦闘は常に夜目を利《き》かせる魔法が必要になるため、絶対的な魔力量に劣る人間は不利だ。それゆえ、望まれるのは白兵戦である。

「戦いが終わって家に帰れば、ちょうどおいしいビールが待っている頃かしら?」

負けることとは鼻から眼中にないらしく、砲塔《ほうとう》に腰掛けているエルザがニヤリと笑った。

本日、エルザやニーナたちを含めて、ラビッツの面々は『戦闘服』と呼ばれているものを着用している。これはドロシーが自分でデザインした(裁縫《さいほう》はサクラにやらせた)もので、つまるところはオリジナルの軍服である。私立戦車隊にとって自前の戦車を所有することと同じように、オリジナルの制服を作るのが一つのステータスなのだった。

ラビッツの戦闘服は黒を基調としたもので、タイのようにつけている白いリボン、白ウサギの描かれている腕章が特徴的。下はスカートで、ブーツも同じものをそろえている。

みんなと同じ制服に身を包んでみると、ニーナは自分が強くなったような気分になった。ただのニーナじゃなくて、ラビッツの砲手をしているニーナ。制服を与えられたことで、自分の実力を認められたような気がしたのである。

現在、ラビッツを含めた特別中隊は、坂道の手前に築いた陣地で待機している。大きなこぶのように地面が盛り上がっており、その手前は戦車が隠れるには最適の場所だ。小さな丘を通過すればひたすらに上り坂で、草の背も低く、隠れられるような場所はほとんどない。

岬の両サイドには森が広がっており、隠れて進軍するならばそこを通過するべきだが、移動速度は圧倒的に落ちる。どちらを取っても一長一短である。

ドクター曰《いわ》く、今は無人の偵察《ていさつ》車両を送り込んでいるとのことだ。

野良戦車は車体が大きく、数も多く、魔法も強力である反面、人間のような思考力にかけている。近隣の村の被害も、自走砲の遠距離砲撃よりも、車種の特性を生かしきれていない単なる体当たりによる被害の方が圧倒的に多い。

偵察車両を送り込む目的は、野良戦車にわざと発見してもらうためだ。敵影を発見すれば、野良戦車たちはノコノコと追いかけてくる。そうやっておびき寄せたところを順々に迎撃し、相手の戦力が削《けず》られたところで進軍するのである。

ただし、この作戦も万能というわけではない。物体の遠隔操作は大量の魔力を必要とする。使われる魔法板も高価だ。そのため、いつまでたっても人間は戦車に乗るしかないし、遠隔操作の偵察車両は値段が高いくせに戦闘能力が皆無なのである。

いつ偵察車両が帰ってくるのか……ないしは撃破されて帰ってこないのか。ニーナはそのことが気になって仕方がなかった。迎撃《げいげき》を狙っている以上、相手が攻めてこなければ戦いは一向に始まらないのだ。

背の低い草原に総勢三十機が立ち並び、暇を持て余した戦車乗りたちが思い思いに時間を過ごしている。戦車の整備にいそしむものもいれば、仲間を集めてトランプをしているものもいる。さながらピクニックだ。

ニーナも持ってきたラジオに耳を傾けた。

ラジオからは今日もマドガルドの肉声が流されている。

脱走が公表されてから一週間経過したが、未だにマドガルドは捕まっていなかった。風説によれば南タイラン大陸に隠れているとも、極東諸国に招かれたとも……フィクシオ共和国にいるとすらも言われている。なにしろ、世界中で目撃情報があがっているのだ。そして、そのほとんどがデマか見間違いだった。

『俺はすでに大いなる力と接触した。貴様らがその真意を知るまで長い時間はかからないだろう。鋼鉄の悪魔と俺を罵《ののし》れ。俺は反抗するもの、無関心なもの、純朴《じゅんぼく》なものすら打ち砕く。

戦わぬものにくれてやる未来はない！』

暇になるとニーナはラジオをつけ、マドガルドの声を聴いている。

自分はこいつの悪行を忘れてはいけない。やつの腐ったダミ声に全身を震わせながら、戦うべき相手は誰であるかを心に刻みつける。やつの写真が掲載された新聞もとっておいてある。寝る前はそれを見て、顔を忘れないようにしているのだ。

もしも、出会うようなことがあれば……その時は——

「なぁに、辛気《しんき》くさいものを聴いてるのよ？　私、犯罪者の言葉になんて興味ないの。耳障りだわ」

軽い身のこなしで砲塔《ほうとう》から飛び降りたかと思うと、エルザがラジオの電源を切ってしまう。マドガルドの演説は中断され、ピクニックさながらの緩《ゆる》い空気が戻ってきた。

ニーナは他のメンバーたちに目を向けた。

すでにリーダーモードに突入しているドロシーは、ラビット号の最終チェックに余念がない。現地入りした後、キキがちゃんと整備をしたのだが、それでも最後は自分の目で確かめたいらしい。また、新しい魔法板を搭載《とうさい》させるべきか下ろすべきか……と唸《うな》りながら考えている。

クーは自前のマットレスを持ち込み、草原のど真ん中にて優雅にお昼寝中だ。彼女もまたオリジナル戦闘服を着用しているのだが、窮屈《きゆうくつ》そうな様子もなく、すぅすぅと可愛《かわい》らしい寝息を立てている。

ニーナの記憶が正しければ、ここへ来る最中も戦車の中で眠っていたはずだ。赤ん坊がおしゃぶりをくわえるようにマウスピースを嚙《か》み、寝ながら魔力を供給し続けていた。

「……ぅう、ボリタニア語の授業に出なければ」

急にクーが立ち上がり、どこかに向かってフラフラと歩きだしてしまう。

「ク、クーさん、どこ行くんですか！」

ニーナは呼び止めようと声を張ったが、しかし彼女の耳には届いていないらしい。

追いかけなければ――と思っていると、先にエルザが飛び出していた。彼女はクーのことを捕まえ、手を引いてマットレスまで誘導する。どうにかクーを横たわらせると、エルザは添い寝までして寝かしつけた。

「ほら、あなたの寝る場所はここよ。分かるかしら？　分からないようなら叩き起こすわ」

「せ、先生、違うんです。気がついたら提出期限が過ぎていたんです」

「……うん、起こすわ。歯を食いしばって」

いつもの喧嘩《けんか》が始まりそうな予感がしたので、ニーナは心配するのをやめて別の方に目を向ける。

すると、大きな岩の上に腰掛けているキキが目に入った。ずいぶんと険しい表情で、何かの痛みを必死に耐えているかのようである。みんなに心配をかけないよう、一人だけ別の場所にいるのか……しかし、額に浮かんでいる玉のような汗はごまかせない。

声をかけようとニーナは近づく。だが、先にキキの方がこちらに気がついて、額の汗を袖《そで》で拭《ぬぐ》いつつ振り返った。

「またラジオを聴いてたな」

「ええ、まぁ……」

中途半端な返事をするニーナ。

ラジオを人前で聴くのはやめよう――彼女はそう思う。みんなから親切にしてもらえるのはいいことだが、余計な心配をかけてしまうのは嬉しくない。それに、自分の考えを押しつけているような気がしてきた。

「悪魔の言葉だよ、あれは」

「悪魔、ですか？」

思い返せば、マドガルドはラジオの中で自分のことを『鋼鉄の悪魔』などと呼んでいた。文脈から察するに、あれは自称ではなく通称なのだろう。おそらく不名誉《ふめいよ》な通称なのだろうが、マドガルド本人は好んで言葉に出していた。

やはり苦しいようで、キキはしゅっと目を細める。

「鋼鉄の悪魔というのは、ずっと昔に実在したとされる魔法使いの名前だ。あくまで伝説上の人物だが、金属で出来た獣を連れて人々を襲ったと言われている。それだけでなく、魔法で町一つを吹き飛ばしたとか、地震を起こしたとか、昼夜をひっくり返したとか、逸話《いつわ》が世界各地に残っている」

「それは、恐ろしいですね……」

「恐ろしい話だ。今や、鋼鉄の悪魔とは強力な魔力を持った魔法使いの代名詞となっている。歴史上、この名で呼ばれた魔法使いは数少ないが、その多くは高い地位にまで上り詰めることが多かった。頭が切れるし、弁も立つ」

高い地位。

当然のことだろう、とニーナは受け止める。

「エルザは毛嫌いしている風に言っていたが、あれぐらいの気持ちで構えていた方がいい。悪魔の挑発に乗って、戦場へ引っ張り出された人間がどれだけ――いたた」

機関銃のようにしゃべり続けていたキキが、いよいよ痛みにうめいて顔をしかめた。お腹《なか》を抱えて、きゅっと体を小さくしている。

ピンときて、彼女はキキに問いかけた。

「もしや、生理痛でしょうか?」

キキはうなずく。

「いろいろしゃべって誤魔化《ごまか》そうと思ってたが、さすがに無理だったか」

「そ、それならそうと言ってもらえれば……。たぶん、ドロシーさんだったら怒ってるところです。困るのは戦車長の仕事だって言ってましたもん」

生理が来ると魔力が減退する。そのことはニーナも身に染みてよく知っている。

戦闘中の魔女にとって生理は死活問題だ。人員が欠ければ運用することが難しい戦車にとって、一人の体調不良が大きく関わってくる。

一応、誰かが体調を崩したときのための保険はある。魔力蓄管と呼ばれる特殊な金属で出来た筒《つつ》があり、積めるだけ積み込めば、一日ぐらいの戦闘だったら間に合わせられる。だが、高価で重いし出力も低いから、戦車乗りとしてはあまり世話になりたくない代物《しろもの》だ。

「でも、私の場合は問題ない」

「どういうことでしょう?」

珍しく愛想笑いのような表情を浮かべるキキ。痛みに耐えるために、仕方なく作っている顔だった。

「私はほとんど……いや、全く魔法が使えない」

彼女は胸ポケットから、俗《ぞく》にライターと呼ばれる小さな魔法板を取り出す。普通ならば煙草《たばこ》と一緒にくわえるそれを単品で噛《か》み、キキはきゅっと眉間《みけん》にしわを寄せる（おそらく第二の心臓に力を入れている）のだが、全く以《もっ》て火の出る気配はない。

「これはドロシーさんに貸すやつで、私はただ持ってるだけなんだ」

本当に魔力がないと知って、ニーナは「ややや」と驚きの声を上げた。

「やっぱり魔法が使えないと……」

「私は接続手だ。ライブラリーの中身を暗記し、マウスピースのプラグを付け変えるのが仕事だ。魔力は必要ない」

確かに接続手の仕事に魔力は必要ない。ニーナが辺境の村で戦車に乗っていたときも、接続手は魔力の乏《とぼ》しい男性が行っていた。よほど忙しくない限り、接続手に魔法を使うよう頼むこともない。

「お薬は飲んだんでしょうか?」

「双子《ふたご》からもらったよ。もう少しすれば薬も効いてくる」

彼女が指さす先にいるのは、ピジョンズの名物姉妹だった。

ピジョンズのメンバーは全員女性で、真っ白な清潔感抜群《ばつぐん》のスカート軍服に身を包んでいる。彼女らはこちらの視線に気付くと、一斉にわあわあと手を振ってきた。鳩の群れのような人たちである。

その中で、シンシアがニーナに向かって手招きをしている。

寄ってみると、彼女はニコニコしながら救急箱を持ち出した。

「あごの調子はどう?」

聞かれ、ニーナは湿布《しっぷ》の張ってあるあごをさする。

最初の会議に出席してから前日まで、シンシアとモニカに付き合ってもらい、ニーナは砲撃の特訓をした。町の演習場へ赴《おもむ》き、そこで様々な種類の魔法を撃って撃って撃ちまくった。

おかげで、魔力の使いすぎで胸が痛むような事態は避けられるようになった。魔力の爆発に体が耐えられるようになり、無駄な体力の浪費も避けられる。ただ、その猛烈な特訓のせいであごが痛くなってしまったのだが……。

「代えておく?」

「お願いします」

キキに薬を与えたことといい、実に手当ての手際《てぎわ》がよい。

ニーナは素直に感心する。

「私もモニカも、元々はオニオール軍の救護班に配属されてたのよね。といっても、終戦直前に一年間だけだったから、医療魔法なんて高度な技は覚えられなかったけど」

「あぁ、それで白いんですか」

改めて見てみると、着ている軍服もナースの服に見えなくもない。軍服とナース服を足して二で割り、問答無用にセクシーさを追求したような感じだ。愛機のピジョン号も真っ白に塗られており、赤地に白抜きの鳩がデザインされた旗を掲げている。

湿布の取り替え完了。

「その通り。ピジョンズは救護班出身のナース戦車隊なのよね。まぁ、今日は優秀な医療スタッフが控えてるらしいから、私たちが半分忘れたような救護をすることはないと思うけど……用心に越したことはないかなー」

珍しくまじめなことを言っているシンシアをよそに、にやにやしながらモニカが駆け寄ってくる。これから戦う前だというのに、まるで映画の上映時間を待っているかのようにそわそわしている。

「それよりさぁ、ニーナちゃん。合体技のこと、みんなに話してくれた？」

「あ、あー」

すっかり忘れていた、という顔のニーナ。

「合図を出して、一斉に同じ敵を砲撃するってやつですよね?」

「そうそう。チーム同士の連携が必要だけど、うちとラビッツが手を組めば、」

そこで言葉が止まった。

陣地に築いた本部テントから、伝令係が走ってきたからである。

「偵察《ていさつ》車両が戻ってきました! 各小隊のリーダーは、本部テントに集合してください!」


それから五分もかからず、小隊のリーダーから各戦車長へ連絡が伝わった。

ラビッツの戦車長たるドロシーは戻ってくるなり、開口一番にこう言った。

「予定が変わった。正午に進撃する」

ラビット号に寄りかかるなり、乗るなりして待っていたラビッツ一同は一斉に驚いた。

特に驚いたのがニーナだったが、ほかのメンツはすぐさま納得したように頷《うなず》いた。

他の戦車団の人たちは、次々と自分の戦車に乗り込んでいる。

「進撃ですか? ……え、だって、迎撃《げいげき》するんじゃなかったんですか?」

「やつら留守だ」

「はい?」

まさか、戦車がお出かけしたりするのだろうか。ぞろぞろとピクニックに出かける野良戦車を想像し、思わずニーナはポカンとしてしまう。

「そのまさか、さ」

ドロシーがラビッツ特注のヘルメットをニーナにかぶらせる。

「野良戦車には魔力母体のもとへ戻る帰巣《きそう》本能のようなものがある。だが、まれに別の魔力母体へ引っ張られることもあるんだ。アンフレックの周辺には、野良戦車の巣がたくさんある。ポイントJの野良戦車がどこかへ移動してしまう可能性は大きい」

一同はラビット号へ乗り込む。

「野良戦車が隠れている可能性はないんでしょうか？」

「ない」

ドロシーは断言する。

「前も説明したとおり、野良戦車は頭が悪い。敵の戦車が見えても、足下の沼地が見えないようなやつらだ。魔力母体から魔力を供給されても、防壁を張るとか、索敵《さくてき》を行うとか、そういったところに不思議と頭が回らない」

ポイントFで戦った野良戦車のことをニーナは思い出す。逆に言えば、野良戦車の頭が悪くなかった場合、こちらには勝ち目がないということになるのだろう。

「野良戦車が伏兵や誘導を行った例は一度もない。堂々とおとりを出せば、やつらはバカ正直に追いかけてくるさ。偵察機は無事に帰ってきた。だから、ここに野良戦車はいない」

「途中で帰ってきたら、」

「ポイントJと一番近い別の魔力母体は、近いと言っても移動に一時間近くかかる。ここで考えあぐねているよりも、素早く攻め込んだ方が危険性は少ない」

全員が座席に着く。エルザとクーがマウスピースをくわえたところで、すでに発進の準備は完了。開け放ったハッチに腰掛け、ドロシーが周囲に目配せをした。

今回、ラビット号を含めたすべての戦車に無線通信機が積み込まれている。動力手のタコ足配線で動く無線機は、唯一、口が自由なキキの担当になっている。彼女は無線機を手に取り、指揮官ドクターと秘書ベアトリーチェのいる本部へ連絡を入れた。

「こちらラビット号。発進準備、完了しました」

『本部のベアトリーチェです。発進準備、確認しました』

ラビッツを皮切りに、次々と準備完了の報告が流れてくる。

最後の最後になって、シンシアの声が無線機から聞こえてきた。

『ピジョン号よりラビット号へ。こちら発進準備、完了ですよー。あと、合体技の件をよろしく。合体……ふふ、なんて甘美な響きでしょう』

エルザがいぶかしげに「合体技ぁ?」と聞き返す。

確かに響きはかっこいい……かもしれない。

けれども、それが実用的かどうかニーナは見当もつかないので、いまいち話しあぐねていたのだった。

「じょ、冗談ですよ。二人で同時に砲撃したら、かっこいいかもっていう話です」

「うんにゃ、悪くないかもよ」

言ったのはドロシーだった。

彼女はハッチから砲塔内部《ほうとう》へ降りる。

「単一の魔法を複数人の魔法使いが同時に行ったり、発射した魔法を掛け合わせることはよくあることさ。大戦中は、一人の人間では到底動かせないような魔法板がたくさん作られたからね。俗に魔法陣と呼ばれたりしたけど――」

ちょっと無線貸して、と彼女はキキからマイクを受け取る。

『ラビッツから指揮官に進言します。万が一に備え、視野拡張による索敵を行うべきです。伏兵がいる可能性はゼロではありません』

不安が抜けきらない新人に対するフォローだと、ニーナはすぐに気付いた。わがままを言って仲間たちを疲れさせてしまう。そんな風に考えて黙っている方が、むしろ相手に気を遣わせるのだ。

「あ、ありがとうございます」

「どうってことないよ」

ドロシーが再びハッチの上へ戻る。

無線がザザとノイズを走らせ、今度はドクターの声が聞こえてきた。

『全車両、視界拡張で周囲警戒。多少の労力は惜しまずに索敵せよ』

ドクターから許可がおり、総勢三十機による索敵が行われる。無論、ラビッツからもドロシーが参加して索敵を行った。

結果、やはり森の中にも野良戦車の姿は確認できなかった。ポイントJの中枢《ちゆうすう》というべき旧第六沿岸基地まで視野を広げてみたが、基地の周辺も戦車一台すら確認できなかった。

額の汗を拭《ぬぐ》い、ドロシーがからからと笑う。

「これで安心して進めるってものだね」

続いてエルザもパッと笑顔になった。

「少し拍子《ひようし》抜《ぬ》けだけど、簡単に魔力母体が破壊できるのなら文句ないわね。ここを潰《つぶ》してしまえば、当分は近隣の村も野良戦車に襲われなくなる。私たちの被害もゼロ。防衛費も学校運営費にキャッシュバックだわ」

「エルザ語をこの私が通訳してしんぜよう……タダ酒うまうま」

「嘘言うな！　いつ私がそんなことを言ったっていうのよ！　アイアンメイデンに放り込むわよ！」

クスクスとニーナの後ろにいるキキが笑う。

どうやら、ピジョンズの双子からもらった薬が効いているらしい。おなかをかばっている様子もないし、額の汗も引いている。

再び無線にノイズが入る。

聞こえてきたのはドクターからの号令だった。

『――諸君、出撃だ』

無線を通じて了解の声。

「動力、充塡《じゅうてん》完了。いつでも動かせる」

心なしかリズムを踏むようにクーが言う。

その報告を受けると、ドロシーは前方に向かって手を振り下ろした。

「ラビット号、前進！」

「そんなに声を張らなくても分かってるわよ」

指示を受けて、エルザが両サイドの飾りレバーを前へ倒す。

実際の指示はマウスピースから魔法板へ伝わり、そこから生み出された魔法が戦車のキャタピラを動かす。だが、操縦手を経験したことがないニーナにとっては、両手のレバーが魔動《まどう》戦車を動かしているように見えた。

「一度、なにかしらの乗り物に乗っちゃうと、どうもレバーかハンドルがないと落ち着かないのよね」

横目で見ながら、クーが含み笑いをする。

「乗り物ってなに？　三輪車？」

「馬に決まってるでしょ！　乗馬は貴族のたしなみよ！」

「なんだ馬か……三角？」

「ふふふ、クーの方こそ三角形のやつに乗せられたいようね？」

車内の空気が軽くて重い。
どちらの言葉で笑うかによって、二人のどっちから睨《にら》まれるか変わるんだろうなぁ……など
とニーナが思っていると、
「ほら、こっち」
頭上のドロシーに手招きをされた。
彼女に誘われるがまま、ニーナもハッチから顔を出す。
瞬間、全身がゾクゾクした。
初めて見る戦車中隊の行進はとてつもない重量感。青空の下で鈍く輝く鉄の群れは、地面を
キャタピラでえぐるだけで十分に凶器である。戦車の群れが一つの大きな生き物に見えて、自
分もその一部であるかと思ったら、心臓の奥からふつふつと優越感がわいてきた。戦車ではな
く……たとえば、そう、大きな竜の背中に乗っているような心地だ。
暴力は好きじゃない。でも、戦車は好き。鉄の塊《かたまり》に乗ったときの興奮だけは否定しない。
「すごいです、ドロシーさん！」
自分のお手柄のようにドロシーも笑う。
「だろう、ニーナ？　こんなにカッコいい車を戦争に使うなんてもったいないさ！」
戦車五機で編成された小隊六つは、ちょうど楔《くさび》型になるように編隊を組んでいる。ラビッ
ツの配属された小隊がいるのは最左翼だ。小隊の中でもさらに楔型が作られ、ラビット号は左
から二番目の位置にいる。

小隊の先頭は重戦車・グレイライガー号。左翼に突撃戦車・ライノー号、中戦車・フロッグ号。そして右翼には中戦車・ラビット号と同じく中戦車・ピジョン号が配置されている。奇《く》しくも全員が動物ということで、この小隊には『ZOO《ズー》』という愛称がつけられた。

中隊の先頭が小さな丘を越える。ここから先はまっすぐな上り坂が続き、この調子でいけば十分もかからず基地にたどり着く。そこから先は中戦車ではなく、先頭に戦力を集中させた重戦車の仕事だ。

魔力母体が宿っている対象は兵器であることが多い。基本的に、戦車の巣一帯で最も大きな兵器が魔力母体となる。中には中戦車程度の火力では全く歯が立たないものも多い。

「フンッ、拍子抜けね。これでは勝利の美酒も味が落ちると言うものよ」

不謹慎《ふきんしん》な文句を垂れるエルザのわき腹に、クーの左ストレートが突き刺さる。

「あだだっ！」

「こっちと交代する、グータラ貴族？　帰り道に二時間はかかるけど」

平和だ。

これだけ堂々と行軍しているのに、野良戦車がやってくる気配は全くない。偵察戦車が無事に帰ってきたときから分かっていたことだが、どうやら本当に野良戦車は巣を留守にしているらしい。

ぼんやりとニーナは帰った後のことを考える。まずはソーセージだ。胡椒《こしょう》が効いているとなお良い。本当は戦勝祝いなどと浮かれず、質素倹約《しっそけんやく》につとめるべきなのだろうが……ピジョンズと訓練していた時もそうだったけれど、戦車に乗った後はどうも大食いしたくなるのだ。特に肉が食べたくて仕方がなくなる。

ラビッツが出動している間、サクラさんはすごく暇そうだな。

そんなことを思い浮かべているときだった。

「伏せ――」

危険を察知したドロシー。

だが、それでも遅すぎる。

先頭を走る重戦車ばかりの小隊が、突如として大爆発を起こして吹き飛んだ。

轟音《ごうおん》がラビット号の車体を揺らし、ニーナは壁に頭をぶつけそうになる。それほどの振動が襲いかかってきた。先頭の小隊とは五十メートル近く離れている。それを考慮《こうりょ》しても揺れは大きく、おそらく、爆発の威力はポイントFで野良戦車の魔法以上だと推察された。

「な、なんですか？　砲撃ですか？」

「いや、違う――」

ヘルメットの下から、ドロシーが状況を必死に分析する。

重戦車の車体が宙に浮き、易々《やすやす》とひっくり返されている。正面や両サイドからの攻撃ではない。地面から火柱と煙が沸き起こったのだ。分厚い装甲を持つ重戦車とはいえ、底板まで頑丈に作られているわけではない。重戦車が玩具《おもちゃ》みたいに破壊される光景は、ニーナの両の眼に痛いほどに焼き付けられた。

金属のはじけ飛ぶ音。頭蓋骨《ずがいこつ》を揺らすほどの振動。ざらついた黒い煙。ツンとする火薬のにおい。おもちゃのように壊れる戦車。突如として襲いかかってきた戦争に、ニーナは一瞬五感を持って行かれそうになる。

「ニーナ、しっかりしろ」

キキに声をかけられて我に返る。

勇気も武器もない子供みたいに膝をふるわせている場合ではない。

信じられない、という風にドロシーが言葉を漏《も》らす。

「対戦車地雷、か」

「相手は野良戦車よ。そんな知恵を働かせるなんてあり得ないわ！」

足下のエルザがマウスピースを落としそうな勢いで声を張り上げた。

前を向きなされ、とクーがエルザの袖《そで》を引っ張る。

「この距離……まるで偵察《ていさつ》車両の行動範囲を読んだような」

「まさか、でも、」

言葉の上ではクーの言葉を否定しつつも、同じことを考えていたらしくエルザは口をつぐんだ。

すぐにドクターから連絡が入る。

『全軍停止！　これから救護班を向かわせる。中央に進路を空けつつ後退せよ！』

ニーナの体を押し込めつつ、ドロシーはハッチを閉めて砲塔《ほうとう》に戻る。潜望鏡で周囲を確認。

ドロシーからの指示を待つまでもなく、エルザはすでにラビット号を後退させている。キキもすでに、ドロシーのマウスピースを防御用の魔法板へ繋《つな》いでいた。

潜望鏡をのぞいているドロシーがつぶやいた。

「……森の中に、何かがいる」

次の瞬間、地雷とは違う種類の爆発音が聞こえてきた。

あり得ない。総勢三十機が視界拡張の魔法で探したのだ。だというのに、何者かが森の中に現れて攻撃を開始した。この戦場は何かがおかしい。

爆発音がニーナの鼓膜を叩き、着弾点がかなり近いことを知らせる。脳味噌《のうみそ》が揺れ、歯を食いしばっていなければ命中せずとも意識を失ってしまいそうだ。

『──こちらフロッグ号』

ZOO小隊に向けて無線が発信される。

『森から何者かが砲撃してきた模様。ピジョン号が直撃を受けた！』

×

アンフレック特別中隊は浮き足だった。

先頭を進む重戦車小隊が地雷を踏んで大破。歩みを止めて後退しようとした途端、左右の森から自走砲による攻撃を受ける。視界拡張の魔法で索敵《さくてき》したときには、確かに森の中に野良《のら》戦車の姿はなかった。

だが、今は肉眼ですら野良戦車の姿が確認できる。その数は十や二十ではない。左右の森に目を向ければ、無数の車体が木漏《こも》れ日《び》を跳ね返している。

本部のドクターはわずかに顔をしかめた。アンフレックの町長に就任してから四年半。軍師のまねごとをして数々の戦いで指揮を執ってきたが、野良戦車に一杯食わされたのは初めてだ。この町だけでなく、世界規模で前例がないのである。

トラップ、伏兵、挟み撃ち。

混乱に陥《おちい》った戦車団から、次々と焦り声が無線で飛んでくる。

彼は久々に驚かされた。あの野良戦車たちには知性があるのだ。今までの敵とは違う。どういう理由でかはわからないが、やつらは作戦を立て、まんまと中隊を罠《わな》にはめたのだった。

「諸君、冷静さを取り戻せ。隊列を整えるんだ」

無線機を握る女性たちの声の中に、ドクターのひときわ低い声が響く。

すると、焦りに焦っていた隊員たちの声が、水をかけられたように静まった。

いよいよ丘の手前まで砲撃が飛んできたため、指揮官ドクターと秘書ベアトリーチェを含む本部組は後退を余儀《よぎ》なくされる。一同はここまでの移動に使ったトラックへ乗り込み、防壁を張りつつ砲撃の範囲から離脱した。

自らトラックを運転しながら、同時にドクターは戦況を見定めようとする。

助手席のベアトリーチェはマウスピースを噛《か》み、視界拡張の魔法で戦場を見下ろしていた。

「戦況なのですが……」

彼女は一帯の地図を広げると、万年筆で指さしながら説明を始めた。

「出現した敵機はかなり多く、両サイドの森に少なく見積もって三十機ずつ。遠距離兵器が多めで、部隊としてのバランスはよくありませんが、何しろ数で負けています」

視界拡張の魔法を使い続けているベアトリーチェには、苦戦しているアンフレック特別中隊の姿が映っていた。左右からの集中砲火を受け、一手遅れて中隊は魔力防壁を展開し始める。

確かにドクターの言うとおり、自走砲の攻撃は直接的なダメージを与えてはいない。弓なりに飛んでくる波動弾は威力がかなり落ちる。だが、左右からの攻撃で防壁が破られるのも時間の問題だ。

トラックの無線機を手に取り、ドクターは全部隊に連絡を入れる。

『全軍、西側の森に突入。中戦車が先立ち、背後を重戦車が守れ！』


心臓が痛い。

ニーナは胸のあたりに手を添え、軍服をぎゅっと握りしめた。

ピジョン号が敵弾の直撃を受けた。

防壁の展開は間に合ったのか？　戦車は動くのか？　怪我人《けがにん》はいないのか？

まさか、粉々に砕けたりしては……。

小隊ZOOはドクターの指示に従い、左の森へ移動を開始した。

森の奥にはずらりと並んだ自走砲。そいつらは交代して撃ち、魔力を込め、隙《すき》が出来ないようにしている。雨のように降り注ぐ波動弾は、ドロシーが防壁を展開することでどうにか防いでいた。

背後から撃ち込まれる波動弾は、中戦車の後ろを守る重戦車に引きつけられている。そのおかげで、ドロシーたち中戦車を操る乗組員たちは、防壁を前方向に集中させることが出来ていた。小隊ZOOはピジョン号を除き、ほぼ無傷で森の中へ突入する。

森には高さ十メートルほどの針葉樹《しんようじゅ》が立ち並んでいる。木々の間隔は広く、中戦車程度ならば道を選ぶことにさほど苦労はしない。柔らかい落ち葉が地面に積もっており、木の根が埋もれているため、ほとんど平らな道を進んでいるのと感覚は変わらない。

「――もしもし？　聞こえますか？」

ふいにキキが声を張る。

彼女に答えようとしているのか、無線機からは荒っぽい雑音に紛れ、わずかに女性の声が聞こえてくる。シンシアかモニカのどちらかであるのはニーナにも分かったが、あまりにもノイズがひどすぎて内容を聞き取れない。

キキがドロシーの方を見上げて報告する。

「応答はあります……が、向こうの無線機が壊れているようです」

無線機が壊れるほどの衝撃を受けたのなら、人間の方だってタダでは済まないはず。ニーナたちにとっても耳の痛い報告だ。

「自走砲のリーチの内側に入った。キキ、上方向の防壁を解除して前方に専念する」

「了解です」

魔法板の接続はキキに任せ、ドロシーは潜望鏡で後方を確認する。

「……ハッチは吹っ飛んでるみたいだが、とりあえずピジョンズは小隊からはぐれてない」

「よ、よかったです！」

安堵《あんど》の声を漏《も》らすニーナ。

「あいつらタフだからさ、そうそう死んだりしないよ」

その言葉にだいぶ励《はげ》まされるが、もちろん気を抜いてはいられない。ハッチが吹き飛んだだけで済んだとはいえ、被弾したことには変わりないのだ。

そして、小隊ZOOを迎え撃つのは、ピジョンズを傷つけた自走砲だけではない。その前方には用心棒のごとく重戦車が居座り、鈍重ながらも巨大な砲身をこちらに向けている。

確認できる範囲では、敵機の数は小隊ZOOとほぼ同数。しかし、あちらは重戦車でこちらは中戦車。戦力差はどこからどう見ても一目瞭然《いちもくりょうぜん》である。

「あいつら、防壁まで張ってる！」

驚きつつも決して前進の手を緩《ゆる》めないエルザ。

そんな野良戦車を視認しているだろうドロシーは「生意気だね」と吐き捨てた。

「いや、だからこそ張り合いがあるってものさ」

ニーナの胸の内に巣くう不安がいよいよ大きくなってくる。分厚い装甲。前方を守るように展開された防壁。野良戦車らしからぬ知恵。スコープを覗《のぞ》き込んでいるニーナは、正面の野良戦車と目があったのを感じた。

「ね、狙いを付けられましたよ」

「させないわっ！」

エルザが吠えた。

ラビット号を急旋回させ、瞬時に方向転換をする。

一秒後に野良戦車の砲撃。改めて角度を調節して撃たれた砲撃は、ラビット号との間に立つ大木に阻《はば》まれて届かない。大木は幹の半分以上がえぐれ、ゆっくりと苦しそうに軋《きし》みながら倒れた。

「すごいです、エルザさん！」

「フンッ、私のことを誰だと思ってるのかしら？　アンフレック一番の操縦手、エルザ・アドラバルトよ。鈍重な大砲で天使の如き私を射抜けるわけがないわ！」

それからもエルザはドロシーと連携を取り、大木を盾にしながら野良戦車との距離を詰めていく。

「キキ、モグラ弾を装塡《そうてん》」

「了解です」

ニーナが嚙《か》んでいる配線をキキが魔法板に繋《つな》ぐ。

相手は防壁を張った重戦車だ。貫通能力の高い突撃戦車が肉薄でもしない限り、そう簡単に打ち倒すことは出来ない――が、対策は作戦会議のうちに立てられている。

「発射準備、入ります――」

ニーナは第二の心臓を動かし、つながれた魔法板にありったけの魔力を送り込む。以前は一発の魔力を充填《じゅうてん》するのに三十秒ほどかかったが、今ではピジョンズとの特訓のおかげで十秒もかからない。

「モグラ弾、砲射ッ！」

ドロシーの号令に合わせ、ニーナは第二の心臓を加速させた。

下に傾けられた砲身から、生み出された魔法が放たれる。物理エネルギー化した魔力の塊《かたまり》は、落ち葉の積もる柔らかい地面をえぐりながら直進した。モグラ弾は落ち葉をまき散らしながら、野良戦車の車体の下へ潜り込み――爆発。

地雷を踏まされた戦車と同じように、野良戦車の車体が勢い良く浮き上がる。ひっくり返されこそしなかったが、一撃で野良戦車は沈黙した。車体の底に仕込まれている機動板が貫かれたのだ。

「防壁の張り方が素人《しろうと》さ、野良戦車くん」

ニヤリとするドロシー。

すると、エルザが感心の声を上げた。

「あんなギャグみたいな魔法が通用するなんて……」

「状況によってはギャグではない」

　隣のクーが見解を述べる。

「確かにモグラ弾は活躍の場が少ないニッチな魔法。性質は波動弾と同じだから、堅いものと衝突すれば勢いはなくなってしまう。けれど、柔らかい地面の上だったら勢いは殺されない……砂漠とか、落ち葉の上なら」

　パーフェクト、と彼女の解説をドロシーがほめた。

　グッジョブ、とクーはニーナにサインを向ける。

　調子の出たニーナは、野良戦車を次々と撃破していった。主砲を撃つたびに、第二の心臓に殴《なぐ》られたような衝撃が走る。だが、今はそれすらも心地よい。特訓の成果だ。だいぶ打たれ強くなった。

　ほかの中戦車たち――ピジョン号とフロッグ号によって、あらかたの野良戦車は片付けられた。どれもモグラ弾によって、車体の底を打ち抜かれている。また、突撃戦車のライノー号は自走砲に接近し、片っ端から胴体に風穴を空けていた。少々遅れて、後方支援に回っていた重戦車グレイライガー号も馳《は》せ参じた。

　そのグレイライガー号から無線が入った。ハスキーな女性の声だった。

『東側の戦車が森に突入しようとしてる。本機とライノー号はそいつらを足止めするから、残り三機は基地に向かうように！　ＺＯＯの指揮はラビット号が――』

　爆発音と同時に無線が途切れる。

キキが顔を上げ、ドロシーに指示を仰《あお》いだ。

「本隊は基地の制圧に向かう。キキ、仲間に連絡を入れて」

言われ、キキはその旨《むね》をフロッグ号とピジョン号に告げる。だが、やはりピジョン号からの応答はない。

それでもラビット号が先頭を切ると、ピジョン号もその後ろをついてくる。状況を判断して、適切な行動を取っているらしい。

ＺＯＯは野良戦車を他の小隊に任せ、一直線に旧第六沿岸基地――ポイントＪに向かう。その際、モグラ弾が用意できなかったせいで苦戦している仲間たちを見かける。ＺＯＯが駆逐《くちく》に回り、ほかの戦車を基地へ向かわせることもアリだが……今はとにかく時間が惜しい。

本部――現在はトラックの運転席にいるドクターから連絡が入った。

『基地に向かっているな、小隊ＺＯＯ？』

「もうすぐ視認できる範囲に入ります」

すでに後続の戦車を大きく離し、小隊ＺＯＯは単独作戦に入っている。

『魔力母体を破壊すれば、野良どもの砲撃は大人しくなる。供給される魔力が断たれて、攻撃よりも生存を優先させるようになる。別の巣へ野良戦車が引き寄せられ始めたら、やつらはただの的《まと》だ』

無線に向かってキキが尋ねる。

「ドクター、魔力母体はやはり対艦砲だと思われますか？」

『おそらくはそうだろう。フィクシオ共和国軍がこっそり戦艦でもかくまっていない限り、対艦砲がポイントJで最も巨大な兵器だ』

ふと、ニーナは頭の中で対艦砲の姿を思い描く。

「対艦砲って海に向かって攻撃するやつですよね？」

「ふふん、私たちは魔力母体の背後を取ったことになるのかしら？」

「バックアタック、おいしいです」

ラビッツの子供組——ニーナ、エルザ、クーの三人に安堵《あんど》の空気が漂う。

だが、

『旧第六沿岸基地は一筋縄《ひとすじなわ》ではいかないぞ』

そう忠告された途端だった。

エルザが驚きの声を上げて、強引にラビット号の進行方向を変えた。

「やばいっ！」

ドロシーが警告を発した次の瞬間、

「全員、車体に摑《つか》まれっ——」

木々を根こそぎ吹き飛ばしながら、巨大な波動が突っ込んできた。

津波にでも飲み込まれたかのごとくラビット号が揺れる。車体は地面をえぐりながら滑り、ひっくり返ってしまいそうなところでギリギリ踏みとどまった。爆音で耳鳴りがして、思わぬ縦揺れに吐き気がこみ上げてくる。

スコープを覗《のぞ》いていたニーナにも見えていた。けれども、エルザやドロシーと違って反応することは出来なかった。

「ニーナ、大丈夫かい？」

キキに声をかけられて、ようやく自分が彼女に抱きしめられていたことに気付く。

どうやら、ドロシーに「車体に摑まれ！」と言われた際、車体ではなくてキキに摑まってしまっていたらしい。

「ふ、ふんっ、ニーナったら案外臆病ね……」

「ピ、ピ、ピンチになると人に抱きつくのは子供の証拠」

「……そう言ってるお二人だって、お互いに抱きついているじゃないですか」

冗談かと思ったら、別段そうでもないらしい。

ニーナが指摘すると、エルザとクーは突き飛ばすような勢いでお互いの体から離れた。

「た、弾避けに使ったまでのことよ！　私の顔に傷でも付いたら大変だもの」

「それはこちらの台詞《せりふ》。エルザの存在はエアバッグと同意だと自負しております」

だが、さすがに肝《きも》を冷やしたのか、そこから取っ組み合いの喧嘩《けんか》には派生しない。

何しろ近くを横切られただけで、頭が痛くなるような兵器に狙われたのだ。余裕ぶってはいられない。

そこで無線が入る。

『こちらフロッグ号。回避したが履帯《りたい》が切れた！』

RABBITS

履帯――すなわちキャタピラの金属ベルト部分。

戦車にある数多い弱点のうち、特に防御力の低いポイントである。

「避けたのに履帯が切れるって、どういう破壊力をしてるのよ……」

青ざめた表情でエルザが言う。

ドロシーが小さく頷《うなず》いて、キキが無線を入れた。

「フロッグ号、戦車はあきらめて離脱せよ！」

動けなくなったフロッグ号を残し、ラビット号たちは波動の飛んできた方向に対して、同心円上に移動する。いつ撃たれるかも分からない状態では、悠長《ゆうちょう》に停車などしてはいられない。

おおよそ一分ほど経過して、乗り捨てられたフロッグ号が再び砲撃された。

お化けでもみたようにドロシーが震えた声を漏《も》らす。

「あれが対艦砲、だと……」

それが基地に配備されていることは、打ち合わせの時点でみんなが知らされていたことだ。

しかし、対艦砲はあくまで戦艦を攻撃するために作られたものである。大砲は海の方へ向いているのであり、森に向けられているものではない。そもそも、砲塔はそこまで回転できるように作られてはいないのだ。

だが、そいつは岬の先端を陣取り、かつ二機まで減った小隊ZOOに狙いを定めている。

地面に半身を埋めた球体。真っ黒に塗られ、同色の砲身が突き出ている。そのサイズは重戦車の比ではない。なにしろ戦艦を沈めるための兵器なのだ。戦車などおもちゃのように破壊できる。

「え、煙突みたいな大砲ですね……人が中に入れそうな」

「煙突だったらどれだけいいことか」

ハッチから顔を出して、ドロシーが対艦砲で観察する。

「発射間隔はおよそ一分。だけど、もう一分以上経過しているのに撃ってこない」

「弾切れでしょうか？」

ニーナの問いかけにキキが答える。

「おそらく狙いを付けているのだろう。こちらが少しでも足を緩《ゆる》めたら撃たれる」

そのときは木っ端微塵《こっぱみじん》では済まないだろう、とニーナは戦々恐々とする。

対艦砲の砲撃は木を何本もなぎ倒したうえ、かすってもいないのに戦車の履帯を破壊したのだ。もしも直撃したら……。

きゅ、と心臓が縮こまる。

だけど、気持ちで負けてしまってはいけないのだとニーナは知っていた。

「諦めちゃダメです。きっと勝つ方法があります！」

操縦席のエルザがいつもの調子で髪をかきあげる。

「当然よ。言われるまでもないわ」

「でも、その……言いたかったんです」

すると、キキがニーナの頭をなでた。

「どんどん言ってくれ。その方が気分も落ち着く」

ふと、ニーナはドロシーの姿を見上げる。

対艦砲をにらみつけるようにして、彼女は撃破する方法を思案していた。

「旋回をしようとすれば撃たれる。移動し続けても、岬《みさき》の端にぶつかったら折り返さなくちゃいけない。防壁を張っても破られる。進んでも、待ってても狙い撃ちだ」

しかし、ネガティブな要素ばかりが飛び出す言葉と裏腹に、ドロシーは勝ち気な表情を崩さない。それこそが戦車長の仕事であると言わんばかりに……。

沈黙を破ったのはドクターからの無線連絡だった。

『……聞こえるか、首なしラビッツ？　これから作戦を伝える』

×

マウスピースをくわえたのはキキだった。マウスピースから伸びるコードは、もちろんライブラリーに納められた魔法板に接続されている。久しく使ってもらえていない金属の板は、魔力に飢えてギラギラと輝いているように見えた。

「こんな使いどころのない魔法板を毎日磨《みが》かせるだなんて……鬼ね、ドロシーは」

エルザの嘆《なげ》きに対して、ドロシーは「万が一のことを思ってさ」と誇らしげに答える。

無線から聞こえてくるのは、本部にいるベアトリーチェの声だ。作戦内容を伝えたドクターと交代し、秘書――改め指揮官補佐として指示を伝える。

『キキさん、マウスピースは噛《か》みましたね？』

「噛みました」

『いいですか、キキさん。魔法が使えた日のことを思い出してください。あくまであなたはアンテナの役割です。魔力自体は必要ではありませんが、魔力を通す柔軟な血管は必要です』

目をつむるキキ。手を組み、祈るように頭《こうべ》を垂れる。

それが彼女にとって、最もリラックスできる体勢なのだろう……傍《かたわ》らのニーナは生唾《なまつば》を飲み込み、彼女の魔法が成功することを願う。

キキとつながった魔法板が熱を帯び始める。魔力の送り主はベアトリーチェだ。彼女は直線距離で一キロ近く離れているラビット号に、無人偵察機《ていさつき》を操作するのと同じ要領で魔力を送り込んでいるのだ。

ドクターの語った作戦には、ラビット号とピジョン号の連携が必要不可欠である。だが、ピジョン号の無線機が壊れている以上、残された手段は魔法による交信のみ。ラビット号に魔法板を積み込んでこそはいるが、よほどの熟練者でなければ使いこなすことは難しい。

そこで考えられたのが、ベアトリーチェを仲介した交信だった。視界拡張を継続的に行うことからしても、その実力が並大抵でないことは分かる。交信魔法自体は彼女の実力に頼り、キキはアンテナの役割に専念するのである。考えられる中で、これが最も効率的な方法だった。

『交信を開始します』

ベアトリーチェの合図。

言い切ると同時に、

「あっ……」

キキが小さな悲鳴を上げて、ぎゅっと自分の体を抱きしめた。自分の体を通り抜ける魔力の感覚に耐えられない――そんな風にニーナには見える。

マウスピースを落としてしまいそうになるが、キキはどうにか手で押さえ込んだ。次第に久々の感覚にも慣れてきたのか、再び彼女は祈りのポーズを取る。

「ピジョン号、応答せよ！　ピジョン号！」

無線機の代わりとなったキキに向かって、ドロシーが声をかける。声をしっかりと伝え、同時に聞き取るため、砲塔《ほうとう》の中に降りてキキの体にぴったりと身を寄せていた。

キキはうつろな目をしており、時折くすぐられたかのように体を震わせる。それは魔法使いと言うよりも、魔術的な何かに憑《つ》かれた姿――霊媒師《れいばいし》に近しいものが感じられた。

ゆっくりと彼女の口が開いた。

『ちょっと、これ、なんなの……私の頭に直接ドロシーの声が、』

繋《つな》がった。

おそらくはモニカの声であるとニーナは判断する。一週間の特訓で、彼女は双子《ふたご》の声のイントネーションを聞き分けられるようになっていた。

「悪いけど説明してる場合じゃない。とにかく、今は私たちの指示に従ってもらえない？」

反応まで一拍の間があった。

『……分かったわ。何でも言って』

もっとハッキリ声が伝わるように、ドロシーはキキの顔を自分に向かって引き寄せる。

無線機の代わりに徹していたキキが、わずかに身をよじらせた。額に玉のような汗が浮かんでおり、かなり無理をしていることが分かる。

話し相手のモニカもキキと同じアンテナの役割をしているはずだが、向こうは平気で話しているのに、こちらは声を出すこともできない。キキにこの仕事を任せるのが無茶なのは一目瞭然だった。

だが、作戦を成功させるには彼女しか頼れる相手がいなかったのだ。

「いいかい、モニカ。今すぐ防壁魔法を対艦砲に向けて張り巡らせて。最低でも二人。可能な限り人員を増やし、防壁に魔力を送り込む。合図があったら全力で後退して。最後に、防御が終わったら最速で攻撃」

『……了解。ようやく合体する気になったのね』

ドロシーがマウスピースを噛み、ニーナもそれに続く。

二人ともコードの先端は同一の魔法板に繋がっている。ピジョン号に指示したものと同じ、いつも使っている防壁魔法だ。基本的には一人分の魔力で十分機能するように作られているのだが、二人分の魔力を得ることによって、車体を大きく覆《おお》うほどの防壁が生み出される。さらに、クーは先ほどまで併用《へいよう》していた無線機から、配線の一本を防壁へ回していた。

これでラビッツの防壁要員は三人。

専用ハッチから顔を出し、エルザが外の状況を確認しつつ操縦する。

申し訳なさそうにドロシーがつぶやいた。

「悪いね、エルザ。顔を出させちゃって」

「気にしてないわよ。車体がぶつかりそうなほど近づけるだなんて、結局は直接目で見るか視界拡張するしかないんだから」

上体を肘《ひじ》で支えつつ、両足で飾りレバーを操作するエルザ。ラビット号とピジョン号は徐々に距離を詰めだし、展開されている防壁同士が干渉《かんしょう》し合う。防壁が波を打つように揺れ、その境目をなくして一つに合体した。

手応えのようなものをニーナは感じ取る。

自分とは少し離れたところから、誰かの体温が流れ込んでくるような感覚だ。

「ドロシー、終わったわ」

エルザの報告と同時に目を見開くドロシー。

彼女はキキに向かってカウントを取る。

「3、2、1……」

大きく息を吸い込んで、ニーナは焦げ付くほどに第二の心臓を加速させた。

「作戦開始！」

勝負は一瞬。そして、次のチャンスは二度と来ない。

合図とともにピジョン号が後退し、同時にラビット号は全速前進。前後に離れつつある二台を守ろうと、防壁が車体の間で斜めに引き延ばされる。

「くっ――」

防壁が引き延ばされる衝撃は、第二の心臓を通してニーナにも伝わってきた。大きな手で胸を鷲摑《わしづか》みにされて、体を引っ張られているような感覚だ。今、ここで魔力の供給をやめたら、防壁は二機の間でまっぷたつに裂かれてしまう。それだけは避けなくてはいけない――否《いな》、むしろ分厚くするほどの魔力が求められる。

刹那《せつな》、対艦砲が放たれる。

戦艦を一撃で沈めるエネルギーが、ラビット号とピジョン号をまとめて葬《ほうむ》り去ろうとする。あまりにも強力すぎる大砲は、いくら二人掛かりで防壁を張ろうとも、車体を木っ端微塵《こばみじん》に粉砕《ふんさい》し、それだけにとどまらず大木を次々とへし折るだろう。森を抜けて、草原を突き抜け、丘の向こうにある本部にすら届くかもしれない。

その一撃を――防ぐ！

二台の間に生まれた合体防壁。ラビット号が前進、ピジョン号が後退したことにより、間を埋める防壁にはかなりの傾斜がついていた。左右の幅が生まれただけでなく、坂を上るが故に高低差が生まれ、さらに防壁を鋭角にさせるのだ。

そして、巨大な波動弾は弾かれる。

滑るように進路を変えられた波動弾は、防壁を削《けず》りながら空の彼方《かなた》に飛んでいった。

戦艦すら打ち砕く対艦砲を戦車の防壁がいなしたのである。

「波動弾、用意！」

ドロシーが叫ぶ。

対艦砲に感情があるならば、きっと驚いてすくみあがったことだろう。

アンテナ役を終えたキキが、素早くニーナの配線を組み替える。クリップを防御用の魔法板から、攻撃用の魔法板にシフト。同時にニーナの魔力が流れ込む。

最速の砲撃。

ラビット号とピジョン号から放たれた波動弾は、軌道上で合体し、一つの巨大な衝撃波に成長する。違った角度から突入した波動弾は螺旋《らせん》を生み、槍のように、ドリルのように回転しながら突き進む。タイミングは完全に一致した。

弾種《だんしゅ》・螺旋波動弾。


「つ　ら　ぬ　け　っ　！」

ニーナは叫ぶ。

命中の瞬間、対艦砲の丸い頭が土台を残して一気に吹き飛んだ。コルクの栓《せん》を抜くように、花火を打ち上げるかのように、対艦砲の頭は綺麗《きれい》な放物線を描く。

そして、その姿を海の中へ消していった。

亡霊がまた一つ葬《ほうむ》られる。

背後で発砲音が続いたが、しばらくして聞こえなくなった。


戦いを終えて一気に疲れが出てきて、ニーナは座席に深く腰を沈ませた。

全身が燃えるように熱い。水に浸かったら、そのままお湯になってしまうぐらいに感じられる。すぐに服を脱ぎ捨てたい。いくら肺に酸素を送り込んでも楽にならない。外へ飛び出したくて仕方がない。

「あ、あつぃれす……」

「みんなが暑いんだ、我慢しろ」

いつものように規律を取ろうとするキキだったが、体調不良に慣れない魔力伝達で疲弊《ひへい》し、言ってるそばからフラフラしていた。

「キキ、ぐったりしてていい。無理しないで」

そう言うドロシーもぐったりしている。上部ハッチを開ければ少しは涼しくなるはずだが、そうすることすら面倒になっているようだ。

沈黙を破ったのは、やはり無線から聞こえてきたドクターの声だった。

『野良《のら》戦車が撤退《てったい》を開始した。ということは、魔力母体は破壊したということになるな、小隊ZOO？　倒したなら報告ぐらい入れてくれ』

「……イエッサー」

やる気の感じられない返事をするドロシー。

先ほどの対艦砲が魔力母体だったことをニーナは改めて実感する。

対艦砲の付近だけでなく、魔力母体を倒したことによってすべての野良戦車たちが逃げ始めたらしい。追撃するもよし、深追いをせずに放置しておくもよし。ともかく、人に危害を加える可能性が減ったことは確かである。

『全部隊、本部へ帰還せよ。怪我人《けがにん》がいる部隊、ないしは車両が動かない部隊は連絡を入れること。すぐに医療班と換えの車両を向かわせる』

無線が切れる。

「幸い、チームZOOに大した怪我はなしだねぇ……」

ドロシーがため息をつくと、それが引き金になってエルザが騒ぎ始めた。

「暑いわ！　暑すぎるわ！」

「待て、ちびっ子貴族。バカンスにはまだ早い」

クーの制止を振り切って、エルザは猛烈な勢いで戦闘服を脱ぎ捨てる。上着もスカートも脱ぎ捨てると、専用ハッチを開けて身を乗り出した。そこを男性隊員に見られでもしたら――という懸念《けねん》は、貴族魂に満ちた彼女の脳内にはないらしい。

クーが不穏な手つきでエルザに迫ろうとしている中、ようやく起きあがったドロシーが上部ハッチを開けた。

「やらしておきな、今だけだ」

「今だけって——」

ニーナの問いかけは、入り込んできた涼しい空気に流される。

操縦手ハッチと上部ハッチが一つにつながって、風の通り道を作ったのだ。先ほどまで激戦が行われていたとは思えない、森林特有の冷たい空気がラビット号の車内を潤していく。

少しでも涼しさを取り入れようと、ニーナも上着のボタンをすべて外す。誰が見ているわけでもなし、ラビット号にいる間はどんな格好をしていたって大丈夫。

寝そべるようにしていると、ちょうど真上がハッチになっている。ラビット号にぽっかりと空いた穴からは、細やかな木漏《こも》れ日《び》が差し込んできた。まぶしくなるたびに目を細め、しばし遊ぶ。

「村に一泊は確定だな」

ドロシーのコメントにはみんな頷《うなず》かざるを得なかった。到底、二時間かけてアンフレックへ帰れるような雰囲気《ふんいき》ではない。まずは水分、そしてシャワー、食事を済ませたら泥のように眠りたい。

ふいに、ラビット号のキャタピラがガキョンと音を立てる。

「何か踏んだ?」

エルザが聞き、ドロシーが「野良戦車の残骸《ざんがい》」と答えた。

悪いことをしてしまった、とニーナは思う。

人間の生活を守るとはいえ、もともと兵器を造ったのは人間。やはり、そこに存在するむなしさからは逃れられない。だが、攻撃の手を緩《ゆる》めることも、共存することも出来ないから……せめて、目の敵《かたき》にしてやらないことぐらいしかないだろう。

仕方のない戦いだった、と。

ハッチから急に明るい光が射し込んでくる。ラビット号が森を抜けたのだ。

雲一つない青空は、眺めているだけで体が吸い込まれそうになる。魔力を使いきった虚脱感が、体重のなくなるような心地よさを手助けしていた。眠りにつく寸前の状態が、継続的に起こっているような雰囲気《ふんいき》である。

車体の傾きが平らになった——陣地に戻ってきたのだ。

ドロシーが大きく身を乗り出し、ドクターに向かって声をかけている。

自分も外がどうなっているのか見たい。

最後の力を振り絞《しぼ》り、ニーナは上部ハッチをよじ登る。

そして、

「ニーナちゃん、ストップ！」

「外を見たらダメ！」

「戻ってくるんだ、ニーナ！」

疲弊《ひへい》しきった仲間たちが、どうにか制止をかけようとした中、

「え？」

眼前に広がる戦車と人間のスクラップを……ニーナはまじまじと見てしまったのだ。

血生臭《ちなまぐさ》さが鼻を突いた。

壊れた戦車は両手の指だけだと数え切れない。履帯《りたい》が切れているものを始め、車体に穴が空いているものや、砲塔《ほうとう》が半壊しているものもある。立派な砲身が、根本から真っ二つに折れているものもあった。

清々《すがすが》しさからはほど遠い地獄絵図。

いつから自分は、自分たちが無敵の存在であると思っていたのだろうか。防壁を展開し、モグラ弾で重戦車を沈めた。対鑑砲の攻撃すらも弾いた。ついには、たった二機の中戦車で魔力母体の破壊に成功した。

自分たちは強く戦えたかもしれないが、すべての戦車が同じように戦えたわけではない。いつの間にか、全ての戦車たちが同じように戦ってくれていると勘違《かんちが》いしていたのだ。

戦車にえぐられた地面を医療スタッフたちが駆けずり回っている。テントの下にいるドクターは、苦しむ戦車乗りに注射を打っていた。どこもかしこも怪我人だらけで、泣き声や悲鳴が絶えず聞こえてくる。

ギギギ、と不穏な音を立てて後続のピジョン号が停止した。

思わずニーナは振り返る。

二人は無事だろうか。初撃を食らってハッチが吹っ飛ばされたが、ちゃんと作戦に参加してくれた。砲手のモニカがアンテナ係をしてくれて……最初に無線対応をしてくれていたシンシアは、一体どこに行ってしまったのだろう?

「シンシアさん！　モニカさん！」

ピジョン号に向かってニーナは声を張る。

すると壊れた上部ハッチの中から、肩口を血に濡らしたモニカが顔をのぞかせた。

彼女が背負っている相手はシンシア。

こめかみのあたりから血を流し、目をつむって押し黙っている。

「……ニーナちゃん」

シンシアの体を背負ったまま、どうにかモニカは砲塔から這《は》い出てくる。激戦の疲れで彼女はふらつき、その瞬間、背負われているシンシアの体がのけぞった。

途端にシンシアの鼻から、鈍い色をした血がどろどろと漏《も》れ出す。

「どうしよう……」

次々とあふれ出てくる涙が、モニカの美しい表情を完膚《かんぷ》なきまでに崩していた。

「シンシアが……シンシアが死んじゃった」

NINA & THE RABBITS

[5] 午前

　ニーナは裸足《はだし》で山の斜面を駆け降りている。見覚えのある光景。そこは、辺境の村から続く葛《つづら》折りの坂だ。とがった小石だらけで、足の裏がズキズキと痛む。けれども、立ち止まってはいられない。自分は砲手の女性によって逃がされたのだ。

　もう村には戻らない。戦車に乗って戦ったりしない。暴力なんて嫌いだ。戦争なんて大嫌いだ。どこか遠く……平和な国に移り住んで、そこで幸せになりたい。そのために自分は走り続けなければいけない。

「ニーナちゃん、」

　ふいに誰かが自分を呼び止める。

　聞き覚えのある声だ。そう思って足を止めると、途端、足首に激痛が走る。見下ろせば、地面から突き出た腕が彼女の足をつかんでいた。とがった爪が食い込み、皮膚《ひふ》を裂き、肉に突き刺さる。

「ニーナちゃん、」

　腕はニーナの体を引きずり込む。

そのときになって、ようやく彼女は声の主を思い出す。

シンシア。

ピジョンズで一人だけ死んでしまった、シンシア。

痛みと恐怖にニーナの意識は遠のいていき――


「――ナさん。ニーナさん、起きてください」


耳元で声がした。

「ニーナさん！　ねぇ、ニーナさん！」

それはとても大きな声で、耳の奥の方まで響いてきた。

五感がぼんやりとしている。視界はうつろで、言葉の内容は理解できない。

けれども、肩を叩かれてようやく意識がハッキリとしてきた。

重いまぶたを開けてみると、すぐ目前にベアトリーチェの顔があった。

「ニーナさん、起きてください。朝食の時間です」

仕事だ――と思って、ニーナは反射的にベッドから跳び起きた。

額と額がぶつかりそうになり、ベアトリーチェは仰《の》け反《ぞ》ってスレスレのところで避ける。

ニーナはベッドの感触を確かめるように、脱力してベッドに倒れ込んだ。

気を取り直すように、ベアトリーチェが咳払《せきばら》いをする。

「おはようございます」

ビックリしてドキドキしている胸を押さえつつ、ニーナはゆっくりと体を起こす。

「……ございます」

見慣れた個室にニーナは安心のため息をもらした。

ここはドクターの元で働くメイドたちの寮である。町役場と町長邸宅（つまりはドクターの事務所）とつながっており、どちらにでもすぐお勤め出来る。これが、ドクターの募集しているメイドの仕事だった。

現在、ニーナは新人なので一時的に個室を与えられている。だが、しばらくして寮の環境に慣れたら、ほかのメイドたちのいる相部屋へ移る約束になっていた。

時計を見上げると七時を過ぎている。ニーナは朝食を作る係になっているので、本当ならば三十分は早く起きなければならない。完全に寝坊してしまった。

朝早くからパンツスーツを着こなしている彼女は、いかにもインテリそうな眼鏡《めがね》をくいと持ち上げる。かすかに甘い香水のにおいがして、それは焦るニーナの鼓動をゆっくりと落ち着かせてくれた。

「朝食は別のお手伝いさんに作ってもらいました。仕事を代わってくれた人には、ちゃんとお礼を言うようにしてください。それから、急ぐ必要はありませんから、とりあえずシャワーを浴びてきてください」

言われて、ニーナは自分が汗だくになっているのに気付いた。まるで戦車に乗っているときのような汗だ。起きあがろうとして、踏ん切りが付かずにニーナは胸を押さえる。本物の心臓の方ではなく、第二の心臓が熱くなっていた。

部屋から出ていこうとしたベアトリーチェがきびすを返した。彼女は屈んで視線の高さを合わせると、汗でべたついたニーナの前髪をかきあげた。

ベアトリーチェの手が汚れてしまうようで、ニーナはなんだか申し訳ない気持ちになる。

「また、悪い夢ですか」

「はい……」

すると、ベアトリーチェはそっと彼女の額に手を当てた。

まるで熱を測るようなやり方。ずいぶんと体温に差があって、ニーナは心地よい冷たさに浸る。このまま、ずっと触っていて欲しい気持ちになった。

「あれから十日も経ってます。まだ眠れないのですか?」

「……はい」

神父に懺悔《ざんげ》をするかのごとくニーナは答える。

「怖い夢を見るんです。シンシアさんのお化けが出てきて、私のことを地面の中に引きずり込もうとするんです。きっと、私の心が弱いから、だから……」

「それは、その、」

ベアトリーチェが言葉に詰まる。


「シンシアさんがそんなことするはずないのに……でも、怖くて仕方がないんです。

「私たちは何があってもあなたの味方です。死んだシンシアさんだって、その気持ちはきっと変わらないはずですよ」

「ベアトリーチェさん……」

答えられず、ニーナは沈黙した。

彼女の気遣いが胸に突き刺さる。

自分には何が出来るのか。未だに燃える第二の心臓は、きっと答えを知っている。だけど、胸に秘められた気持ちを言葉にするわけにはいかない。

だって、それは、自分を心配するすべての人たちを裏切ることになるのだから……。


葬儀はポイントJに近い村で執り行われた。死者は村を守った英雄として葬《ほうむ》られ、大きな石碑《せきひ》が作られることになった。英霊《えいれい》の碑だ。それはつまり戦死したという扱いなのだ。

合同作戦に参加した戦車乗りは、アンフレックの警備隊や、近隣の村から参加したものも含めて一四七名。そのうち死者が八名、重傷者が二十名、軽傷者は多数。ニーナがほかの戦車乗りに聞いたところによれば、戦いの規模にしてはまずまず少ない方だという。

まずまずの少ない方。

死んだ八名のうちの一人がシンシアだった。

自走砲の攻撃を受けたとき、シンシアはハッチから顔を出して周囲を警戒していた。だが、その時はまだ誰も伏兵に気付けていなかった。

ピジョンズは——特に砲手のモニカは、姉の死体のそばで戦っていたのだ。

森の中を進軍していたときも、対艦砲を相手に防壁を張ったときも、彼女の傍《かたわ》らには姉の亡《なき》骸《がら》が横たわっていた。

そのことを考えるたびに、ニーナは全身が総毛立《そうけだ》った。シンシアのお化けを思い出してしまい、際限なく吐き気がこみ上げてきた。だが、考えないわけにはいかなかった。毎晩、シンシアに襲われる夢を見るのだから。

シンシアは優しかった。だけど、今の自分は彼女を恐れている。

数日は立ち上がれなかったが、動けるようになってからはラビッツの事務所を出た。とにかく戦車から離れて生活がしたい。ラビット号を見るだけで、ポイントJでの悪夢がよみがえってくる。メイド寮で暮らすようになってから、少なくとも吐き気が我慢できないような状態にはならなくなった。

シャワーを浴び、ニーナは小さなメイド服に着替えた。準備が終わると、彼女は大急ぎで食堂に向かう。そして、仕事を代わってくれた先輩メイドに深々とお礼をした。

朝食を済ませると食器の片付けを引き受け、四十人ほどの食器をひたすら洗う。途中、皿を三枚も割ってしまってしまい、その度《たび》に通りがかった先輩メイドから慰められた。

食器洗いを終えると、今度はゴミ捨てと昼食の買い出しも頼まれた。メイドの数は多いが、午前と午後を交代で勉強にあてられている。だから、実際に働いている人数は半分程度なのだった。

身の丈《たけ》の半分はありそうなゴミ箱を抱え、ニーナはよたよたと事務所の裏手にある焼却炉《しょうきゃくろ》へ向かう。

途中、ドクターとすれ違った。立派な仕事とはいえ、ゴミを抱えていることが恥ずかしくなり、ニーナはゴミ箱で顔を隠した。

焼却炉にゴミを放り込み、あとは火をつけて戸を閉めるだけになった。先輩メイドからマッチを手渡されている。だが、彼女はそれをスカートのポケットにしまうと、反対側のポケットから魔法板を取り出した。教会の庭で戦ったとき、砕けてしまった魔法板の代わりとしてエルザがくれたものだ。

あれだけひどい思いをしたのに、魔法を撃ちたい気持ちだけは抑えられない。波動にしろ、炎にしろ、暴力的な魔法であることは変わりない。自分は今、シンシアを殺したものと同じ力を持っているのだ。

まず理性が警告する。そんなものを持っていてはいけない。戦う力を持っているから下手《へた》に傷つく。今は大人たちから守ってもらえるのだ。こんな危ないものは捨てるべきだ。

でも、使われていない魔力が胸を焦がしている。早く魔法を撃ちたい。出来ることならば、魔動《まどう》戦車に積んであるような強力な魔法がいい。このままでは我慢できなくなって、自分がどうにかなってしまう。

「……少しなら、いいよね」

独り言。

ニーナは魔法板を噛《か》むと、地面にひざをつき、焼却炉に向かって火を放った。魔力が魔法に変換される瞬間、ニーナは体がふわっと持ち上がるよう高揚《こうよう》を覚える。普通の労働では得られない感覚だ。寝起きからつきまとっていた体のだるさが、炎に吸い取られるようにして抜けていくのだ。

自分の作った火を見つめ、ニーナは思わずニヤリとしてしまう。火をつけて楽しくなるなんて危ないな、とも思う。これでは放火魔だ……人殺しと変わらないじゃないか。でも、こうでもしなければ、心が折れてしまうのだ。

「――君は、」

背後から声をかけられる。

「良くも悪くも根っからの戦車乗りなのだな」

振り返らなくても分かった。ドクターだ。

ゴミ箱で顔を隠したのが、むしろ不審に思われたに違いない。それで、あとをつけられてしまったのだ。

悪いことをしたような気になって、ニーナは魔法板をポケットにしまい込んだ。焼却炉の戸を閉じ、ゴミ箱を抱えて、すぐさま立ち去ろうとする。

だが、彼はニーナを逃がさなかった。

「戦車に乗るのが怖くなったのかい？」

口は出さないが、それに対する答えは「ノー」であると決まっていた。初めてラビット号に搭乗《とうじょう》したとき、すでに覚悟は決まっていたのだ。

ポイントFにしろ、ポイントJにしろ、誰かが戦わなければ人がたくさん死んでいた。きっと八人では収まらなかったことだろう。なにより、戦争を野放しにすることが許せない。たとえ自分の命が危険に晒《さら》されたとしても、必ず戦場に立とうと心に決めた。手の届くところに戦争があるのなら、もはや助けに行かずには気が収まらない。

ニーナが何も答えていないのに、ドクターはその心中を察したらしい。

彼は理解しづらそうに眉をひそめる。

「それなら、どうしてラビッツに戻らないいんだ？　彼女たちは君を必要としている。それが次の砲手を得るまでだとしても、それでも君に対する好意は純粋なはずだ。拒絶する必要なはいだろうに……」

「みんなのことは好きです」

本心からの声だった。

ドロシーも、キキも、エルザも、クーも、そしてサクラも、みんなのことが大好きだ。彼女たちは友達で、姉妹で、家族だった。恥ずかしくて、本人たちには面と向かって言えないけれども……。

「戦車に乗ること自体も怖くはないんです。ただ、」

「ただ？」

ドクターの誠実そうな目が直視できず、ニーナはそっと視線を地面に落とした。

「……ただ、このまま魔動戦車に乗ったら、自分がどうにかなってしまいそうで」

アリが行列を作って行進している。

とても小さなアリたちが、体の何倍もある蝶《ちょう》の死骸《しがい》を運んでいる。

じっと見ていると、ニーナは無性にアリの行列を踏みつけたくなった。いっそ火をつけてやりたいぐらいだ。ゴミを燃やしたぐらいでは、第二の心臓の高まりは収まってくれない。何でもいいから、ぶち壊してしまいたい。

顔を上げると、今度はドクターはずっとこちらを見ていた。

不安になってニーナは尋ねる。

「私、笑ってました？」

「いや……」

ドクターの答えは曖昧《あいまい》で、それはなおのこと彼女を不安にさせた。

自分がおかしくなっているという自覚はある。だけど、どこが変になっているのか正確に摑《つか》む事が出来ない。渦潮《うずしお》に巻き込まれるように、ニーナの心は深く深く沈み込んでいく。

もしも、自分がまた戦車に乗ったときには、このアリを踏みつぶすように大砲で――

「今ですね、アリを殺そうと思ってたんです」

おもむろに、ニーナは靴底《くつぞこ》をアリの行列に向かって落とす。思っているだけよりも、いっそ実行してしまえば楽になるかもしれない。半ば本気でそう思った。

「やめろっ――」

ドクターが動く。土で服が汚れることも構わず、彼は地面に這《は》いつくばって、ニーナの靴底を手のひらで受け止めた。

アリの行列はギリギリのところで、踏みつぶされるのを回避したのだった。

ニーナはよろめいて後退する。

ドクターの右手に、どろっとした靴跡がくっきりとついていた。それに注意が向かっていると、ドクターの左手が顔に向かって飛んできた。

火花が散るような音がして、気が付くとニーナはしりもちをついていた。右の頬がひりひりと熱くなっている。手加減もなしに、思い切り張り手を食らったのだ。

ドクターの左手は震えている。ひっぱたいた彼の方が痛そうに見えるほどだった。

すると、事務所の表側から足音が聞こえてきた。

「ドクター？　ドクター、いますか？」

駆け寄ってきたのは、両手に書類の束を抱えたベアトリーチェだった。彼女はドクターの姿を見つけて一安心とため息をつくが、ニーナが倒れているのを見つけるや否《いな》や、書類を放り出して、彼女の体を抱き起こした。

「ニ、ニーナさん、」

「……だ、大丈夫です」

触れられることすら惨《みじ》めに思えて、ニーナはバランスを崩しながらも立ち上がる。

ここにいることすらも恥ずかしい。ゴミ箱を拾い上げ、野良犬《のらいぬ》から逃げるかのように二人から距離を取った。

「叩かれても仕方がないことをしたんです。本当に私が悪いんです……」

少しだけドクターを疑うようなベアトリーチェの視線に、ニーナにとってはこの上なく申し訳ない気持ちにさせられる。

ベアトリーチェは書類を拾うことも忘れて、彼女に向かって手を差し伸べた。

「せめて傷の手当てくらい、」

「いえ、大丈夫です。だから、その、買い物に行ってきます……」

ゴミ箱を抱えてニーナは走り出す。

呼び止める声を聞かないように、精一杯の努力が必要だった。

×

買い出しを頼まれていたのは、事務所を離れるのにちょうどいい口実になった。今は九時過ぎ……十一時までに食材を買って帰ればいいのだから、だいぶ外をぶらつくことが出来る。

移動手段は魔動《まどう》バイクだ。ドクターの事務所へ移り住む際に、ラビッツのログハウスから乗ってきた。元が盗品であるとはいえ、今はニーナが持つ数少ない財産の一つである。あれからマウスピースも新調した。

「おっと」

道に犬か猫の死骸《しがい》が転がっていたので避ける。こんな中途半端な場所で老衰とも思えないから、きっとバイクか四輪車に轢《ひ》かれたのだろう。

だが、犬か猫の割にはずいぶんと可愛《かわい》いパジャマを着ている。実は息をしている。言ってしまえば、犬でも猫でもない。綺麗《きれい》な毛並み……じゃなくて髪質。

というか、人間だ。

この眠れる森の美女的ふわっふわのブロンドには見覚えがある。

魔動バイクを緊急停車させ、ニーナはその人の名前を呼んだ。

「ク、ク、ク、クーさんっ！」

スタンドを立てて、とにもかくにもクーのそばまで駆け寄る。

「え、お、あ、あれ？　クーさん、大丈夫ですか？　何か悪い冗談ではないですよね？」

見たところ外傷はないので、車に撥《は》ねられたわけではなさそうだ。ということは、心臓発作か何かで動けなくなっているのか？　だとしたら容態は一刻を争う。どこかまで運ぼうか。いや、頭を打ってるかもしれない時は下手《へた》に動かしちゃダメだって、ドクターが言っていた気がする。でも、一刻も早い救急対応が人の命を救うらしい。

「こ、これは人工呼吸をということでは っ……」

一連のやり方はドクターに教わっている。まずは気道を確保。こうしなければ空気がのどを通ってくれない。確か、二回ほど空気を送り込んだら心臓マッサージだったはず。

「よしっ！」

クーのあごに手を添えて、ニーナはおそるおそる唇を近づける。

なんだか変な気分になってきた。よもや、ファーストキスが白雪姫を起こすために消費されようとは思わなかった。だが、一緒に戦ってきた仲間の命を救うためだったら、ファーストキスでもなんでも捨ててやる――

「――や、優しくしておくれ、むにゃむにゃ」

寸前で顔を引っ込める。このハッキリとした物言いは……寝言？

混乱している最中、ニーナはクーの胸元から下げられているドッグタグを見つける。ただ、それはドッグタグと呼ぶにはいささか大きすぎて、ともすれば何かの罰《ばつ》ゲームで看板を下げさせられているように見えた。

クー（十六歳）道ばたで眠っていたら、ラビッツの事務所まで運びなさい！

文面――美しく誇り高き麗《うるわ》しのエルザ・アドラバルト

なんだこれ。

つまり、これは居眠りをしていると解釈してよいのだろうか？　あからさまに道ばたで眠る可能性を考慮《こうりょ》した注意書き。思わず問いかけたくなるが、相手は眠っているので答えが返ってくるわけもない。念のために太股《ふともも》の内側（とても痛いらしいとサクラが教えてくれた）をつねってみたが、彼女が目を覚ます様子はなかった。

仮に眠っているのだとしても疑問は残る。この場所はラビッツの事務所から三キロ以上も離れている。歩ける距離ではあるが……少なくとも、ニーナがラビッツと一緒に生活していたときは車を使っていた。

ここは一度、ドクターの事務所まで帰って応援を呼んだ方がいいかもしれない。

「とりあえず、道の脇にどかしておいて……」

そう思ってバイクにまたがった矢先、表通りの方からクラクションの音が聞こえてきた。子供でも飛び出してきたのだろうと思い、ニーナが無視してバイクを発進させようとする。すると、さらにクラクションが鳴らされた。今度は自分の方に向かって鳴らされているのだと分かる。振り返ると、サイドカーの付いた魔動バイクがこちらに鼻先を向けている。

ニーナは逃げ出したくなった。

ヘルメットを外すと、つやつやの金髪がこぼれ落ちる。初めて出会ったときと同じように、いつも笑っているような細い目で、モニカはニーナのことを見つめていた。

相手がニーナであることに気付くと、彼女はゆっくりと口元を緩《ゆる》ませる。

「ニーナ、ちゃん……」

声のイントネーションだけで、無理に元気を装っていると判断できてしまう。ピジョンズの双子とそれだけ仲良くなっていたことに、ニーナは改めて気付かされた。

ニーナは返事が出来ない。この人と面と向かって話すのが怖い。自分は憎まれているのかもしれない……というよりも、自分が同じ立場にいたら、生き残った人間のことを恨むだろう。そう思うと、ニーナは身がすくんでしまう。

モニカは地面に倒れているクーを見ると、ゆっくりとバイクで近づいてきた。

「乗せるよ」

言いつつ、もう彼女はクーの体を抱き起こしている。クーをサイドカーに下ろすと、余っているヘルメットを彼女の頭にかぶせた。そのヘルメットはシンシアのものだった。

うまく事態が飲み込めていないニーナに向かって、シンシアは説明した。

「クーちゃんが道ばたで居眠りしちゃうことは、この町の人だったら誰だって知ってることだもの。夢遊病って言うんだっけ？　詳しくは知らないけど、ひどいときは町中まで歩いてきちゃうらしくて……」

ありがとう、と言う暇はなかったとニーナは思う。

それは思っているだけで、本当はいくらでも言えるチャンスはあった。それどころか、一緒にクーの体を支えることすら出来なかった。

「元気出して」

肩をポンと優しくたたかれる。

クーをサイドカーに乗せて、モニカはあっと言う間に走り去ってしまう。

ニーナは魔動バイクが遠ざかっていくのを呆然《ぼうぜん》と眺め、一言も発することもなく、その場に立ち尽くした。

バイクの駆動音が聞こえなくなり、薄暗い路地が静かになる。だが、すぐさま別の駆動音が聞こえてきた。音がしたのは、やはり表通りの方からである。

「やぁ」

表通りに止まったのはラビッツが所有しているジープだった。

珍しく運転手をしているドロシーが声を掛けてきて、助手席にはエルザが体を沈めている。キキの姿はなく、単に買い出しをするには珍しい組み合わせだ。

ニーナがいるのに気づいて、エルザが体を起こした。

「十日ぶりね、ニーナ」

魔動バイクを徐行させ、今度はニーナの方から二人に近づく。すると助手席から身を乗り出して、エルザがメイド服のレースやリボンに手を伸ばしてきた。

「シンプルながら、いいデザインのメイド服ね。いつか使用人を増やすときは、この服を着せてみたいわ」

コスチュームにも造詣《ぞうけい》が深いらしく、エルザはメイド服についてなにやら色々とコメントし始める。

もしかしたら、初日に用意された水兵っぽい服をはじめとする子供服は、彼女が用意したものではないだろうか。今更ながら、ニーナはそう見当を付けた。

「あ、そうだそうだ」

思い出したようにドロシーが尋ねる。

「パジャマ姿のクーを見なかった？」

「……クーさんでしたら、さっき眠っていたところをモニカさんに運んでいただきました」

エルザが深々とため息をつく。自己嫌悪に浸っている表情だ。

「最近、出歩きが少なくなったからって油断してたわ。本人はすごく嫌がるけど、体を縛《しば》っておいた方がよかったかしら……」

「外から鍵を掛けておいたんだっけ？」

「あんな南京錠《なんきんじょう》……鍵が大丈夫でも、ドアの木枠《きわく》がボロボロだもの、簡単に外されたわ」

自分がいない間に、クーの寝室には鍵まで掛けられてしまったらしい。

思えば、いきなり他人のベッドで眠っていたり、家の庭で眠っていたりと、ただ眠いにしては奇妙な行動が多かった。

けれど、まさか鍵を破って町中まで歩いてくるとは想像できない。

「モニカさんが言ってたんですけど、夢遊病なんですよね？」

「まぁ、それの親戚《しんせき》みたいな病気さ。一般的な夢遊病よりも、やることなすことが派手だけど
……ともあれ、拾ってくれたのがモニカでよかった。治安が良いって言っても、はだけたパジ

ヤマの美少女が道ばたに転がってたら、善良な青年でも悪い気を起こしちゃうだろうしね」

「無事に帰って来ちゃうわよね、きっと」

帰ってきて欲しくない、というような口振りをするエルザ。

別にそういう意味でないのはニーナにも分かった。

「普段だったら、全世界くすぐり委員会の下克上《げこくじょう》よ！　とか言って、クーの体にいけないことをするんだろうけど……今のモニカはそんな元気もないんだろうな」

ぐったりと空を見上げて、ドロシーは煙草《たばこ》とライターを嚙《か》む。

煙草に火をつけると、ライターを胸ポケットにしまった。

「私にも一本くださらない？」

「子供はダメ。そんなに吸いたかったら、服だの小物だのを倹約《けんやく》すること」

「ど、ドロシーの分際で倹約を語るなんて……この二十●歳！」

途端、盛大にせき込むドロシー。

煙草を口から放して、苦しそうに息を整える。

「こっ、こいつ、文脈に関係なく私の実年齢を、」

「そんな年齢になるまで恋人一人も作れないだなんて、ふんっ……哀れね」

「つ、作れないんじゃなくて作らないの」

明後日《あさって》の方向に目をそらすドロシー。

声がうわずっており、あからさまに動揺している。

「ドロシーが恋人を作らない理由なんて、全然理由のうちに入らないわ」

「いいんだよ、一人でも楽しく生きていけるから」

「嘘」

「嘘でもなんでもいい……ともかく、」

仕切り直すようにドロシーが咳払《せきばら》いをした。

「クーの無事が確認できてよかったよ。といっても、誰かに拾われることは分かりきってたから、クー探しはお使いのついでなんだけどさ」

エルザが後部座席を指さす。

そこに乗せられているのは、戦車に搭載《とうさい》させるサイズの魔法板だった。

文字の彫込みが深く、金属板は傷一つないピカピカである。よく手入れされた業物《わざもの》とは異なった、初々《ういうい》しさというよりも、落ち着きのなさがニーナには感じられた。

「新品でしょうか?」

ニーナが質問すると、ドロシーの瞳がフラッシュを焚《た》いたように輝いた。先ほどの意気消沈ぶりとは一転して、彼女は過度なボディランゲージをまじえて説明を始める。

「外部発注してた魔法板が、よぅうやく届いたんだよぉっ!」

パンパン!と、魔法板を手のひらで叩く。

「見てよ、この色! 触ってみてよ、この質感! この子がいれば、私はもう何もいらない……コツコツとお金を貯めて、やっと名のある職人に作ってもらったのさ! 素晴らしい、本当に素晴らしい！」

「その貯金が誰の食費を削《けず》ったものだか分かっていないようね……」

キラキラしているドロシーの脇で、エルザがあからさまにイライラを募《つの》らせる。そして、新品の魔法板に疑いの目を掛けた。

「こんな魔法、絶対に役に立たないわよ。火炎魔法どころか、モグラ弾よりも使いどころがないじゃない。ほとんど自爆技よ！」

「この子をバカにするな！　水鉄砲よりは役に立つ」

「そんな役立たずと比較すな！　二十●歳！　恋人いない歴二十●年！」

ドロシーの周囲を盛り立てていたキラキラが、パリンと音を立てて崩れ落ちる。

「脳内デート！　一人上手！　一人コスプレ大会！」

あ、あの水兵さんっぽい服を用意したのはドロシーの方だったか……。

「なっ、なにさ、子供パンツ穿《は》いてるくせに！」

「いいじゃない、穿いてても！　おなか、あったかいんだから！」

魔法板の話はもうどこかへ行ってしまい、二人はいつもの小競《こぜ》り合いを始める。

まったく、どれだけ背伸びをしても中身は子供なんだから云々《うんぬん》。

大人のくせに全然責任が果たせていない云々。

あはは、とニーナは笑う。

途端、

「えっ」

「に、ニーナ？」

二人が小競り合いをやめて振り向いた。大きく目を見開いて、驚きを隠せないように口を開けている。しかも、ただ驚いているだけには見えない。何か気味の悪いものを見てしまったような、恐怖の色が二人の表情から読みとれた。

「あ、ははは……あ、あれ？　二人ともどうしたんですか？」

エルザがそばにある民家の窓を指さす。

光の加減で窓は鏡のようになっており、ニーナはおもむろに動かして窓を覗《のぞ》き込む。何か恐ろしいものでも窓辺に飾られているのかと、彼女は注意深く鏡のような窓を観察した。

しばらくして、彼女は気付かされる。

自分の顔は、何一つ笑っていなかった。

無表情から笑い声だけが漏《も》れている。頬《ほお》が持ち上がっているわけではない。目尻が下がっているわけでもない。窓に映っているのは操り人形のような顔だ。そして、そこから漏れてくるのは嘘っぱちの笑い声だ。

笑うべき流れだと思ったから笑った。それではダメだ、とニーナは思う。

思うけれども、心の底から笑うことが出来なくなってしまう。笑顔でいられる場所を守りたかったはずなのに、今はむりやり笑顔を作っている。

こんな偽物の笑顔を二人には見せられない。

恥ずかしくなり、ニーナは手のひらで顔を隠してしゃがみ込む。

ドロシーから問いかけがあったのは、それからすぐあとのことだった。

「ニーナは戦車に乗るのがイヤになった?」

それはドクターと同じ質問だったから、問われてすぐに答えられた。

「戦車は好きです。大好きです。シンシアさんがひどい死に方をしたっていうのに、それでも乗りたい気持ちが収まらないんです」

我慢できなくなって、ものを燃やそうとしてしまったぐらいだ。

「じゃぁ、戦争と戦おうという気持ちもなくなってはいないの?」

「はい」

ひらりとエルザは車から降り、しゃがみ込むニーナの背中に手を置いた。

肩にあごを乗せて、耳元でささやくように問いかける。

「だったら、どうしてラビッツから出て行ってしまったの?　うちは砲手が足りなくて困ってる。ポイントJでの戦いのせいで、町全体の動ける戦車乗りも減ってる。今、アンフレックは大変なのに……」

それは分かってるんだ、とニーナは心の中で答える。

だけど、だからこそ、自分は戦場に立てないのだ。

「──怖いんです」

ドクターが相手では言えなかった気持ちが、ゆっくりとニーナの頭の中で組み立てられていく。感情の断片を組み立てて言葉にするのは、河原の石を積むように時間のかかる作業だ。ドロシーとエルザは、ニーナが考えるのをゆっくりと待ってくれた。

思いがまとまって、ようやくニーナは口を開く。

「私、野良《のら》戦車のことを恨んでしまいそうです。本当は人間が勝手に作った可哀想《かわいそう》な子たちです。みんなと一緒に初めて戦ったとき、倒すことが悲しく感じられました。でも、いざシンシアさんが殺されたかと思うと、今までと同じ気持ちでは野良戦車と戦うことが出来ません」

一言ごとが、まるで大砲を撃つような感覚だった。そこに存在する暴力性が表面に浮き上がり、いつの日かの悲しみや同情はどこへ行ってしまったのか分からない。野良戦車を可哀想なものだなんて、もう二度と思うことは出来ないだろう。

「それなのに戦車に乗りたいだなんて、どこか矛盾《むじゅん》しているように感じるんです」

話しながら、ニーナはようやく理解した。

自分が踏みつぶしたかったのはアリの行列ではなく、野良戦車の群れだったのだ。あの可哀想な子たちを……殺したくて、殺したくて、仕方がない。

頬がつり上がっているのをニーナは感じた。

自分は笑ってしまっているのだ。楽しくて笑うことが出来ないのに、野良戦車たちをいじめることを想像したら、こんなに簡単に笑えてしまう。

「あはは……あはははは、」

復讐《ふくしゅう》を想像することはなんて楽しいんだ！

「おっかしいですよね、私。自分ではいい子になってたつもりなのに、やっぱり悪い子だったんです。やられたらやり返したいんです。ドロシーさんやエルザさんみたいに、友達が殺されても平気な顔をしてなんていられないんです！」

今、酷《ひど》いことを言った。

自覚しつつ振り向くと、エルザが目尻に涙を浮かべていた。口元をキュッと結び、どうにか堪《こら》えようとしている。だが、大粒の涙は彼女の頬《ほお》を伝い、ぽろぽろとこぼれ落ちていった。

「私、仕事が残ってるんで、その、行きますね……」

視線から逃れるようにニーナは立ち上がる。

一瞬、引き留めてもらえないだろうかとも考える。けれど、そんな風に連れて帰られたとしても、心の底から沸き起こる感情は押さえつけられないだろう。たとえ邪悪であるとしても、野良戦車に対する憎しみは本物なのだ。感情はだませない。そして、ラビッツの人たちに対しても嘘をつけないのだ。

ニーナはその場から立ち去ろうとする。

その寸前だった。

……ザザザ、ザザ、ザザザザッ

町中に設置されているスピーカーからノイズが走る。

何かおかしいことには誰もが気付く。

通常のアナウンスならばチャイムが鳴らされ、非常事態ならばサイレンが鳴るのだ。

故障だろうかと案じ始めた頃、

『──アンフレックの諸君、』


スピーカーから、砂利《じやり》を飲んだような濁声《だみごえ》が聞こえてきた。

当然のようにドクターの声ではない。老いてこそはいるが、人を喰らう獣のように獰猛《どうもう》で、それでいて溢《あふ》れんばかりの生気に満ちている。アンフレックの町に響き渡る声は、ただのそれだけで刃物のように胸を抉《えぐ》る。

電波ジャック。

その声を聞いた瞬間、ニーナの第二の心臓が強く脈打った。

自分はこの声を何十回も聞いてきたのだ。

『俺の名前はアドリオ・マドガルド。魔力爆弾を落とした男だ』

×

耳を疑う余地はなかったと、ニーナは強く思った。

声だけ聞けば、ある程度の強さや威厳を感じ取ることが出来る。それと同じように、彼女は声から強い魔力を感じ取っていた。

全身が沸騰《ふっとう》したように熱い。第二の心臓が武者震いを起こし、余剰《よじょう》魔力が血管を通り、全身を高速で駆けめぐっているのだ。野良戦車と戦う直前、ないしは最中の如き魔力的な興奮が、声を聞いただけで起こってしまった。

魔女の血が教えてくれる。

この声の持ち主は、自分が出会った魔女たちとは比べものにならない存在だ。

『アンフレックの町に住む人々よ、』

反応を待たずにマドガルドは言葉を続けた。

『この場で死ね――』

唐突《とうとつ》に町中の人間がざわめき、ニーナは周囲をキョロキョロと見回した。

すると、窓から多くの町民が顔を出し、一斉に真っ青な空を指差している。

町民たちの指差す方に、釣られて彼女は顔を上げた。

思わず目を見張った。町の上空に何者かの影が浮かび上がっている。空を覆《おお》う巨大な人物像は、最初こそ不鮮明だったが、徐々に形と色を得ていった。まるでシネマの映写機のように、一人の人間が映し出されているのだ。

岩のように頑健な肉体。意志の強さが感じられる、針金のような眉毛と口ひげ。刻み込まれたしわは経験を、そして刻み込まれた傷痕は戦歴を物語る。

身にまとっているのはタイラン合衆国の軍服。胸に輝く階級賞は、軍事における高い位を表していた。その下に飾られている数々の勲章《くんしょう》は、彼が戦場においてどれだけの武勲《ぶくん》を打ち立てたのか、ギラギラと目を刺すように物語っている。

讃《たた》えられる犯罪者。必要とされる悪人。

拳を振るい、彼は町に向かって演説する。

『死を拒《こば》むのであれば武器を取れ。この俺を殺せ。この俺を殺せないのならば、臆病者と罵《ののし》られながら逃げるといい。戦う武器がなければ、持っているものを殺して奪い取れ。逃げる車がなければ隣人を殺して奪い取れ。この町は——否《いな》、この世界は戦場なのだ。すべては暴力によって決する。暴力こそが正義なのだ！』

暴力。

それはニーナがもっとも嫌いな言葉だ。

電波ジャックをした男は、それこそが正義だと言い張るのだ。

「……アドリオ・マドガルド」

野良戦車に対して抱いていた感情が、空に浮かぶ虚像にも向けられる。

破壊してやりたい。バラバラにしてやりたい。グシャグシャにしてやりたい。あの男を殺してやりたい、とニーナは思ってしまう。

思ってしまう？

いや、もはや違う。

「殺してやる――」

肺から空気を絞《しぼ》り出すようにして、胸の内に渦巻《うずま》く気持ちを声にした。

『アンフレックの諸君、今すぐ戦おうではないか！　この町に隠された力を手に入れ、俺はさらなる強さを得る。誰よりも強い暴力となる。さぁ、開戦の時間だ！』

「殺してやるっ！」

空に向かってニーナは叫ぶ。

アナウンスが切れると同時に、町中から魔法の放たれる音が聞こえてきた。少なくとも重戦車の主砲クラス。ラビット号とは比べ物にならない威力だ。

最初は狼煙《のろし》を上げるように控えめだったのだが、一発、二発と放たれるのに続き、一分も経たずに命中すれば大破クラスの魔法が絶え間なく飛び交うようになった。

戦争が始まったのだ。

空中に浮かぶ像が消えて、最後にマドガルドの笑い声がスピーカーから聞こえた。

立ち止まっている場合ではない——と思った瞬間、ニーナのすぐそばに建っているアパートが砲撃される。最上階である三階の壁面が砕け、鉄筋コンクリートの塊《かたまり》が頭上から降り注いだ。

反射的にニーナは避ける。すぐそばに両手で抱えきれないほど大きい塊が落ちてきて、サッと血の気が引いていった。頭を動かさねば、とかぶりを振る。

ドロシーとエルザは、すでにジープに乗り込んでいた。

「逃げろ、ニーナ！」

「上手《うま》くやりなさいよ！」

二人を乗せたジープは表通りに飛び出し、あっと言う間に姿を消す。

ニーナもすぐさま起きあがると、魔動《まどう》バイクにまたがって機動板に魔力を流した。今、自分はドクターの事務所でやっかいになっている身だ。まずは主人のところまで戻らなければならない。きっと心配しているはずだ。

細い裏路地を全速力で疾走する。

町の人々は騒然としており、自分の家に駆け込むものもいれば、とにかく別のどこかへ逃げようと走り出すもの、怖くなって動けなくなっているものもいる。大人たちはこの世の終わりであるかのように慌《あわ》てふためき、子供たちはそんな大人たちに不安を煽《あお》られて泣きわめいている。誰も彼もが混乱に陥《おちい》り、それはもう地獄絵図を見ているかのような光景だった。

電波ジャックに遅れること一分半。ようやく町役場から放送が入った。

『町の中心部に、野良戦車複数台が出現！　近隣の出動可能な戦車隊は、現場へ即時急行せよ！　繰り返す——』

戦車複数台？

「そ、そんな……あり得ない」

思わずニーナは声を漏《も》らす。

野良戦車は魔力母体が存在する巣からやってくる。郊外を通って町中へ……町中を通って中心部へ。そのプロセスがまるっきり抜けている。このアナウンスでは、まるで野良戦車が地面から湧《わ》いて出てきたみたいではないか。

ニーナは自走砲による攻撃を疑った。町の郊外から中心部まで撃ち込める兵器はある。自走砲の類《たぐい》ならば、攻撃に際して壁の存在など全く気にならないはずだ。

だが、その予測はすぐさま打ち砕かれる。裏通りから住宅地に飛び出した途端、すぐ目前に大型の野良戦車が現れた。車体はキャタピラに隠れているのに、砲塔《ほうとう》の高さが民家の二階までに及ぶ、異様に頭でっかちな戦車だ。主砲以外にも機関銃が複数搭載《とうさい》されている。いかにも足が遅そうで、いくらなんでも隠れて町に進入することなど不可能であるように見えた。

民家の窓に砲身をつっこみ、野良戦車はおもむろに火炎を放射する。ラビット号がポイントFの戦いで用いた、野良戦車の装甲を溶かすための魔法と似ている。

似ているけど、違う。

「それは放火するための魔法なんかじゃない！」

野良戦車が人間の言葉を理解するわけがない。でも、ニーナは叫ばずにいられなかった。踏みつぶされないうちに、ニーナはその場から離れる。

すると、次の角で別の野良戦車と鉢合《はちあ》わせした。あまりにも台数が多い。砲撃音が止むこともない。隠れて侵入するには車体が目立ちすぎる。一体全体、これだけの戦車がどうやって潜伏していたのか――

「あ、」

思わずニーナはブレーキを踏んだ。

砲撃を終えて魔法板の冷却を待つ野良戦車が、ゆっくりと透明になり始めたのだ。紙が水に溶けるように、徐々に周囲の空気と同化していく。透明化には十秒ほどの時間を要した。注意深く観察すれば見分けられるが、ほぼ姿は見えなくなったと言える。もしも、夜間に同じことをやられたとしたら、絶対に気付けないだろうとニーナは感じた。

ステルス戦車。

手口は分かった。夜間、車体を透明にして町へ潜入したのだろう。音を立てずに戦車を動かす魔法がある……というのは、もちろんニーナも知っていた。姿が消せる魔法と併用《へいよう》すれば、潜入することなど容易だろう。

アナウンスは避難誘導を促しているが、町民たちはそれどころではない。実際に戦車が攻め込んでくることなど滅多にないだろうし、なによりも敵の出現が唐突《とうとつ》すぎた。

アンフレックの町はどう控えめに見ても戦時下だった。


ドクターの事務所に戻ると、ニーナは一目散に執務室へ走った。おびえて動けないものや、あわてふためくものを避けて、彼女は一直線に階段を駆けあがる。玄関で靴底《くつぞこ》を拭《ふ》かなかったせいで、毎日掃除《そうじ》している真っ赤な絨毯《じゅうたん》に、黒々とした靴跡が付いてしまった。だが、この状況ではそれを気にする人間など誰一人としていない。

執務室のドアを開けると、そこにはアンフレックの首脳陣が集合していた。町長ドクターと秘書ベアトリーチェ。それから警察署長、警備隊長、消防署長、病院長、工場組合長、町議の役員……。

「では、物資を集める手はずはそれで」

そのうちの一人、作業着姿の男が執務室から出て行った。

ドクターはニーナの姿を見つけると、視線で彼の秘書に合図を送る。すると、指示を受けたベアトリーチェがそばまで来て、ひとまずニーナを執務室の外へ連れ出した。

「外の様子は見ましたね？」

ニーナがうなずくと、ベアトリーチェがうなずき返した。

「逃亡中の特A級戦犯であるアドリオ・マドガルドが、この町に攻撃を仕掛けています。ここ最近、野良戦車が知恵を付けたように見えていましたが、おそらくマドガルドが指揮を執っていたのでしょう」

ポイントJで伏兵されたことを思い出す。もしも車体が透明になれば、視界拡張の魔法を使ったところで索敵《さくてき》は難しい。まして、相手が森に隠れていたとなれば、不可能と表現しても過言ではないだろう。

「マドガルドが透明になる魔法を開発していたことは、よた話扱いで誰も相手にしていませんでした。どうやら砲撃したり、高速で移動するときは迷彩《めいさい》が解けるようですが……私たちは迷彩の対抗策を持ち合わせていません。加えて、ポイントJでの戦いによって、多くの戦車が傷ついています」

ですから、とベアトリーチェは続けた。

「逃げてください、ニーナさん」

彼女はニーナの肩をつかむ。鼻と鼻が触れ合うような近い距離。言葉のひとつひとつを脳へ直接叩き込むかのように、切迫した表情で語りかけた。

「不足している物資を補うため、今からトラックを近くの町まで向かわせます。あなたはその車に乗り、アンフレックから脱出するのです。これはドクターからの指令でもあります。あなたのような子供を戦争に巻き込むわけには──」

「構いません」

ニーナがひとこと言った途端、彼女の言葉が止まった。

ベアトリーチェは気付いてしまう。今、自分の眼前にいる少女は、己《おのれ》の魔法で敵を打ち砕く戦車乗りだ。彼女が十二歳であろうと、文字が書けなかろうと、計算が出来なかろうと、ラビッツのニーナは紛れもない戦車乗りなのだ。

殺意。

圧倒的な憎しみによる一個人への殺意。

「ベアトリーチェさん、私はこの町から逃げ出したりはしません」

言ってしまえ、とニーナは己を奮《ふる》い立たせた。

「今から、アドリオ・マドガルドと戦いに行きます。シンシアさんの……いえ、野良戦車に生活を踏みにじられた、全ての人たちの恨みを晴らしてきます」

つらそうにこめかみを押さえるベアトリーチェ。額に汗を流し、どうにか言葉を紡《つむ》ごうとしている。

「どうしても、行ってしまうのですか……」

「はい。どうしても、です」

ニーナはベアトリーチェに向かって微笑《ほほえ》む。

だが、うまく笑顔が作れたかどうかは分からない。

「これから私は人を殺しに行くんです」

きびすを返し、すぐさまニーナは走り出した。

×

町役場を後にしたニーナは、再び魔動バイクにまたがってラビッツの事務所に向かった。

道中、気を付けなければいけないのは、とにかく透明化している野良戦車と遭《あ》わないようにすることである。こちらからは見えず、あちらからは見えている。狙い撃ちも、体当たりも、相手は好きなだけ出来るのだ。

必然的に、ニーナは細い路地を抜けていくことになった。アンフレックの町には、大型の戦車が通れないような細い路地がいくつも存在する。

以前、ドクターから聞いた話によれば、それは歩兵や軽車両を円滑に運用するための構造であるらしい。ベアトリーチェは対策が存在しないと言っていたが、この町自体の機能が大きく働いていることをニーナは感じた。

時折、弓なりに飛び込んでくる波動弾に肝《きも》を冷やされつつ、どうにかニーナはアンフレックの町を抜ける。

農道に出ると、野良戦車の姿はまったく見かけられなくなった。どうやら町の中心部に戦力が集まっているようで、脱出に対する包囲網《ほういもう》のようなものは敷かれていないようである。

気持ちばかりが焦る中、ようやくラビッツのログハウスが見えてくる。ラビッツのメンバーたちは、すでにラビット号に乗り込みつつあった。一番最後に乗り込むドロシーが、砲塔のタラップに手を掛けている。

ラビット号はメンバーが一人欠けただけでも戦えなくなってしまう。おそらく、彼女らはそれを承知で戦いに臨《のぞ》もうとしていたのだろう。

発進に間に合ってよかったと、ニーナは軽く安堵《あんど》の溜息をついた。

庭に滑り込み、スタンドを立てるのも煩《わずら》わしくてバイクを乗り捨てる。そして、砲塔によじ登ったドロシーに駆け寄った。

全力でバイクを飛ばしたおかげで、すでに第二の心臓は暖まっている。今すぐにでも主砲を撃てそうなほどだ。気持ちと体の高まりが、この瞬間に最高潮に達しているのをニーナは感じた。

声を出すために、胸を手で押さえて息を整える。そして、額に浮かんだ汗をメイド服の袖《そで》で拭《ぬぐ》った。

乗車する意思だけでも伝えようと顔を上げると、ドロシーがハッチの上からニーナのことを見下ろしていた。

よかった。この人は私を待ってくれていた。

体を引っ張りあげてもらおうと思い、ニーナは彼女に向かって右手を差し出す。

「ドロシーさん、私も乗ります！」

だが、

「——君は乗せられない」

その手を掴《つか》んではもらえなかった。

手のひらに滲《にじ》んでいる汗が、空気で乾いていくのを感じる。

突然聞こえてきた戦犯の声も、透明な戦車の砲撃も、耳を疑ったりするようなことはなかった。身に降りかかった災難は現実と受け止め、すぐさま対処しなければ生きていけない。ニーナはそれを知っている。けれども、ドロシーの放ったその言葉だけは……どうしても信じることができなかった。

「あれ？」

再びニーナはドロシーのことを見上げる。

「どうして、ですか……」

私は戦いたい。野良戦車を倒したい。悪の化身であるアドリオ・マドガルドを打ち倒したいのだ。辺境の村で苦しめられていた人たちの無念を晴らしたい。どうしても死んだシンシアの仇《かたき》を討《う》ちたい！

一度は上がった戦車から、ドロシーはひらりと飛び降りた。

「マドガルドを殺すつもりだろう？」

ドロシーの言葉がナイフのように突き刺さる。

そのナイフを素手で握り、むりやり引き抜くように、

「当たり前じゃないですか！」

ニーナは胸の奥から声を絞《しぼ》り出した。

「相手は魔力爆弾を落とした男です。野良戦車を生み出した張本人《ちょうほんにん》じゃないですか。戦犯として捕まっても、国が保護しているせいで死刑にならない。それどころか、時間が経つと釈放されるという話です。こんなのおかしいじゃないですか！」

ドロシーはニーナの言葉に耳を傾ける。

胸が張り裂けそうになり、ニーナはギュッとメイド服の胸元を握った。

「野良戦車に殺された人間は、マドガルドに殺されたも同然のことです。世界で一番多く人間を殺したやつです。それだけで死ぬべきです。死んでいった人たちのために……それから、今も苦しんでいる人たちのためにも、殺さなくちゃいけないんです。シンシアさんだって、あいつに殺されました。殺さない理由なんてないじゃないですかっ！」

呪いの言葉を吐き出しながら、ニーナは心の中でマドガルドを何度も殺している。

殴《なぐ》り殺して、刺し殺して、撃ち殺している。血反吐《ちへど》を吐き、地面に顔をこすりつけたって許しはしない。指を切り落とし、四肢《しし》を落とし、耳と鼻を削《そ》いで、眼球を抉《えぐ》ったとしても足りるわけがない。粉みじんにしたって気が収まらない。

「ニーナがあの男を憎むのはよく分かるよ」

「分かるなら、どうして私を乗せてくれないんですか！」

町からは砲撃の音が聞こえ続けている。さらに激しさを増したように聞こえるのは、町の戦車たちが応戦しているからだろうか。

まともに動ける戦車など、ほとんどいないことをニーナは知っている。だからこそ焦る。こんな場所で話し合っている場合ではないのだ。

「人手が足らないんです。今、この瞬間にも誰かが死んでいるかもしれないんです。そんなことを無視するなんて私には出来ません。戦えるのならば、私がなにを考えていようと関係ないじゃないですか！」

「私は人殺しを考えるやつなんか戦車には乗せたくない」

「あんな悪人を殺すことをどうしてためらうんですか！　殺せばいいじゃないですか！　シンシアさんを殺した相手ですよ。ぶち殺してやればいいんです！」

「殺　す　だ　な　ん　て　言　う　な　っ　！」

ドロシーのひときわ大きな声に、ニーナは頬《ほお》を叩かれたかのように気圧《けお》される。

「子供が、殺すだなんて言っちゃダメだ。いくらニーナが戦車乗りだとしても」

「で、でも……本当のことだから、」

「本当のことだとしても、それが常に正しいことだとは限らないんだ」

髪をなでるような優しい手つきで、ドロシーは両手で彼女の頭を包み込む。

そっと額が合わさると、人間らしい体温が伝わってきた。

触れている場所から何かが流れ込んでいる。それをニーナは感じ取っている。今朝、ベアトリーチェも同じように肌と肌を触れ合わせた。それが全世界のありとあらゆる問題を解決する答えであるかのように、まだまだ幼い彼女には感じられて仕方なかった。

わき起こる闘争心が急激に冷めていくのを感じる。黒々とした殺意が収まり、今度はだんだんと寂しくなってくる。この暖かみにずっと触れていたい気持ちになる。ずっとずっと抱きしめられたまま、全てが終わるまで彼女に甘えていたい。

おかしい、と思う。自分が求めていたのはマドガルドの死であって、ドロシーに抱きしめてもらうことではない。まるで正反対だ。命すら惜しくないはずなのに、抱きしめられるだけで意志がねじ曲がるだなんて有り得ない。

第二の心臓の鼓動が聞こえてくる。それはニーナのものではなく、ドロシーから聞こえてくるものだった。彼女の心臓は強く脈打っている。決して弱くはない。戦う意志と穏やかさを備えた、静かな海のような鼓動だ。

ドロシーは言った。

「ニーナ、君がしようとしているのは戦争だよ」

ズキンと胸が痛む。

けれど、抱きしめられているおかげで、痛みはすぐさま引いていった。

「憎しみで人を殺しても、心の傷が癒《い》えることはないんだ。野良戦車に傷つけられた人たちだって、それからニーナ自身だって……」

あまりの心地よさに、ニーナは体を任せてしまいそうになる。ドロシーが言っていることは理解できるのだ。いくらマドガルドを痛めつけ、苦しませ、殺したとしても、それで満足することはできないだろう。自分は呪われたように怒り狂うのだろう。

「私は戦場に立った経験がある。仲間がたくさん殺されて、そのときはニーナと同じ気持ちだった。敵兵を見ると怒りがわいて、相手が入隊したばかりの新兵だろうと、むりやり連れてこられた老兵だろうと、私は容赦《ようしゃ》なく殺した。仲間の恨みを晴らすことばかり考えていた。それは、私に殺された敵兵も同じことを思っていたはずだ。復讐《ふくしゅう》なんてむなしいことばかりじゃないか。人を恨みながら生きるなんて悲しいじゃないか」

本当の戦場に立ったことがある人間の言葉。

まだまだ納得できず、ニーナは首を横に振った。

「人を恨まないで生きるだなんて私には無理です……いえ、誰にだって無理なはずです。戦車に乗って、強い力を持って、復讐することが出来るなら、自分の体がどうなろうとも戦うんです。その末に私は死んだっていいんだ」

「悲しいことを言うね、ニーナは」

締め付けを解いて、ドロシーがニーナと顔を向かい合わせる。

「私はいつも、幸せって何だろうかと考えてる。それは憎い相手を殺し、殺人という罪を背負

って、鬱々《うつうつ》と暮らすことではないはずだ。世界中の人を悩ませた悪人を鼻で笑い、けれども亡くなった人たちのことを尊《とうと》び、未来に向かって毎日楽しく生きていくことこそ幸せだと私は思う」

「でも、死んだ人たちの無念は……」

「もちろん、マドガルドは倒すさ。透明戦車だって？　あいつが隕石《いんせき》を降らせようが、地球の自転をストップさせようが、私たちは絶対に負けない。勝つ。裁判にかけて、牢屋《ろうや》にぶち込んでやる」

「また出てくるかもしれません」

「そのときは、また捕まえて牢屋に入れてやる。やつが再び世界の表舞台に立つとき、やつに向かって全世界の人間がノーと言えるようにするんだ。そのために、私たちは野良戦車を退治する。全世界の兵器を根絶する」

大国に囲まれた小さな国フィクシオ。

その中の小さな町アンフレックで活動する私立戦車隊ラビッツ。

そして、たった五人しかいないラビッツのリーダーが、兵器の根絶について高らかに語っている。

こんな夢を誰が持っただろう。これほど大きな志《こころざし》を誰が掲げられただろう。復讐《ふくしゅう》や過去に囚われている場合ではない。魔動戦車の主砲が的《まと》を射抜《いぬ》くかのように、ドロシーの気持ちは強く前に進んでいた。

「もちろん、君にまでそんな大きなことを願えと言ってるわけじゃない。私はニーナに幸せになってほしいと思ってるだけさ。私たちラビッツなら、その手助けが出来ると思うんだ。だって、実際に私たちはそうやって生きてきた。戦争にかけられた迷惑には、私たちも君に負けていないよ」

迷惑。

思えば、自分はラビッツの過去についてほとんど知らない。

「どういうことですか……」

うつむき気味だった顔を上げるニーナ。

輝かしい戦歴を語るかの如く、ドロシーは熱弁を振るう。

「エルザはアーケシア帝国に領地を持つ貴族の娘だ。帝国の徴発《ちょうはつ》に抵抗し、一族は皆殺しにあった。彼女の目の前で一族は銃殺された。エルザは唯一の生き残りであるれっきとした貴族なんだ」

バタン、と音を立てて専用ハッチからエルザが顔を出す。

彼女は少しはにかんでニーナに手を振った。

「そして、キキは生活苦から兵隊になった志願兵だった。だが、特攻兵器に乗せられることを拒否して、上官から暴行を受けた。その際に第二の心臓を負傷し、魔法が使えなくなって除隊させられた」

上部ハッチからキキが顔を出す。

彼女はニーナに向かって、いつものポーカーフェイスで敬礼した。

次は——と思って操縦手ハッチに視線を向けると、エルザと二人でぎゅうぎゅうになりながら、クーがむりやりに顔を出していた。

「それから、クーは名門校に通う学生だった。飛び級扱いの天才児。けれど、魔力爆弾の影響を強く受けてしまい、後遺症が残って一日の大半を眠って過ごす羽目になった。夢遊病の症状も出た。成績不振に陥《おちい》り、学校も追い出された」

関係ない、という具合にクーが親指を立てる。

「サクラだってつらい目にあった。彼女の祖国は魔力爆弾の爆心地で、留学中に家族や友人をすべて殺された。死に目に会うことすらかなわなかった」

そのとき、ログハウスからサクラが駆けてきた。

頭には戦車乗りと同じヘルメット。エプロンの替わりにラビッツの戦闘服を着込み、腰からは多種多様な魔法板をジャラジャラと下げている。完全武装と表現するに申し分ない格好だった。

「そして、私も——」

ジャケットのボタンをはずし、彼女はシャツの裾をたくしあげた。

ニーナは目を見張る。彼女の腹部……へその拳一つ下あたりに、大きな傷痕が残っていた。

古い傷ではあるが、その大きさは大人の手のひらほどもある。縫《ぬ》い目すらわかる。

ひとしきり傷をニーナに見せて、彼女はシャツをしまった。

「戦場で魔法を食らって、子供の産めない体になってしまった。これじゃあ、結婚する気なんて起きないよ。嫁にもらってくれる人だっていないしさ」

胸を締め付けられるような気持ちになる。ラビッツの過去が一斉に飛び込んできて、ニーナは一人だと耐えられない気持ちになってしまう。きっと、知り合ってからすぐに話を聞かされていたら、いらない同情を彼女たちに向けてしまっただろう。

「私たちには人を殺す機会が何回もあったよ」

立ち上がってドロシーが言った。

「ラビッツは私立戦車隊だ。昔は野良戦車だけじゃなくて、頻繁《ひんぱん》に野盗とも戦ってきた。商人のキャラバンに護衛を頼まれることも多かった。けれども、私たちは首なしラビッツの名にかけて、絶対に人間を殺したりはしなかった！」

首なし。

その恐ろしげな通称を誰もが親しげに呼ぶ。ラビッツのメンバーたちも受け入れている。そして、ドロシーもそれを名誉ある名前であるという。ずっとニーナは気になっていた。首がないことが、どうして名誉《めいよ》なことなのだろうか。それが、この瞬間に分かった。

私立戦車隊――首なしラビッツ。

「奪った首が一つもない……」

自ずと彼女はつぶやいていた。

「大正解だよ、ニーナ！」

歌うようにドロシーは彼女を褒《ほ》め称《たた》える。見ている方がそう思えるほどに、彼女の笑顔には自信が満ちあふれていた。降りかかる不幸な災難を全て笑い飛ばす。一片の疑いも、一切の曇りも感じられない。

「相手が悪意で攻めるなら、こちらは善意で反撃しよう。憎しみによる暴力がはびこっているのなら、正しい力の使い方を教えてやろう。首なしラビッツというチームはね、戦時中にはあり得なかった正義の味方なのさっ！」

第二の心臓に、魔法の弾丸で撃ち抜かれたような衝撃が走った。

正義の味方。

自分もそうなりたい。悪党なんかに負けたくない。正義で、善意で、そのすべてを打ち砕いていきたい。信頼できる仲間と一緒に戦いたい。そして、幸せに毎日を過ごしたい。野良戦車がいなくなり、魔動戦車も必要なくなり、友達と遊んだり、学校に通ったり、好きな仕事をしたりして生きていきたい。

答えは復讐《ふくしゆう》なんかじゃない。首なしラビッツと一緒なら、きっと戦争と向き合うことが出来る。ニーナは願った。そうありたいと願った。私たちなら出来るとドロシーは言ってくれた。勝つと言ってくれたのだ。

今一度、ニーナはドロシーに向かって訴えた。

「お願いします。戦車に乗せてください！」

ドロシーはニヤリとする。

「ちょうど、ラビッツは砲手が足らないんだ。乗る？」

答えを聞くまでもなく、ドロシーはタラップを上り始める。

答えるまでもなく、ニーナはその後を追おうとする。

「ニーナさん、これ！」

ふいに背後からサクラに呼び止められる。

振り返ると、彼女は胸にラビッツのオリジナル戦闘服が抱えられていた。

「メイド服では戦いづらいですよ。どこかのツンエロと違って恥ずかしいかもしれませんが、この場で着替えちゃってください」

「ありがとうございます、サクラさん」

ニーナはタラップに駆けた足をおろし、その場でおもむろにメイド服を脱いだ。サッと戦闘服を着込み、慣れた手つきでリボンを締める。

メイド服を受け取り、サクラはラビッツ一同に向かって敬礼した。

「ログハウスの守りは私にお任せください。無礼な野良戦車が襲ってきても、サムライソードで真っ二つにしてやります」

敬礼するサクラに敬礼で返し、ニーナは今度こそ乗車した。

開けてもらったハッチに体を滑り込ませると、いきなりエルザの顔が目の前にあった。鼻先が触れ合いそうな距離……ではなく、本当に鼻と鼻がぶつかっていた。

「よく帰ってきてくれたわね、ニーナ。アドラバルト家が再興した暁《あかつき》には、あなたを私付きの

する」

「気を付けて、ニーナちゃん。それは夜の遊び相手である可能性が高い。これは学校に通っていた期間よりも長い五年もの間、エルザの生態……いや、性態について研究し続けた私が保証する」

「あ、ありがとうございまふ」

専属遊び相手として雇ってあげるわ」

「うん、クーのことは次から無視するわ」

「え、ちょっと、構ってもらえないとウサギなので死ぬんですが……」

「ほら、ニーナ。これを」

キキからヘルメットを手渡され、すぐにそれをかぶる。無骨な鉄ヘルは熱くなりすぎていたニーナの頭を程良く冷やしてくれた。

「ふむ、やはりニーナは鉄ヘルが似合うな。ところで、黄色いヘルメットをかぶって赤いランドセルを背負い、膝小僧に絆創膏《ばんそうこう》を貼ってみるつもりはないか?」

「えっ……もしかして、水兵さんの服を用意したのはキキさんでは、」

「全員集中!」

緊急事態の最中にいつもの空気になりかけ、それをドロシーの号令が一蹴《いっしゅう》する。

戦車長の命令が下されたら、その瞬間からラビッツは戦闘モード。

ハッチに腰掛けているドロシーが腕を振りあげて、

「私立戦車隊ラビッツ、発っ——」

ドドドドドドドドドドッ！


振り下ろそうとしたときだった。

地震が起こった。激しい縦揺れで、一同は舌を噛《か》みそうになる。フィクシオ共和国を含む大陸は、地盤が安定しているため地震が起こることは滅多にない。

あまりにも突然のことだったため、よろめいたニーナはキキの体にしがみつく。そのとき、ひどく動揺《どうよう》しているキキの顔を見た。いつも冷静なはずのキキが顔をゆがめており、ニーナは大いに嫌な予感がした。

すると、キキがつぶやいた。

「これは……地震じゃない」

それからドロシーが大声で叫んだのはほぼ同時。

「なんじゃそりゃぁっ！」

エルザも専用ハッチを開けて、外の風景を確認する。

そして確認したと思った矢先、すぐに顔を引っ込めてのけぞった。

「あ、あ、あ、ありえないわっ！」

揺れが小さくなるのを待って、ニーナも上部ハッチから顔を出した。

地面の揺れる激しい音は、どうやら山の方から聞こえてくるようだ。ちょうど、ポイントF

の戦いで野良戦車がやってきた方向である。震源地が山の真下だったりするのだろうか、などとニーナは持ち合わせている知識で考えた。

だが、

「山が……」

そんな予測など、全くの無駄だった。

「──山が歩いてる！」

まさに文字通り……ポイントFを有する大山が、機械の足を生やして歩いているのだった。名を轟《とどろ》かせる山ではないにしろ、広さはアンフレック町の倍以上。足の形状は昆虫の節足《せっそく》を思わせ、それでいてムカデのように連なっている。そして、前進する一歩一歩が大きな地響きとなって襲ってくる。振動だけで建物が崩壊しそうなほどだった。

あまりのスケールの大きさに、一同は開いた口がふさがらない。

ドロシーとニーナの間を縫《ぬ》って、キキもハッチから顔を出した。

「マドガルドの移動要塞《ようさい》……嘘じゃなかったのか」

「あ、あれが要塞なんですかっ？」

「やつが現役《げんえき》時代に打ち出したアイディアだ。だが、理論上は可能だとしても、実際に造るにはコストがかかりすぎる。運用するにも人数が必要だ。野良戦車の自動修復、自動改造の力、そしてマドガルドの魔力が揃《そろ》わなければ、あんなものは完成しなかったはずだ」

「よ、要塞ということは、きっとマドガルドはあの中に──」

さらに縦揺れ。

間髪《かんはつ》いれずに要塞からの砲撃が開始される。花火のように撃ち上げれ、流星のように降り注ぐ。その豪快な砲撃はまさしく弾雨。そのほとんどは森の手前——ススキや葦《あし》の草原に着弾しているが、そのうちの一発が事務所のすぐ隣にある畑へ落ちた。えぐられた土が、火柱のように空中へ飛び散る。

「なによ、あれ……あんなことが人間に可能だっていうの！」

「鋼鉄の悪魔」

動力手座席から動かないクーが小声で漏《も》らす。

「鉄で出来た獣を操る魔法使い。あれは伝説じゃなかったのかもしれない。事実、マドガルドは野良戦車を支配下に置いている。自分の好みに改造までしている」

移動要塞からは、針山のように大砲が突き出ている。それが一門ごとにうごめき、しかるべき角度で制止して魔法を撃つ。まるで、ハリネズミが背中の針で敵を警戒するような有様だった。

「伝説上の怪物か……上等さ」

勝ち気に巨大な要塞をにらみつけるドロシー。

ふいに無線から声が聞こえてきた。

『こちら執務室。ニーナ、そこにいるのか？　ニーナ！』

ドクターの声だ。

ドキリとして、返事をしようとする声が詰まった。

その間に、キキが「いますよ」と答えてしまう。

怖いのが半分、恥ずかしいのが半分で、ニーナはますます声が出なくなってしまった。

重々しいドクターの声は、しかし優しげに語りかける。

『君がそこにいるということは、ドロシーの了解を得てのことだろうと思う。それならば心配はない。君も立派な戦車乗りだ。幼い君を戦いの場へ送り出すことは心苦しいが、戦車乗りと認められたからこそ、君たちにお願いがある』

真剣に移動要塞を観察していたドロシーが、いきなりからからと笑った。

「いつものように命令すればいいのにさ。うちらは私立戦車隊。そこに正義があるならば、平和と今日の食事のためにいくらだって戦うよ」

君たちというやつは……とドクターが嬉しげにつぶやく。

『ならばラビッツ、まずは仲間たちと透明戦車を倒してくれ。その間に我々は、移動要塞と戦うための秘密兵器を起動する。透明戦車を駆逐《くちく》し、秘密兵器が起動した後、あの移動要塞を破壊するんだ』

「了解！」

それを合図としてラビット号が動き始める。

打倒、移動要塞。

迫りくる砲弾の嵐を振り切るようにして、山よりも遙《はる》かに小さな中戦車が進軍を開始した。

一人、ぽかんとしているニーナが言葉を漏らした。

「……あれを倒すんですか？　この戦車で？」

NINA
&
THE RABBITS
[6]

午後

アンフレックの町中へ向かう道中、ラビッツがはじめにやったのは片《かた》っ端《ぱし》から無線連絡を入れることだった。現在、活動可能な戦車は何台いるか。どの場所で戦っているのか。透明戦車の目撃情報。どこが砲撃されたのか。そこから逆算される敵の位置は？

大ざっぱに数えて、味方の数は十機に満たない。情報によれば、そのうち二機がすでに撃破されて戦線を離れている。

一方、おおざっぱな位置が特定できているだけでも、透明戦車の数は二十機以上。待機に徹している戦車は完全な透明となって発見できないから、もしかすると伏兵がまだまだ潜んでいるかもしれない。

数少ない救いは、まだ町が移動要塞《ようさい》の砲撃範囲に入っていないことである。これで砲弾の雨が届くようになったら、もはや防戦一方になって勝ち目はなくなる。移動要塞そのものが突っ込んできたときには、全員仲良くぺしゃんこになるしかない。

地の利があるというのも心強い。野良戦車はスクラップがあればあるだけ吸収し、どんどん巨大化していく傾向がある。アンフレックの町に乗り込んだ透明戦車も、その法則からはずれることはない。車体が大きくなれば、それだけ行動できる範囲が狭まる。

「でも、決定打じゃないんだよなぁ……」

髪の毛をわしわしとひっかき回すドロシー。

すると、

『——首なしラビッツ、聞こえる？』

無線機から聞き覚えのある声が聞こえてきた。

それがモニカのものであるとわかった途端、ニーナはキキの手から無線機を奪っていた。

「聞こえます、モニカさん！」

少し間をおいて、安心した声が聞こえてきた。

『ニーナちゃん？　私のために戻ってきたのね』

いつもと変わらない彼女の口振りに、ニーナは絶え間ない地響きの中でため息をつく。

「モニカさんこそ、シンシアさんが——戦車長が欠けているのに……」

『今は私が戦車長なの。戦車をなくした隊から人員を借りて、ここは一つシンシアの弔《とむら》い合戦というわけ。いくら悲しいからって、泣き寝入りしてなんかいられないもの。ニーナちゃんだって同じ気持ちでしょう？』

「もちろんです」

『いいお返事。……それで、ドロシーは何かいい作戦を考えついた？』

ぜんぜん、とラビッツ戦車長は首を横に振る。

農道にもそろそろ終わりが見え始め、町を砕く破壊の音はますます大きくなってきた。無策で突入すれば勝ち目はなく、かといって手をこまねいて待っているわけにもいかない。

ニーナも一生懸命考えてみている。

だが、透明になる戦車の対策などさっぱり思いつかない。

ドロシーが無線機を手に取る。

「ちなみにピジョンズはどうやって戦ってる？」

『建物を間に挟んで、弓なりに拡散するタイプの波動弾を撃ち込んでるの。積極的に攻撃してくる戦車は、被害を受けた場所から砲撃位置をある程度なら逆算できる。あとは、なるべく当たるように祈る感じで』

「対策を思いついていない身で言うのもなんけど、相当効果が薄そうだなぁ……」

拡散タイプという言葉はニーナも教えられていた。

波動弾にしろ火炎弾にしろ、戦車を攻撃するときは着弾点をなるべく小さくする。その方が防壁や装甲を破壊しやすく、この状態を貫通タイプと呼んでいる。

その一方、拡散タイプとは読んで字のごとく、威力を弱めた代わりに攻撃範囲を広くする方法だ。戦車が相手では効果が薄いが、人間や軽車両が相手ならば効果は高い。

「ねえ、もっと簡単に探知できる方法はないの？」

足下のエルザがイライラした様子で聞く。

「音で探知するとか、熱源を探すとか……」

「そんな高価な魔法は、うちのラビット号どころかアンフレック中の戦車を探しても積まれてないよ。精度も視界拡張より圧倒的に悪いし、使えるチャンスも少ないし、」

「言い訳すな！　ニッチな魔法が好きなんでしょう？　積んでなさいよ！」

ごもっともでした、とドロシーは口をつぐむ。

『わわ、無線を使ってる余裕がなくなってきた。一旦切るからね――』

バツン。

ピジョンズからの連絡が途切れて無音。

いよいよラビット号は町の入り口に到着する。背の高い外壁の中は、もうすでに完全な戦場だ。一歩踏み込めば、どこから透明戦車に撃ち抜かれるか分からない。突入するか、対策が立てられるまで考え続けるか。足踏みだけは許されない。

サッとキキが手を挙げる。

「攻撃中は若干姿が見えるようになるようですから、常に野良戦車が攻撃するように仕向けてみては？」

「野良戦車は私たちの戦車を優先的に狙ってる。おとりは危険すぎるから無理だ」

「無人偵察車両は……あぁ、一機しかなかったですよね」

おとり作戦、却下《きやつか》。

住宅地の方から、ひときわ大きな着弾音が聞こえてくる。背後から迫ってくる移動要塞の足音、乱発されるハリネズミ大砲の爆発音も、少しずつながら着実に迫ってきていた。さらにはアンフレックをぐるりと囲む石壁まで砲撃を受けて、その破片をラビット号の頭上に降らす。

何かピンと来たらしく、ドロシーが無線機を手に取った。

「こちらラビット号。ピジョン号、応答願います」

『はいはい、こちらピジョン号。反撃が激しいから少し後退した』

モニカの気の張った声が聞こえてくる。まだ、致命的な損傷は受けていないらしい。

ドロシーは端的に尋ねる。

「瓦礫《がれき》や砂埃《すなぼこり》をかぶった戦車は見た？」

『一瞬見た。でも、瓦礫をかぶってもすぐに瓦礫ごと透明になっちゃうのよ』

モニカの証言を聞き、隠れ参謀《さんぼう》のクーがさらに推測する。

「……つまり、継続的に何かをひっかけ続ければいい」

「町中の人に協力してもらって、窓から小麦粉か何かをかけてもらえばいいわ！」

「それだと民衆が狙い撃ちにされるぞ、パンチラ貴族」

かけるもの……かけるもの……。

自分が生きてきた十二年間の人生を回想し、ニーナもアイディアを絞《しぼ》り出す。これでも戦車歴は五年だ。そこらで戦車小隊を営む大人よりも長いことだって多い。経験は無駄じゃない。なにか、大量の野良戦車にかけるいいものがあったはずだ。

かける……野良戦車……大量に……。

「んー、あー、うー、あっ！」

ポンと手を叩いたニーナに、ラビッツのメンバー全員が注目。

「弾種・水鉄砲はどうでしょう？」

一同絶句した。

ただし、ドロシーを除いて。

「──その発想はありだ。水を大量にかけ続ければ、透明戦車の輪郭《りんかく》が浮かび上がる。理屈の上では間違ってない」

そう言われてみれば、という感じにエルザがうなずいた。

「一定時間、表面にものがくっつくと透明になってしまうわけよね？　だったら、雨でも降ってくれるのが一番いいのかしら？」

「ふむ……だが、実際はどうする？　天候を操る魔法なんて、それこそ魔法陣クラスだ。そんな強力で都合のいい魔法なんて積んでない」

キキはラビット号のライブラリーを正確に把握《はあく》している。彼女がないと言うのだから、本当に直接雨につながるような魔法は搭載《とうさい》されていないのだろう。

「あの、クーさんは学校で雨の降らせ方なんて習ってないですよね？」

「私の専門は文学。残念だけど、化学や物理学は専門外だった。けれど、雨を降らすには地上から高い場所へ水を移動させる必要がある──ということは分かる。雨雲を作るとか……」

「やっぱり水鉄砲ですね！」

町の北側で爆発が起こり、巨大な火柱が立ち上った。町に並ぶ二階建てから三階建ての建造物よりも高い、壁の外からでも先端が見て取れる大きさだ。

爆風が車体を揺らし、ハッチから身を乗り出していたドロシーの頬《ほお》に熱風が届く。

「か、火事ですか！　消火しなくちゃ！」

ニーナが放った素の一言。

途端、ドロシーの思考力にスイッチが入り、

「それだ、ニーナ！」

瞬時に対策を組み立てる。

彼女は再び砲塔《ほうとう》内部に降りると、町で戦うすべての戦車に向かって声をかけた。

「作戦を伝える！　手近な水道管、消火栓《しょうかせん》、噴水……水に関係する設備を破壊せよ！　繰り返す！　水道管、消火栓、噴水……なんでもいいから水に関係する設備を破壊せよ！　町に雨を降らせるぞ！」

四方八方から返ってくる了解の声。

次の瞬間、火柱に負けないサイズの水柱がアンフレックの町に出現する。

その姿はまさしく間欠泉《かんけつせん》。すさまじい勢いで押し上げられた水は、空中で散らばり、大粒の雨となって町中に降り注ぐ。その水柱が一つ……二つ……三つ。

『ラビッツのお嬢さんたち、聞こえる？』

先ほど状況を報告してくれたモニカから無線連絡が入る。

『野良戦車のやつら、よーく見えてる。まるで、ゼリーかアロエで出来たような面構《つらがま》えになっ

たもの』

「そいつは美味《おい》しそうだ。お尻にきつい一発をかましてやりな」

『了解。そういうのは得意中の得意よ』

ピジョンズに引き続き、どんどん作戦成功の連絡が入ってくる。

ニーナも上部ハッチから顔を出してみると、落ちてきた水の粒が顔にかかるのが分かった。しばらく外にいたら、全身がずぶ濡れになってしまいそうなほど激しい。

「滝のそばにいるみたいですね」

「ふっふっふ、これぞラビッツの究極魔法の一つ。その名もキャッチ・ザ・レインボー」

雨粒に濡れた前髪をドロシーはかきあげる。

そんな彼女に向かって、エルザが胡散臭《うさんくさ》そうに視線を向けた。

「全然魔法じゃないことについて何か説明は?」

「強い魔力や兵器にばかり固執してるから、こうやって足下をすくわれるのさ。行くぞ、ラビット号。全速前進!」

×

キャタピラの前輪を軸《じく》にして、後輪を滑らせるようにカーブする。

人工的に作った雨により、道路まで石造りであるアンフレックの町は、スリップが多発しやすい環境が生まれていた。無論、それは安全運転を心がけていれば問題のない範疇《はんちゅう》。狭い路地を縫《ぬ》うようにして戦うアンフレックの戦車たちには、特に気にするべき状況ではない。

そんな中、ラビット号だけは全速力でアンフレックの町を駆け抜けていた。直線では坂道を駆けるように全速力。カーブに突入すると、石鹸《せっけん》を風呂場で滑らすように曲がる。大きな野良戦車の入ってこれない——しかし、中戦車とてギリギリの道幅で、エルザはスポーツカーのようにラビット号を走らせていた。

「雨。石畳《いしだたみ》。戦車。この三つがそろう瞬間を待っていたわ!」

喜々として笑うエルザ。

その一方、戦車にはあり得ない高速運転、強烈な横揺れにラビッツのメンバーは悩まされていた。

ニーナは主砲にしがみつき、キキは車体に張り付き、クーは「そうだ眠ってしまおう」と目をつぶっている。ドロシーもハッチを閉めて、周囲の警戒は視界拡張の魔法に頼っていた。

エルザのハイスピード戦法は、きっとドロシーの魔力消費を抑えるため。そして、移動要塞が到着するよりも早く、透明戦車を撃破するため。なにより、町の被害を最小限にとどめるため……そう考えれば納得できるが、あまりにも揺れがひどいので、ニーナは思わずエルザに向かって怒鳴っていた。

「エルザさん、少し速度を落として! まだ命を落としたくないです!」

「拒否よ、拒否! まともに戦える私たちが、さっさと撃破数を稼《かせ》がなくてどうするのよ。ニーナ、歯を食いしばってないと舌を噛《か》むわよ！」

事実、ラビッツは町に突入してから三十分程度で、すでに十機近い野良戦車を破壊していた。単純計算で三分に一機。それはやはり、エルザの操縦テクニックなしには達成し得ない成績だった。

「敵機確認。路地を駆け抜けざまに撃つ！」

砲塔《ほうとう》を回転させる時間はない。ドロシーの指示を受けて、エルザはラビット号の車体そのものを九十度回転させる。二股《ふたまた》配線によってエルザが行使している魔法は、戦車と地面の摩擦《まさつ》の強さを調節できる。水に濡れた石畳という状況も重なって、ラビット号は容易にドリフト走行が可能な状態となっていた。

ラビット号は横向きの状態で十字路に突入。

その正面――路地を抜けた先に野良戦車の姿をとらえる。そいつが路地に尻を向けていることは、すでにドロシーが視界拡張によって確認済みだった。

「砲射《ほうしゃ》ッ！」

合図にあわせてニーナは波動弾を放つ。

正面から対峙《たいじ》した場合、野良戦車の巨大な車体は脅威である。攻撃が通用しない。迫力があって気圧《けお》される。だが、側面や背後を取ってしまえば、それは過酷《かこく》な状況――雨中の全力疾走からでも当てやすい的《まと》に成り下がる。

機動板を貫かれて野良戦車は沈黙。もう相当な回数を撃ってきたが、ニーナの魔力はまだまだ尽きることを知らない。むしろ、第二の心臓が完全に暖まっている状態だ。

「あと何機くらいだ？」

ドロシーの問いかけに対して、クーが町の地図を拾い上げる。

「一応、報告にあったやつらは全部倒したはず。上手に隠れているやつがいるなら話は別だけど」

確認するべく、仲間の戦車たちに連絡を入れるキキ。

返事はそろって「敵影なし」であり、同時に「戦闘続行は不可能」とのことでもあった。

「よくもまぁ、ここまで戦ったよ」

マウスピースから口を離し、ドロシーは戦闘服の襟首《えりくび》を緩《ゆる》める。

人工雨が収まってきて、ピジョンズのモニカから無線連絡が入った。

『こっちもどうにか無傷よ……あぁ、いたいた』

キャタピラの音が聞こえてきて、各々が窓やら潜望鏡やらでピジョン号の姿を近くに確認する。大きな損傷もなく、白いボディは人工雨を受けて艶《つや》やかに光っていた。

「どうやら、美女と美少女ばっかりが残ったようね」

「その点には全くの同意」

モニカとドロシーが笑いあう。

だが、かすかな喜びに浸っていられるのもつかの間、激しい振動がラビット号に襲いかかってきた。半ば反射的に、ニーナは振動と音から攻撃の威力を測ろうとするが、その一撃は推察するのも無意味なほど強力。命中した瞬間に木《こ》っ端《ぱ》みじんになるだろうことは火を見るよりも明らかだった。

いよいよ移動要塞の砲撃が届くようになったのだ。案《あん》の定《じょう》、命中すれば即死級の威力。今は一発届いただけだが、これからはますます弾数が増えてくる。

ニーナは振り返り、改めて自分たちを追いつめようとしている兵器の姿を見た。山そのものに機械の足が生えている。視界いっぱいに広がった移動要塞は、その全貌《ぜんぼう》をつかむことが出来ない。斜面から突き出た大砲は、その一つ一つが対艦砲ほどの大きさで、まるで生きているように始終うごめいていた。

生唾《なまつば》を飲み込む。あれを倒さなければいけないのだ。

ラビット号とピジョン号……たった二台の中戦車で、生きている山を撃破しなければならないのだ。

『――二機とも聞こえるか？』

待ちこがれていたドクターの声。

無線機の向こう側から、彼は力強く宣言する。

『待たせて悪かった。やるぞ、移動要塞狩りだ！』

時間はわずかにさかのぼる。

ラビッツが機転を利《き》かして逆襲を開始した頃、執務室に残っているのはドクター一人になっていた。それぞれが各々《おのおの》の責務を果たすため、町の中で、あるいは外で奮闘している。

脱出経路が確保されたのを確認して、ドクターは無線機をテーブルに下ろした。

廊下《ろうか》から靴音《くつおと》が聞こえたかと思うと、執務室のドアが勢いよく開く。現れたのは秘書のベアトリーチェだ。スーツ姿なのは相変わらずだが、今は上に黒いマントを羽織《はお》っている。ボタンには国内で有名な魔法学校の校章が刻まれていた。それは彼女が単なる秘書ではなく、優秀な魔女であることを示しているのだった。

「民間人の避難、始まりましたね」

「あぁ、こちらも連絡を受けた……」

ドクターは答えつつ、オイルライターで煙草《たばこ》に火をつける。

「みんなが周囲の町からバスや装甲車を集めてくれた。女子供から、優先的に町を脱出させている」

「それから、頼まれた通りにメイドたちを中央ホールへ集めました……というより、私が向かったときにはすでにほとんどが集まっていましたけれど」

「あぁ、ありがとう」

「……一体全体、何をするおつもりですか？　無線報告によれば、活動可能な戦車は現在五台ほど……透明戦車を倒し終えたときには、さらに少なくなるはずです。野良戦車を退治させたあげく、さらに移動要塞にぶつけるだなんて、」

報告を聞きながら、すでにドクターは歩き始めている。

「移動要塞を倒すんだ。たったそれだけの戦車だけでな……」

ベアトリーチェを伴《ともな》って執務室を出ると、彼は一直線に階下の中央ホールへ向かった。

「僕の見立てが正しければ、前面の脚部を集中的に十本……いや五本ほど破壊してやると、移動要塞は自分の重さで動けなくなる」

「え？」

意外な勝利条件にベアトリーチェが素直に驚く。

「ま、まぁ、あれだけの巨大な兵器ですから、自重で潰《つぶ》れてしまうのも納得できます。しかし、それでは兵器としてあまりにも欠陥《けっかん》が大きすぎませんか？」

「だが、倒されなければ問題のない話だ。分厚い装甲があれば、並大抵の攻撃は歯が立たない。それに多脚型はキャタピラよりも優秀な移動手段だ。山も登れるし、谷も越えられるし、その気になったら海だって渡れるだろう。事実、タイランは多脚型兵器を実用化しようと研究している」

二人がホールに到着する。そこには、すでに事務所で働いているメイド、そして町役場で働いている女性職員——併《あわ》せて百名以上が集合していた。彼女らは自分の仕事を分かっているらしく、五列縦隊でドクターとベアトリーチェを待っている。そして、ドクターの後に続き一列ずつ女性たちが移動を開始した。

彼が導いた先は、二階に上がる階段の裏手だった。そこには地がむき出しの防火扉があり、金庫のように厳重なダイヤルロックがかけられていた。ドクターは手元を隠し、ダイヤルロックを解除する。開け放たれたドアをくぐり、一同は地下へ降りた。ぐるりと螺旋《らせん》を描いた階段を下ると、突き当たりにはまた防火扉。さらにダイヤルロックを解除すると、

「――これは、」

そこに広がっていたのは、机と椅子《いす》が無数に設置されている空間だった。

薄暗いため、ベアトリーチェの目では空間の端まで確認できない。だが、集まった百人強の女性たちが軽く座れるだけの数はそろっている。配線付きのマウスピースが置いてあるのを見ると、どうやらそれぞれが魔法板につながっているらしい。地下特有のひんやりとした空気が溜まっていて、少しだけ肌寒い。

電灯がつくと、ようやく空間の全貌《ぜんぼう》が明らかになった。天井、壁、床。どれもが鉄で作り上げられている。部屋の突き当たりには巨大なスクリーンが垂れ下がり、映写機の乗せられた一人分の席がポツンとある。スクリーンの横には教卓のように背の高い机があって、そこには有線の通信機が設置してあった。

ドクターが道を明け渡すと、メイドと職員たちは奥から順に席に着き始めた。

促されるまま、ベアトリーチェも映写機のある席に腰掛ける。

「全員、マウスピースを噛《か》んでくれ」

済んだことを確認し、ドクターは言葉を続ける。

「これから行うことは、君たちの協力が必要不可欠だ。百人分の魔力、そして空間認知に長《た》け

ている魔女……ベアトリーチェ。アンフレックは防衛都市だ。何が備わっているかは、この町に長く住んでいる人ならば知っていて当然のこと」

防衛都市――そこに備わっているものが警備隊と石壁だけでないことをベアトリーチェは知っている。

大学の授業で都市の機能については大体のことを習った。けれども、知らなかったのだ。アンフレックに何が隠されているのか、その存在を教えられていなかったのである。

ドクターが一度はつけた明かりを消す。同時に天井や壁、床までもがぼうっと赤く点滅を始めた。それらは文字。空間全体に彫り込まれた魔法の言葉だった。

「まさか……この部屋自体が、」

そのまさかだ、とドクターがうなずく。

ひっそりと冷たかった地下空間が、徐々に淡い熱を帯び始めた。

×

アンフレックの町を離れた二機――ラビット号とピジョン号は、先ほどの激しい攻めの姿勢とは一転、匍匐《ほふく》前進のような慎重さで歩みを進めていた。

移動要塞からの砲撃はさらに激しさを増している。降り注ぐ弾雨は空に赤い軌跡を残し、まるで怪物が爪をかき立てたような有様だ。それが幾重《いくえ》にも重なり、青空がだんだんと赤色に染まりつつある。

　農地の土は柔らかで、波動弾を撃ち込まれると水面さながらに弾けた。跳ね上がった泥が、ラビット号とピジョン号の車体を汚す。

　草原地帯を抜けた移動要塞は、いよいよアンフレックの周囲に広がる耕作地に足を踏み入れようとしていた。収穫《しゅうかく》間近の小麦に、これから成長する夏野菜。すでに砲撃の被害は少なくない。ここで止めなければ、何ヶ月にも……何年にも及ぶ苦労が水の泡《あわ》になってしまう。

　音を聞いていたキキがつぶやく。

「確実に距離を詰めている……照準を合わせてきているな」

「ドクターさんの言った通りになるんでしょうか？」

　疑うわけではないけれど、不安が募《つの》ってニーナは誰ともなく聞いてしまう。エルザとクーが振り向いたあたり、どうやら二人も気になっているらしい。

　無論、ドクターのしてくれた説明を信じたい。

　けれども、あまりに突飛《とっぴ》すぎて信じることは難しい。

　答えが返ってくるよりも先に、無線機からドクターの声が聞こえてきた。発信位置は事務所の地下。空間そのものが魔法陣を形成している隠し部屋だった。

『そのまま前進を継続。カウントが終わったら、両車両は停止してくれ』

「了解……エルザ、いいね」

「勝たせてくれるんでしょう？　なんでもやるわよ！」

不用意に停車させれば格好の的《まと》になる。もしも失敗したら――と考えるだけで縮みあがりそうになる地獄一歩手前。対艦砲と戦ったとき以上の緊張感がニーナを襲う。あの時もピジョンズと一緒だった。だが、今回は防壁を展開していないのだ。

弾雨の中、こちらの有効射程まで相手に近づかなければいけない。そのうえ、防壁を張ったとしても大した効果は得られないと判断できる。故に防壁は最初から使われていないのだが、戦場に最初からノーガードで立つというのは異様なまでに心を削《けず》る。

しかし、ドクターは言ったのだ。

すべての攻撃を回避すればいい……と。

ラビッツのメンバーたちが注目する中、エルザが改めて飾りレバーを握り込む。

『カウント開始。三、二、一――』

「もう、どうなってもしらないからね！」

叫びつつ、彼女は力一杯にレバーを手前に引いた。

ラビット号……そして同じ指示を受けているピジョン号が急停止する。

目をつぶらない。意味のない祈りを捧げない。あきらめない。ニーナは歯を食いしばる。そして、ドロシーの言葉を思い出す。恐怖を飲み込むのは戦車長の仕事。砲手はただ彼女の判断に従い、恐怖すら感じないようにする。自分はドロシーに……ドクターに、それだけの信頼を置いているのだ。

耳をつんざくような高音を放出しながら、弓なりの強力波動弾が降り注ぐ。

弾数は六。

その着弾地点は、

「ラビット号、回避成功！」

「同じくピジョン号、回避成功！」

二機の中戦車の前方、中間、後方——彼女らの周囲をまんべんなく取り囲んでいた。吹き飛ばされた土こそかぶらされたが、まさしくこの位置でしか避けられないという場所での停止だった。

「やったわ、クー！　成功よ！」

「べ、べ、別段、不思議でもない。言われた通りにやっただけであって、わ、私は怖がってたわけではない」

エルザとクーがちぐはぐなハイタッチをしている一方、

「アンフレックシステム。まさか、本当に機能するとは……」

キキが驚き半分、感激半分といった様子で独り言《ひとごと》を漏《も》らした。

「た、助かりまひた」

我慢している間、ずっと息を止めていたニーナ。息を吐き、もう移動要塞なんて怖くないぞ……と自分自身に語りかける。

真上から髪の毛をわしわしされたので見上げてみると、ドロシーが泥の付いてしまった顔で微笑《ほほえ》んでいた。

「よく我慢した、ニーナ」

「あ、はひ……ありがとうございます」

誉めてもらったことが嬉しくて、お礼のつもりでニーナは彼女の頬《ほお》を手で拭《ぬぐ》ってあげる。

すると、ドロシーはわずかに恥ずかしそうな表情を見せた。

無線からモニカの声が届く。

『この町に魔法陣なんて本当にあったのねぇ……』

「詳細希望」

ニーナとエルザも同じことを考える中、クーも物欲しげにドロシーの方を見上げた。

問われたドロシーが感慨《かんがい》深くつぶやく。

「アンフレックシステム。まさか、戦後に使われる日が来るとは思ってなかったよ。えーと、私は周囲警戒とかが忙しいので、説明はキキがお願いね」

「承《うけたまわ》りました、ドロシーさん」

説明、面倒だったんだろうなぁ……ということはさておき、意気揚々《ようよう》とキキが語り出す。

「魔法板の巨大なものを魔法陣という。これは知っているな？」

一同うなずく。

「世界中の防衛都市には、巨大化した魔法陣が備わっている場合が多い。町全体を覆《おお》う防壁、自動で照準を合わせる大砲、それから敵兵の視界だけを曇らせるスモーク、召喚《しょうかん》魔法と呼ばれるたぐいのもの。その中でもアンフレックは特別なんだ」

十秒前進。ピジョン号はその場で停止、ラビット号は左に旋回して七秒前進。

散弾銃を浴びせられるような攻撃密度の中、二機の中戦車は華麗《かれい》に波動弾を回避した。

「大規模な未来予知システム。約百人の魔女が参加することで、町周辺の未来を見ることが出来る。弾道を予測し、指示を与えることで常識では無理な回避が可能になる。大戦中ですら、片手で数えられるほどしか使われなかったらしい。効果はきわめて強力。悪用されることを防ぐため、その効果自体が秘匿《ひとく》とされている。知っているのは、町長から認められたわずかな人間だけだ」

『マドガルドが知っていたのは――』

指示の合間を縫《ぬ》うようにドクターが推測を述べる。

『存外、軍部の人間の間では有名だからなのだろうな。魔法陣である以上、持ち運ぶことは出来ず、悪用することも難しい。だが、マドガルドが野良戦車を操れるなら話は別だ』

野良戦車が持つ自動成長、修復の力。未来予知を行うアンフレックシステムが移動要塞に取り込まれでもしたら、それこそ名実ともに無敵となるだろう。

二機の中戦車は裸の耕作地に突入し、正面に移動要塞を迎えた。

正面に見える要塞の脚部が、規則正しい動きで上下している。

ドクターの推測が正しければ、そのうち前方に寄り固まっている五本を破壊すれば、相手の動きを止めることができるのだ。

『各自散開。以後、ラビット号に対する指示は僕が、ピジョン号に対する指示はベアトリーチェが行う。各自、手の空いているものは防壁魔法を準備せよ』

そして、この戦いに攻撃魔法は使われない。

キキが配線を手に取り、ニーナとドロシーのマウスピースを防壁魔法に接続し直した（同様の手順がピジョン号の中でも踏まれる）。

ラビット号とピジョン号は別々の進路を取り、先ほどとは打って変わって速度を上げる。

それにより、寄り固まっていた二機を攻撃していた移動要塞が、バラバラに行動し始めた中戦車たちを狙って長距離砲を動かし始めた。町を攻撃していた砲台まで標的を変更し、ちょこまかと動き回る二機を殲滅しようと試みる。

足止めしようとする牽制《けんせい》の一撃はアクセル全開で突破。同時に、動きを封殺した際に命中させようとする決定打も回避。こちらの動きを先読みして放たれた一発は、ドクターが的確に指示を与えてくれるので問題なし。

ガン！　と固いものが車体にぶつかる音がして、一瞬エルザの加速が止まる。

「エルザ、止まるな！　石が跳ね上がっただけだ！」

ドロシーの声に背中を押されて、再びラビット号は加速。

移動要塞はその隙《すき》を見逃さず、ピジョン号を狙っていた大砲までもをラビット号へ向けた。

ラビット号の軌道を追うようにして波動弾が迫り、追い立てられた先には一斉砲撃の嵐が待っている。

全速力でつっこめば、嵐を抜ける前にかいくぐれるはず——

「絶対に動きを止めるな！」

「わ、わ、分かってるわよ！」

飾りレバーを握るエルザの手に、そっとクーが自分の手を重ねる。

「……クー？」

「気をつけろ。今日の私はいつもより優しい」

魔力は一人分。でも、この瞬間の気持ちは二人分。

閉ざされる城門がごとく迫ってくる波動弾の嵐。

間一髪《かんいっぱつ》のところで攻撃をかいくぐったラビット号は、急旋回して予定通りの進路を取る。


『――よく避けたな、ラビッツの小娘ども』


「マドガルド！」

声の主の名を叫ぶニーナ。

ドクターからの指示を妨害する気か、それとも別の意図があるのか……それは鋼鉄の悪魔からの無線通信だった。移動要塞の重々しい足音が音声に混じっているので、遠くにはいないだろうと予測される。

『貴様らが並大抵の戦車乗りでないことは、沿岸基地での戦いから着目していた。よもや、アンフレックシステムを活用し、移動要塞に接近しようとはな……』

ドロシーがニーナの肩を摑《つか》んだ。

こんなやつの言葉に耳を貸してはいけないんだ、と彼女は胸の内で繰り返す。

『隣にいるのは……あぁ、ピジョンズの女どもか。一匹殺してやったのに、まだ戦うつもりでいるとはな。俺は闘争に挑むすべての人間を評価してやる。ただ、貴様らのようにちっぽけな存在など、明日には頭の隅にすら覚えていないだろうがなぁっ！』

引きつるように嘲笑《あざわら》うマドガルド。

この男にシンシアは殺された。

体を震わすニーナの耳に聞こえてきたのは、ピジョン号からの通信だった。

『ニーナちゃん、聞こえる？』

無線を手に取って答える。

「聞こえます、モニカさん」

『ねぇ、ニーナちゃん。シンシアが死んでしまって、私はすごく悲しかった。寂しかった。怖かった。でも、あんなやつをわざわざ殺してやるだなんてポリシーに反するわ。だって、私たちは愛と平和の戦車隊ピジョンズだもの』

「もちろんです、モニカさん。私たちだって正義の戦車隊ラビッツです」

その会話を聞いてか聞かずか、なおのことマドガルドは舌戦《ぜっせん》による追い打ちをかける。

『だが、どうするラビッツとピジョンズ。移動要塞の砲撃は辛《つら》くも当たらぬが、いつまで大砲百門の猛攻を回避できる？　いつまでアンフレックシステムは起動していられる？　いつまで心は折れないでいられる？　中戦車の砲撃程度が移動要塞を傷つけられるとでも思っているのか！』


「わかってるさ、そんなこと」

切り捨てるようにドロシーが言い放った。

無論、移動要塞の脚部には弱点がいくつか存在する。それはごく単純に関節部分だ。昆虫のごとき形を取っているため、どうしても関節はモロくなってしまう。太股《ふともも》の付け根、膝、くるぶし……この三点は少なくともガードが甘い。

しかし、移動要塞の重みに耐えられる脚部だ。いくら関節部分が弱いとはいえ、中戦車の攻撃が通ると考えるのは楽観的すぎる。

故に、通じる攻撃は一つきりしか考えられなかった。

「断言してやろうか、アドリオ・マドガルド」

ドロシーがハッチにひじをつき、煙草《たばこ》を吸うようにマウスピースを摘《つま》む。

「六十秒後、移動要塞は動けなくなる。こいつは予言さ」

　再び無線からドクターの指示。

　ラビット号は身を翻《ひるがえ》し、今度は突如として移動要塞から遠のき始める。ピジョン号の方も同様に、わざわざ接近したところから進行方向を反転させた。両車、荒野のようにえぐれた耕作地を疾走する。

　ラストスパートをかけ、苦しそうに表情をゆがめているエルザ。彼女に手を重ねるクーも、いよいよ負担が大きくなってきたか、今にもまぶたが閉じそうなのを我慢している。

　ニーナとドロシーはマウスピースを噛《か》みしめ、すぐにでも魔力を流せるように構えていた。

「ドクター、ラビッツは準備が完了しました」

『報告をありがとう、キキ。防御態勢に入ってくれ』

　言われた通りに、キキは無線を元の位置に戻してから座席に腰を沈める。手近な手すりを握りしめて、気持ちを落ち着けるように大きく息を吐いた。

　決着の時が迫る。三十秒、二十秒、十秒……。

『全車両停止！』

　合図にあわせてエルザとクーがレバーを引く。

　ラビット号とピジョン号は三度方向転換し、やわらかい地面をえぐりながら減速。移動要塞を正面にとらえる形で、二機は寄り添うように停車した。跳ね上がった土がお互いにかかってもお構いなしに、両隊の戦車長は移動要塞をにらむ。

そして、総勢百門の長距離砲が火を噴く。真っ赤な軌跡が青空を抉《えぐ》り、夕焼けを凌《しの》ぐほどの真紅に染めあげる。巨大な移動要塞が見えなくなってしまうぐらいに、波動弾の群れは一同の視界を埋め尽くした。

まるで、一発の波動弾をコピーしたかのように揃《そろ》っている軌道。

当然だ。そうなるように誘導したのだ！

『防壁展開――』

全身全霊をかけて、ニーナは魔力を魔法板へ流し込む。

即座に展開された防壁は、ラビット号とピジョン号のものが合体したものだ。だが対艦砲を相手取った時とは異なって、両者が近いだけ分厚くなっている。また、弓なりに飛んでくる波動弾を防ぐべく、斜め四十五度に構えられていた。

防ぐ？　いや、違う。

何時何分何秒、どの大砲がどんな魔法を撃つのか。それが何秒後、どんな軌道を描きながら、どこへ着弾するのか。魔法はどれほどの威力で、どんな角度で防壁に突入し、どれだけの損害を与えるのか。それらのすべてが予知されて、その上で最高の結果が導かれるように行動を修正してきた。

ラビッツとピジョンズの声が重なる。

跳ね返れっ！

波動弾を受けた防壁が白く輝く。瞬間、強力な物理エネルギーは防壁に飛び込み、そのまま真逆の方向へ跳ね返っていった。

魔法と防壁が完全な垂直で交わる瞬間、鏡が光を跳ね返すように、防壁はありとあらゆる魔法を反射する。戦車を砕き、地面を割るような破壊力があったとしても、この時だけは絶対に防壁を破ることはできない。

いくつの波動弾が跳ね返されたのだろう……その向かう先ですら計算通り。

移動要塞の関節部を問答無用に粉砕《ふんさい》する。

「やった！」

拳をぎゅっと握りしめ、思わず飛び上がるニーナ。それに続いて、エルザも、クーも、キキも、狭い戦車の中で精一杯に喜びを体で表現する。手を取り合ったり、抱きついたり、溢《あふ》れ出る嬉しさにじっとしていられない。

膝関節を真っ二つにされた移動要塞は、大きくつんのめり、ずるずると腹ばいになった。破壊された足の数はきっちり五本。要塞は残された足でどうにか立ち上がろうとするが、奇跡のように成り立っていたバランスを崩され、もう二度とは立ち上がれない様子である。

また、いつの間にか砲撃もやんでいた。うごめいていた針山のごとき長距離砲たちも、今は使われていないマチ針のように大人しい。

専用ハッチから顔を出して、エルザが山彦《やまびこ》でも返ってきそうなくらいの大声を出した。

「どんなものよ！　今更謝っても許さないからね！　そのまま捕まりなさいっ！」

「万死《ばんし》に値するところを豚箱で済ませてやる！　人道とは何かを悟るまで生かさず殺さず生きれ！」

クーも一緒になってブーイングを始める。

私も言いたいことがたくさんあるのだ――とニーナが立ち上がろうとすると、

『あー、こちら……ピジョンズ』

モニカから通信が入った。いつの間にやら美声がかすれ、彼女の声は風邪《かぜ》を引いた時のようになってしまっている。

もしや、どこか怪我《けが》をしてしまったのだろうか。

シンシアの惨劇《さんげき》を思い出し、ニーナの体に緊張が走った。

『大成功を収めたところを悪いんだけど、こっち、メンバーの出血がひどいの。命に別状はないけど、私も胸のあたりが赤くなってきた……』

浮かれもせず静観していたドロシーが、無線機を手に取って答えた。

命に別状なし。ニーナもホッと胸をなで下ろす。

「ありがとう、ピジョンズのみんな。私たちの方は、どうにかギリギリ持ちこたえてる。マドガルドを捕まえるのは私たちがやるから、要塞の大砲がまた動き出さないうちに離脱して」

『了解、ラビッツ』

また町で会いましょうね。

最後にそう一言付け加えて、ピジョン号はノソノソと後退を始めた。

とても、戦闘を継続できるような速度を出せていない。恩知らずな言い方になってしまうかも知れないが、確かにこの場で退却してもらった方が得策だろう……とニーナもドロシーの判断に納得する。ただ、いよいよ戦車が一台きりになってしまったのは厳しい。戦力としても、心の余裕としても。

髪に付いた土を手で払いつつ、

「しかし、マドガルドはこの中のどこにいるのか……いや、そもそも移動要塞の中にいるのかな？」

ドロシーが沈黙した移動要塞を見上げる。

すると、ようやく自分の職務を思い出したのか、珍しく浮かれていたキキが無線機に手を伸ばした。

「もしもし、ドクター。マドガルドの居場所について、どうにか見当は付けられませんか？」

無線の向こうはすでに戦勝ムードであるらしく、たくさんのメイドたちがはしゃぎまわり、拍手をしたり、万歳《ばんざい》したりしている声が聞こえてくる。無線機からメイドたちの声が聞こえてくるのは今が初めてで、それまでずっと沈黙を通していたことが分かった。

『居場所か……。あの山はもともと、ポイントFが存在した山だろう？　だとすれば、山の中腹に基地があるはずだ。移動要塞が魔力で動いている以上、魔力伝達の都合で遠く　ら離れるということは　まり考えら　ない。だが、ラビ　。いく　んでも、移動　動修復す

る　　間が掛か　　　は一旦退　　　——』

「ドクター？　ドクター、音声が途切れてます」

「——いたっ、」

ふいにニーナが両耳を手で押さえた。

「む、どうしたんだ？」

「いえ、いきなり耳鳴りがして……」

『　、　　ッツ！　　まだ　かを　　てい　！ラ　　ッ、　　げ　！』

ドクターが何かを言っているが、ほとんどその内容を聞き取ることが出来ない。

次に耳鳴りの症状が出たのはクーだった。

「いたっ……い、」

「え、どうしたの、クー……あ、いたっ！　いたたたた！」

心配しているエルザまで痛みに呻《うめ》き始め、続いてキキやドロシーにまで伝播《でんぱ》する。

耐えられないような痛みではない。エルザにお酒を飲まされた時と同じくらいかも、とニーナは思う。だが、いきなり何の理由もなく、全員が耳鳴りを起こすだなんて考えられない。しかも、無線機にまで異変が出て来ている。

最後に悲鳴を挙げたのは、その無線機だった。

「あつっ——」

キキが急に無線機を取り落とす。

床面に落ちた衝撃で、プラスチックで出来ている無線機のカバーが割れた。その途端、ラビット号の内部に焦げ臭いにおいが広がる。割れたカバーの中から出て来たのは、異変が起こり始めてからほんの数秒で真っ黒に焦げ付いてしまった魔法板だった。

何が起こっているのかいよいよ理解不能になる。

ニーナが正体不明の事態と耳鳴りに悩まされていると、

「カウンターマジック、か……」

心当たりがあるらしく、キキが額に玉の汗を浮かべながら呟《つぶや》いた。

そんなものもあったな――という具合に、ドロシーが苦笑いをする。

「対抗魔法。これも透明戦車や移動要塞《ようさい》と同じく、大戦中にマドガルドが研究していたとされるドリーム兵器さ。無線や交信術、視界拡張や遠隔操作、おそらくアンフレックシステムすらも無効にしてしまう。だけど、おかしいな……移動要塞の長距離砲が動かなくなるだけで、今使うようなメリットはないはず――」

「あ、」

ニーナがいつかの会話を思い出す。初めて町に出かけた――アドリオ・マドガルドの存在について知った日、確かに自分はある言葉を聞いていた。

透明戦車、移動要塞、対抗魔法。

「あと一つくらい、あの人の考えている秘密兵器がありましたよね……」

それを彼女に教えたはずのキキが、雷に撃たれたように大きく目を見張った。

嘘だと思いたい。

だが、今のマドガルドならばきっと――

『鉄 人 タ イ ラ ン ト 起 動 っ !』

移動要塞から高らかに放たれるマドガルドの声。

途端、火山が噴火するかのように山の斜面が爆発を起こす。だが、長距離砲が爆発を起こしたわけではない。地面の吹き飛んだ場所から、コールタールのように黒い鋼鉄がせり上がってきたのだ。

漆黒《しっこく》の鋼鉄は棒状で合計五本。根本で一つに合体し、一本の巨大な円柱になっている。その巨大円柱が山の反対側からもう一本付きだし、ほぼ同時に山全体の斜面がひび割れを起こして崩れた。

人間のものと同じ形をしている腕が、己が身をカモフラージュしていた山を破壊したのだ。指の一本一本が、豪華客船の巨大煙突ほどもあり、それをまとめている手首はもはや形容することのできないサイズである。

ラビッツの面々はあまりの唐突《とうとつ》さ、スケールの大きさに、為す術《すべ》もなくハッチから移動要塞を見上げている。

吹き飛ばされた山の土が雨のように降り注ぎ、彼女たちの髪を無粋《ぶすい》に汚した。

「これは……夢？」

へなへなと腰を抜かして、クーの体がハッチの中へずり落ちる。

「私たち、アリになっちゃったみたいですね」

ニーナは頬がひくひくするのを感じた。

もう笑うしかない……そう彼女の体が判断しているのだった。

氷山ほどもある膝頭が岩盤を砕く。両手が山の山頂をかきむしり、まるで砂山のように崩してしまう。そこから現れたのは、騎士の甲冑《かっちゅう》を思わせる兜《かぶと》型の頭部。真っ赤な一つきりの瞳が、真っ直ぐにラビット号をとらえていた。

そいつは両手両足をつっぱって、岩や土の塊《かたまり》を隕石《いんせき》のように降らせながら起きあがる。仰向《あおむ》けに寝そべるようにして、移動要塞の中に隠れていたのだろう。立ち上がると、そいつの上背《うわぜい》は確実に移動要塞の倍以上あった。

鉄人タイラント。

天を突き、雲を引き裂くような巨体。すべての光を吸い込むような黒いボディ。人間と同じ形をした精密な手足。兵器開発者の誰もが思い描いた夢の人型巨大ロボット。それがついに現実のものとなり、ラビット号の前に立ちふさがる。

ラビット号から数十メートル離れた場所に、地面ごと抉《えぐ》りとられた長距離砲が落っこちてきた。その口径ですら、ラビット号の主砲の二倍、長さは四倍近い。だが、立ち上がったタイラントの指に引っかかっている同じものは、せいぜい爪楊枝《つまようじ》程度の大きさにしか見えなかった。

エルザが拳を車体に叩きつける。

悪態をつきながら、何度も何度も繰り返した。

「どういうことなのよ、これは！　やっと倒したと思ったら、中からもっと大きいのが出てきたりして……どれだけ私たちを苦しめるつもりなの！」

ラビット号の中に広がる重々しい絶望の空気。

それとは対照的に、マドガルドの声は高らかに響きわたった。


『よくここまで戦った、ラビッツの小娘ども。そして、おめでとう。君たちこそが、この世界に君臨する新たな帝王――タイラントが殺す初めての人間だ。この力を世に知らせるための貴《とうと》い犠牲《ぎせい》として、ウジ虫のように、ゴミクズのように死ね。この俺が直々に、タイラントで踏み殺してやろうではないか』


「――諦めるなっ！」

マドガルドの声をかき消すように、ドロシーの怒号がラビット号を揺らす。

「勝敗を分けるのは武器の強さじゃない。心の強さと戦術だ。私たちはその二つを武器にして戦ってきた。だから、対艦砲も透明戦車も倒すことが出来た。ここで諦めてしまったら、戦う前に負けることになる」

「ドロシーさん、」

彼女のそばに控えているキキが、そっとドロシーの手を握った。

ニーナは何度も彼女に抱きしめてもらったり、頭を撫《な》でてもらったりしているから分かる。

キキの手の動きは勇気づけるためのものではなく、自分が尊敬するものに助けを請《こ》うものだった。

「私は最初から、あなたと生死をともにするつもりでいます。軍の訓練所を追い出され、旅費もなく、物乞《ものご》い同然だった私を拾ってくれたのはドロシーさんです。私はあなたのためであれば、あの鉄巨人を相手にしたって絶対に怖がったりしません」

キキの決意にニーナは胸が熱くなる。

そうして気が付くと、

「エルザさん！　クーさん！」

彼女は未だに怯《おび》え続ける二人の手を取っていた。

二人の手を集めて、三人の手が重なるようにする。エルザとクーの手はすっかり冷たくなっていて、ニーナの手の温かさを奪っていく。

だけど、その熱は途切れることを知らない。

「エルザさんは言ってくれました。戦う力があれば戦うべきだって……。クーさんも、私に将来の夢を教えてくれたじゃないですか。それなのに、これから私たちはもっと幸せになるはずなのに、こんなところで諦めるだなんて絶対にイヤです！」

「ニーナ……」

「ニーナちゃん……」

かつて、自分は二人の言葉で励《はげ》まされた。

だからこそ、今度は自分が二人を励ます番なのだ。

二人の手に熱が戻ってくる。それは体の温かさであり、二人が本来持っている心の強さだ。

調子を取り戻すと同時に、エルザは急に頰《ほお》を赤くする。しまった。年下のニーナに励まされてしまった。そんなことを考えているのが、顔に書いてあるように見て取れる。

「ふ、ふんっ、私としたところが情けないところを見せてしまったわね。自分の思ったとおりに行動する。その通りよ。生き死にまで勝手に決められるだなんて、こんなに屈辱《くつじょく》的なことはないわ」

クーも少し恥ずかしげに、紅潮した頰を手で冷やしている。

何か言いたそうに口をもごもごさせたあと、

「戦う……けど、小説は読んじゃだめ。恥ずかしいから」

ボソッとニーナに耳打ちした。

二人が自分の座席に着きなおし、再びマウスピースを口にくわえる。

まだまだ言い足りないことのあるニーナは、上部ハッチから顔を出した。ドロシーに体を支えてもらい、ハッチの上によじ登る。

そして、ラビット号の上に立つと、

「アドリオ・マドガルド！」

星まで届けとばかりに、ニーナは今まで生きてきたなかで最も大きい声を出した。
「あなたのしていることは間違っている！　人の幸せを奪うだなんて、私たちは絶対あなたを許さない！　絶対に、絶対に許さない！　暴力は偉くなんかない！　人間が戦わなくちゃいけない時は、その人の幸せがむりやり奪われそうになるからだ……あなたみたいなやつが暴力を振るうからだ！　私たちは、自分を、仲間を、みんなを守るときだけ戦車に乗る。あなたはただ、強い自分を見せびらかしたいだけだ！　あなたは私みたいな小娘よりも、ずっと、ずっと、ずっと子供なんだ！」

『小娘、貴様──』

「言い訳なんてするな！　人の嫌がることをしちゃいけない。暴力を振るってはいけない。周りの人の意見を聞く。独《ひと》りよがりでは駄目。それのどこがおかしいって言うんだ！」
『ならば必死になって抵抗するがいい！　理解など不要！　俺も俺自身の心に従っている。人並みはずれ、化け物のような魔力を持て余している俺の気持ちが、行使することを許されなかった立場が、いいように利用されたうえに事実を隠蔽《いんぺい》されることが、お前たちには理解できまい！　貴様らが脆弱《ぜいじゃく》だから俺を悩ませるのだ！　この俺を黙らせたかったら、その玩具《おもちゃ》のような戦車で戦えっ！』

「戦ってやりますよ。ええ、戦ってやりますよ！　だけど、私たちは暴力が好きだから戦うんじゃない。幸せになるために戦うんだ。あなたが終わらせなかった戦争を……今、ここで終わらせるために戦うんだっ！」

完全決裂。

獣のような唸《うな》り声をあげ、タイラントの巨体が跳躍する。

エルザの機転でラビット号は全速後退。その勢いでバランスを崩したニーナだったが、砲塔《ほうとう》内部にいるドロシーとキキに受け止めてもらった。

「よく言ってくれたよ、ニーナ。私たちも気持ちは同じさ」

「ふむ、すばらしい演説だった。世界中の人間に聞かせてやりたいくらいだ」

左右からステレオで誉められて、ニーナはなんだか胸のあたりがムズムズする。

だが、少々の達成感に酔いしれている場合などではない。まさに今、世界最大の兵器が宙を舞い、ラビット号を踏み潰そうと迫っているのだ。

『消し飛べ、愚か者どもがぁあああああっ――』

ラビット号にタイラントが迫り、その巨体が日光を遮《さえぎ》った。それにより、車内は一瞬だけ夜を迎えたように暗くなる。この世の終わりすら想像させる状況で、だが、もうラビット号は減速などしない。戦い抜くことを心に決めたエルザが、命に代えても戦車を動かし続ける。

「避けてやる……あんな玩具《おもちゃ》の踏みつけなんて、絶対に避けてやるからっ！」

「エルザ、」

ギュッと自分の右胸を摑《つか》むクー。彼女の汗が戦闘服に、一滴、また一滴と垂れ落ちる。

「私も全力を出す。限界を超える。だから、エルザも本気を出して」

「了解。履帯《りたい》が切れてもしらないわよ！」

空気の壁を砕くように、さらにラビット号が一段階加速した。

夜は去り、再びラビット号に太陽の光が戻ってくる。

「キキ、弾種・火炎だ！　着地の瞬間を狙い撃つ」

「了解です」

移動要塞を沈めた防壁魔法から、近接戦用の火炎弾に接続。

ニーナはドロシーの意図を悟る。そもそも、このラビット号に搭載《とうさい》されている波動弾が通じるとは思えない。装甲の分厚さに衝撃が殺されてしまう。だが、相手が巨大だろうとなんだろうと、その正体は大量の野良戦車の合体したものに過ぎない。素材が金属ならば溶かせる。

「ラビット号停車、砲撃用意っ――」

ドロシーの指示とタイラントの着地はほぼ同時。

その瞬間、

「砲射ッ！」

着地の衝撃でラビット号は後方へ吹き飛ばされた。触れてもいない……ただの着地しただけで、ラビット号は蹴飛《けと》ばされたミニカーのように宙を舞った。

ニーナは確かに主砲を撃った。覗《のぞ》き込んだスコープによって着弾も確認した。野良《のら》戦車の装甲を易々《やすやす》と溶かした主力の火炎弾が、あざ笑われるかのように無力だったのを見た。

「――ニーナ、しっかりしろ！」

キキに背中をたたかれて、ハッと意識が引っ張り戻される。

「ちょ、ちょっと気を失ってました」

ドロシーがハッチを開けると、車体の上に積もった土がザラザラと流れ込んできた。

「半分くらい埋まっちゃってる……」

ニーナはスコープを覗き込み、タイラントの姿を確認する。着地した鉄巨人は、つい先ほど自分たちがいたあたりに平然と立っていた。足下は隕石でも落ちてきたかのように、大きなクレーター状にえぐれている。耕作地の柔らかい土は消し飛んで、堅く赤茶けた土がむき出しになっていた。

目算で百メートルほど離れている。つまり、着地の衝撃だけにそれだけの威力があったということだ。

「エルザ、全速後退！」

「分かったわ」

前面に覆《おお》い被《かぶ》さった泥を跳ね飛ばすように急発進――しようとしたが、キャタピラが思うように回転しない。

原因はクーにあった。

「エルザ、ごめん……」

汗びっしょりのクーが右胸を両手で押さえている。その両手は真っ赤に染まり、染み出した血液が手首を伝って袖口《そでぐち》へ流れ込んでいた。

クーは本当に限界を超え、体を酷使《こくし》し過ぎてしまったのだ。ピジョンズを撤退させた第二の心臓の出血。だが、限界を超えた加速がなければ、タイラントの攻撃から逃れられなかったことももまた事実。

彼女の口からマウスピースを抜き取り、エルザはそれをニーナに突きつけた。

「ニーナ、代わりにこれを──」

「キキ、耐火防壁──」

その刹那《せつな》、タイラントの真っ赤な一つ目が怪しく輝く。

瞳から放たれたのは閃光《せんこう》……否、それは光線だった。火炎魔法の最終到達形。

高まった温度は炎という形を取らず、強力な熱線となって光の速度で放射される。

「全力展開！」

ラビット号を一直線になぎ払うレーザー光線。神が裁きを下すかの如きスケールの一閃は、地面を裂き、アンフレックの城壁を真っ二つに破壊する。大津波のように地面が波打つ。

光線に横切った森は一瞬で燃え尽き、その場所だけが真っ黒に焦げ付いている。爆発によって空高く飛ばされた石材は、まるで熱せられたポップコーンのようだった。

巻き起こった轟音《ごうおん》が耳を貫き、脳を揺らし、ラビッツのメンバーたちからまともな思考能力を奪う。防壁は間に合った。だが、砲塔《ほうとう》の後ろ半分はきれいに切断され、遙《はる》か遠くの方まで弾き飛ばされていた。どうにか主砲は無傷であるが、ハッチも手すりもなくなっている。

振り返れば、危うく切断されそうになり、焼けただれてしまった車体が見て取れた。

周囲には土煙が立ちこめている。これが風にあおられて晴れてしまったとき、第二射撃、ないしは踏みつけ攻撃がやってくるのだろう。

「ど、どんなもんさ……」

ドロシーが咳《せ》き込む。

ぶちぶちとシャツのボタンを引きちぎり、彼女は胸元をはだけさせる。すると、本物の心臓とは逆の位置……第二の心臓のあたりが赤く腫《は》れ上がり、出血しているのが見えた。

一見すると、刃物で刺されたかと錯覚《さっかく》するほどの出血量。彼女にも活動限界がやってきたのだ。もう次はないのだとニーナは覚悟させられる。

「ニーナちゃん、返して、それ……」

血塗《ちまみ》れの手でマウスピースを取り返し、クーがそれを自らの口へ運ぶ。

「で、でも、」

「撃たなくちゃ、勝てない……戦車は撃つための、乗り物だから、」

「――悪い、クー。あと少しだけ頼む」

歯を食いしばり、ラビッツの戦車長が声を振り絞《しぼ》って言った。

「考える手段があと一つしかない。あれだ。今日、手に入れたばかりのあれを使う」

「それしかないんでしょう？　やるしかないわ」

積極的な答えを返すエルザ。

意思が通じあったようで、キキが配線を切り替えようと手を伸ばす。だが、ニーナの噛《か》んでいるマウスピース……そこから垂れ下がっている二股《ふたまた》配線のうち、魔法板につながる方が無惨《むざん》にも途中でちぎれてしまっていた。

「こんな時に切れなくても……ドロシーさん、予備はありますか」

「ハッチと一緒に吹き飛ばされた。じゃぁ、私のやつを――」

ドロシーが引っ張りあげようとして気付く。

彼女の使っているマウスピース付きコードも、噛みちぎられたみたいに真っ二つになっていた。加えて、先ほどレーザー光線を防ぐのに使った魔法板は、たった一回の運用で黒こげになってしまっている。消費された魔力に、ドロシーの体も魔法板も耐えられなかったのだ。

機動板と操縦板につながる配線は、絶対に外れないよう溶接されている。従って、そちらとニーナの配線を交換することは不可能。

戦車を動かし、主砲を撃つためには、決定的に配線が一本不足している。

「私が代わりになります」

言い放ち、キキが右手の親指をくわえる。そして、間髪《かんはつ》いれずに皮膚《ひふ》を噛みちぎった。立て続けに左手の親指も、同様に皮膚を噛みちぎってしまう。両手の親指からポタポタと血が流れ落ちる状態で、彼女は右手で例の魔法板を摑んだ。

「ニーナはマウスピースと一緒にこっちの指を噛め……いや、噛むだけじゃ不安だ。傷口に舌を当てろ」

「は、はいっ！」

差し出された左手の親指。

ためらう間もなく、ニーナは彼女の親指をくわえこむ。濃い血の味がしてむせ返りそうになるが、のどに引っかかりつつもキキの血を強引に飲み下す。

人間の血肉は魔力を通す。だから、理論上は人間が配線の代わりをすることも可能だ。

いつでも主砲を撃てるように、ニーナは第二の心臓を鼓動させる。そこから生み出された魔力は血管を巡り、舌からキキの傷口へと伝わった。途端、キキの体が電気ショックを食らったかのように跳ねる。

「くっ……」

交信魔法を行ったときよりも激しい反応に、驚いたニーナの魔力供給が寸断されてしまう。

「ニーナ、もっと強く私の指を噛め！　噛みちぎってもいいから噛め！」

「分かりました、キキさん！」

ぐ、と力一杯に噛みつく。

傷口から血が押し出され、なおのこと口の中が血の味で一杯になった。

再びキキの体を通り道として使い、購入したばかりの真新しい魔法板に魔力を流し込む。彼女のうめき声には心で耳をふさぐ。

自分は砲手。彼女は配線。今はただ、鉄巨人を撃つことだけに集中していればいい。

「もうすぐ土煙が晴れる。突撃用意――」

そして、

「――　私立戦車隊ラビッツ突撃　！」


賽《さい》は投げられた。

最後の力を振り絞《しぼ》ってラビット号は加速する。濛々《もうもう》と立ちこめる煙に紛れ、鉄巨人にしてみればアリかノミかという小さな体で立ち向かう。そのまま体当たりでもぶちかますかのような勢いで突撃する。

風によって土煙が流され、タイラントはラビット号の姿を見つける。右足を大きく振りあげて、踏み潰そうと試みた。だが、まさか捨て身の突進を仕掛けてくるとは、想像だにもしていなかったのだろう。わずかに反応が遅れてしまい、それが巨大なタイラントには大きく影響を及ぼす。

半分消し飛んだハッチから、ドロシーが身を乗り出して距離を目算した。

「減速！」

突進すると見せかけて、ラビット号はその速度を急激に緩《ゆる》める。

ゆっくりと……けれども猛スピードで落下してくるタイラントの右足により、空は再び黒い鉄塊《てっかい》に覆《おお》われた。日光が遮断《しゃだん》されて真っ暗になり、乗組員たちの恐怖心をあおる。

だが、ニーナはもう惑わされない。恐怖に駆られて空を見上げたりはしない。自分が覗《のぞ》き込むのはスコープだけで、敵の姿を生の目で見るのは戦車長の仕事なのだ。

「後退！」

「了解――」

踏みつけの軌道を先読みし、ラビット号は後退を開始する。相手のリーチの内側へあえて踏み込み、隙《すき》の大きい攻撃を振らせて回避。戦車と戦車の戦いにはあり得ない、まるで騎士と騎士がぶつかり合うような戦術が採られていた。

「クー、がんばって！」

飾りレバーから手を放し、エルザは血塗《ちまみ》れになったクーの手を握る。

「エルザ、レバーを……」

「あんなのは飾りじゃない。私はね、クーの手が握りたいの！　あなたを励《はげ》ましたいの！」

「……そういう情熱的な言葉、好き」

二人はお互いの手を強く握りあった。

その一方、ニーナの視界の端っこにドロシーの手が映る。視線だけ動かして見てみると、ドロシーがキキの頭をなでなでしていた。ずっと、なでなでする側だったキキが、ドロシーが相手だとされる側になってしまうのだ。

「前進――」

そして、タイラントの踏みつけ攻撃が地面に炸裂《さくれつ》する瞬間、再びラビット号は鉄巨人に接近を試みた。勝負は衝撃で吹き飛ばされるまでの一瞬。ほんの一瞬だけ、ラビット号はタイラントまで完全なゼロ距離で接触することができる。

相手にしてみれば注射針のようなラビット号の砲身が、今にも地面を踏み抜こうとする鉄巨人の右足に接触した。

それを待っていた。


「電　撃　弾　砲　射　ッ　！」


ニーナは魔法を放つ。

手に入れたばかりの新兵器、電撃弾。

魔力を強力な電撃に変換する、波動とも火炎とも違う主力魔法。全体が金属で出来ている戦車には極めて有効で、魔法板を焦げ付かせ、配線を焼き切ることが出来る。

だが、撃った先から電撃は拡散してしまう。それゆえに、接近しなければほとんど効果がなくなる……否《いな》、それは接近という言葉すらも生ぬるい肉薄だ。砲身で殴《なぐ》るように撃つ必要があるのだ。

ラビッツは——成し遂げた。

「いっけえええええええええええっ！」

ニーナは叫ぶ。

落雷に匹敵《ひってき》する強烈な電流が、タイラントの右足を駆け巡った。右膝の関節部が激しくスパークし、焦げ臭《くさ》い黒煙を勢いよく吹き出す。魔力を伝達する配線が焼き切られ、体を支えていた右足はただの重りと化してしまう。

急に片足を封殺された鉄巨人は、バランスを失い、たちまち大きく膝をついた。

中戦車の生み出した雷撃が、山よりも大きな巨人を転ばせたのだ。

「まだだ！　まだ行くぞ、みんな！」

同時に、踏みつけ攻撃の衝撃は大きく殺されている。

吹き飛ばしを免《まぬが》れていたラビット号は、今度は自主的にタイラントから距離を取っていた。

鉄巨人が膝をついたのと同時に再び接近——今度は軸足《じくあし》となっている左足に電撃弾をたたき込む。

「砲射ッ！」

配線の役目をしているキキの苦しみを嚙《か》みしめるように、ニーナは一片の容赦《ようしゃ》も、温存もなく、魔法板に可能な限りの魔力を流す。

第二射が鉄巨人の左足に命中すると、いよいよタイラントは四つん這《ば》いの格好になる。高すぎて霞《かす》んでしか見えなかったタイラントの頭が、もう手の届くところまで来ているのだ。

鉄巨人がラビット号をにらみつける。赤い瞳は怒りに震えており、そこからマドガルド本人の表情を読みとれる気さえする。

――いや、見えた。騎士の兜《かぶと》のような頭部……その中心にある赤い瞳の中に、マドガルドの姿が映り込んでいた。やつは頭部の中にいる。激憤《げきふん》に顔をゆがめ、猛獣のような雄叫《おたけ》びをあげてきた。

『うぉおおおおっ！　こざかしいっ！　こざかしいぞ、小娘ども！　なぜ俺を恐れない！　なぜ絶望に打ちひしがれない！　たかだか中戦車一台きりで、どうしてそこまで愚かにも戦えるというのだっ――』

「あなたが馬鹿にした愛や、友情や、優しさが……私たちの心を強くしたんだ！　あなたが壊してきたものがどれだけ強いものなのか、今ここで思い知れ！」

気持ちをすべて言葉にして、ニーナは今一度マウスピースとキキの親指を口にくわえる。

タイラントは蚊《か》でも潰《つぶ》しにかかるかのように、巨大な右手を振り下ろす。

「エルザ、ここは我慢だ。精一杯に引きつけろ」

「もちろんよ！」

ラビット号は落ちてくる手のひらを引きつけ、引きつけ、心臓が縮み、胃がひっくり返るま

で引きつける。視界が真っ暗になり、叩きつぶされ、地獄に堕《お》ちたかと錯覚《さっかく》するほどに引きつけて、

「十三回転っ――」

ドロシーの合図にあわせて後退し、人差し指と中指の間を抜けた。

鉄巨人の手が地面にめり込み、その衝撃をラビット号に浴びせる最中、しかしラビット号は吹き飛ばされない。

すでに策は打たれているのだ。エルザが噛《か》んでいるマウスピースは二股《ふたまた》仕様。一方は戦車を操縦する魔法板に、もう一方はキャタピラの摩擦《まさつ》力を高める魔法板につながっている。

無論、やわらかい地面との接触を強めても意味はない。だが、ラビット号のキャタピラは、ちゃんとタイラントが振り下ろした右手に接触していたのだ。

ドロシーの発した命令は十三回転。履帯《りたい》に守られた車輪……その十三回転分の距離を後退することで、キャタピラの先端とタイラントの右手が、ぴたりと触れ合うように調節したのだった。

「登坂《とはん》、開始！」

手の甲によじ登って衝撃をやり過ごし、ラビット号はタイラントの右腕を駆けあがる。

一直線に伸びた鉄巨人の右腕は、それ自体が頭部へ通じる最短ルートだ。全力でラビット号を叩きつぶそうとした結果、タイラントの体は前のめり、手のひらは一層深く地面に沈み込んでいた。

タイラントの左腕がラビット号に襲いかかる。

「ドロシーさん、」

「大丈夫だ、キキ。避けられる！」

ラビット号はもうリーチの内側へ入り込んでいた。

巨人の鈍い腕で、全速力の黒ウサギを捕らえることなど出来はしない。

機動板が焦げ付き、ラビット号の床板からやけどを負うような熱が立ち上ってくる。

背を丸めて苦痛に耐えるクーを見かね、エルザがニーナの方に振り返った。

「ニーナ、絶対にあいつを倒して！　あいつを倒せるのはあなたの魔法だけ。あなたのために……そして、みんなのためにあいつを倒すの。クーだって、こんなにも頑張ってる。キキも痛いのを我慢してる。ドロシーだって胸から血を流してる。ここまで来て、私は絶対に負けたくなんかないっ！」

よもや座っていることも苦しくなったか、クーの体がエルザの方へ倒れ込んだ。エルザの膝枕によって介抱《かいほう》されながら、彼女は荒い呼吸を繰り返しつつも、どうにかニーナに気持ちを伝えようとする。

「ニーナ、」

肘《ひじ》を通過。神懸《かみが》かり的な速度で巨人の腕をのぼり続ける。

そのための動力がすべて、目前で血を流している少女からむしり取られているのだ。

「私も頑張るから、ニーナも――」

タイラントの瞳からレーザー光線が発射される。レーザー光線はラビット号の砲塔《ほうとう》をかすめて、どうにか無傷で残っていた砲身を消し飛ばしてしまう。

間一髪《かんいっぱつ》、砲塔にいる三人は攻撃を回避した。レーザー光線の放射に気付いたドロシーが、ニーナとキキをのしかかるようにして押し込めたのだ。

ニーナの口からマウスピースとキキの指が離れる。

もはや、ラビット号は魔法板を積んだだけの車に過ぎない。

鉄巨人は思っただろう。

勝利したのだ、と。

砲身がなければ魔法など撃てるわけがない、と。

「キキ、持ち上げるぞ！」

「了解です、ドロシーさん！」

大人組二人が渾身《こんしん》の力を込めて、ライブラリーから魔法板を抜き出す。

「流石《さすが》に重いかっ――」

「でも、私とドロシーさんが一緒なら出来ますっ！」

持ち上げた魔法板は、かつて立派な砲身があった場所へ強引に据える。

体重をかけて押さえ込んで固定。

鋭利に切断された砲塔の断面を見るや、一同が手を伸ばしてザックリと傷を作る。己《おのれ》の血にまみれた手を魔法板に重ねれば、それは紛れもなく完全な大砲となった。

タイラントの腕からラビット号が飛び出す。その姿はさながらミサイル。頭をなくした黒ウサギは、鉄巨人の一つ目に向かって突進を繰り出した。

「みんな、力を貸して――」

ニーナの言葉に仲間たちがうなずく。

弾種・波動。

ラビッツの魔力が――心が込められた魔法は、

「吹っ飛べタイラント！」

鈍く輝く深紅の瞳を……マドガルドの歪んだ表情を鮮やかに打ち砕いた。

×

ニーナが目を覚ましたとき、最初に思い浮かんだのはタイラントに突撃した瞬間の光景だった。それは思い出そうとするまでもなく、脳に直接映像を流し込まれたように網膜《もうまく》へ浮かび上がったのだった。

鉄巨人の右腕を駆けあがり、ラビット号はその勢いのまま瞳をめがけて飛んだ。赤い瞳はラビッツの魔力がこもった波動弾によって粉々に粉砕された。そして、ラビット号はタイラントの頭部へ飛び込んだ。

「あぁ、そうか……」

だから、ここはタイラントの頭の中なのだ。

天井を見る限りだと、この場所は巨人の頭と言うよりも、巨大な工場の内部という風に見える。細いパイプと配線が幾重にも張り巡らされ、垂れ下がった魔力光源が赤色に鈍く光っている。ひどく鉄臭《てつくさ》いのも、ここを工場だと思わせる原因だった。

ただ、あまりにも内装が雑然としているため、巨大な生き物の内臓のように見えてしまう。

そうなると、工場と思うよりも気味が悪い。

ラビッツのメンバーたちはみんな気を失っているようだった。声をかけたり、頬《ほお》をはたいたりしてみても、一向に目を覚ます気配はない。けれども、呼吸はちゃんとしているようだし、クーとドロシーの出血も止まっていた。

最も不安なのはキキの容態かもしれない。ドロシーをかばうようにうつ伏せで倒れているのだが、彼女の背中には剣で切られたような傷が出来ていた。最後の波動弾に力を貸せなかった彼女は、せめて戦車長を守ろうと必死だったのだろう。

「みんな、少し待ってて……」

ニーナは胸ポケットから小さな魔法板を引っ張り出す。

ドクターの事務所にて、焼却炉《しょうきゃくろ》に火を放つのに使ったものだ。

「――く、くははは っ、がっ、う、うぐ……」

ラビット号の外から、マドガルドの笑い声が聞こえてきた。だが、満足に高笑いすることも出来ず、時折激しく咳《せき》込んでいる。

魔法板を片手にニーナがラビット号から降りると、パイプと配線だらけの壁に寄りかかるマドガルドを発見した。おそらくは、ラビット号の突進に巻き込まれたのだろう……両足の骨が折れてしまっていた。立ち上がることはかなわず、激痛に顔が歪んでいる。けれども、右手には火薬拳銃が握られていた。

マドガルドはニーナの姿を見て、大きく目を見張った。

だが、それからすぐにニヤリと笑う。その笑みはニーナを心底気持ち悪くさせた。

「まさか、こんな小娘どもに負かされるとは……」

「小娘ではありません。正義の味方です」

下らぬ、とマドガルドは吐き捨てる。

火薬拳銃の銃口は、ニーナの胸に狙いを定め続けていた。

「小娘……お前の名前は？」

「ニーナ」

聞いて、マドガルドはすかさず左手を差し出した。その手の意味をニーナが理解するよりも先に、彼はいかにも楽しそうに顔を歪めて語りかけてくる。

「一緒に来ないか、ニーナ」

「……どういうことですか？」

「俺一人を殺したところで、野良戦車を撲滅《ぼくめつ》することは不可能だ。世界に平和は戻らない。だが、俺は魔力母体すら上回る魔力によって、野良戦車を付き従えることが出来る。野良戦車どもを……あの無人兵器どもを味方に出来るのだ」

悪魔の取引。

一生、野良戦車に困らせられることがない生活。

それがニーナの前に用意されているのだ。

「ラビッツのものたちも来い。俺と一緒に負けない戦争をしようではないか。俺はもはや、鉄巨人などという幻想には囚われない。毒ガス、細菌《さいきん》兵器、大陸間弾道魔法……勝つだけの兵器ならいくらでも作れる。世界はすでに俺の手中にあるのだよ――」

「それが、何だって言うんだ！」

ニーナは思い切りマドガルドの手を弾く。

「私はみんなで幸せになりたいんだ！　自分だけが幸せなら、見ず知らずの人が不幸せでもいいだなんて思わない。まだ子供で、戦車に乗ることしか出来ないから……助けられる人はすごく少ない。でも、みんなが幸せになれるように戦いたい！　飢《う》えた人たちが犯罪に手を染めないように、この世界をもっと平和にしたい！　だから、私はあなたと手を組んだりなんかしないんだ！」

ニーナは魔法板を口にくわえる。

対するマドガルドも火薬拳銃のハンマーを起こした。

良くて相打ちだろうが、圧倒的に火薬拳銃の方が攻撃は素早い。けれども、ニーナの心は強くなっている。もはや、火薬拳銃を突きつけられたからといって、怯《おび》えることも、震えることもない。むしろ、ニーナにはマドガルドの方こそ怯える子供に見えた。

「どうした、殺さないのか？　俺を殺さなければ、俺がお前を殺すことになるぞ！」

なんだ、こんなやつ……全然怖くない。

「私一人を殺したところで、この世界から正義はなくならない！　ラビッツのみんなが……ドクターやベアトリーチェさんが、アンフレックを守る戦車隊が、あなたを許さない心優しい人たちが、あなたを絶対に逃がさないんだ！」

途端、マドガルドの火薬拳銃が火を噴く。発射された弾丸はニーナの頬をかすめ、巨人内部の壁にめり込んだ。マドガルドの手は小刻みに震えていた。

頬の傷は深く、大量の絵の具を擦《こす》り付けたように出血している。

傷が痛む。でも、恐怖はない。怒りを感じる。けれども、そこに殺意は存在しない。

ニーナはマドガルドの手から火薬拳銃をもぎ取り、力一杯に投げ捨てた。

鋼鉄の悪魔と呼ばれ、自身をそう呼んでいたときの面影《おもかげ》はなく、マドガルドは完全に怯えきっている。視線は定まらず、ニーナが目を合わせようとすると、お化けを嫌がる子供のように首を振った。

「言葉に出して謝れ！　怪我をさせたんだから謝れ！　町を壊したんだから謝れ！　人を殺したんだから謝れ！　今までずっと、あなたは謝ってこなかった。軍隊はあなたを騙《だま》したかもしれない。事実を隠蔽《いんぺい》したかもしれない。でも、私はその悪事だって許さないし、あなたが謝らなくてもいい理由にもならない！　だから——」

「すまな、い……」


悪魔には似合わない謝罪の言葉。

だが、すべての武器を奪われた男にとって、その言葉はとても似合っていた。

「悪いことを、した……すまな、かった……」

頭《こうべ》を垂れるマドガルド。

すべての罪を認めて少女の前にひれ伏す——それが彼の末路だった。

悪魔と呼ばれた男ですら、涙はきちんと流れるのだ。

「謝ったところで、シンシアさんは——死んだ人たちはもう帰ってこないんです。でも、それでも、間違ったことをしたら謝らなくちゃいけないんです……それは、もう、絶対に、」

シンシア。負傷した仲間たち。辺境の村で苦しんでいた人々。

きっと、彼の言葉はすべての人たちに届く。

新聞が、ラジオが、テレビが、墓に花を手向《たむ》けるものたちが、これから生まれてくる子供たちが、全世界に知らせてくれるだろう。

戦争を動かした十人の一人。

魔力爆弾を落とした鋼鉄の悪魔、アドリオ・マドガルド元大佐。

暴力が世界を統《す》べることはついに許されなかったのだと……この世界に正義はあるのだと知らせてくれるだろう。

ニーナは振り返る。ラビット号の飛び込んできた穴から、アンフレックの町を見下ろすことが出来た。勝利を示す赤色の信号弾が打ち上げられ、それにつられて視線をあげると、青空に綺麗《きれい》な虹が架かっていた。

今日の戦いは終わったんだ。

そう気付いた途端、ニーナの体から不意に力が抜けていった。

NINA & THE RABBITS

[7] エピローグ

「く、くすぐったひ……」

　鳥の羽で撫《な》でるような柔らかいタッチに刺激され、ニーナはふと目を覚ました。心地いいのだけど、心地よすぎて我慢できない快感だった。

「あぅ、あ、ひゃんっ――」

　変な声が出てしまい、彼女は自らの口を手で塞《ふさ》ぐ。人様には聞かせられないような声だった気がする。触られているのは首筋で、背後に潜んでいる犯人は細い指でニーナの弱点を刺激し続けていた。

「ク、クーさん……くすぐったひです」

「……ぐうぐう」

　両手両足で抱きつかれていたところから、どうにか身をよじってベッドから抜け出す。

　朝からニーナをくすぐっていたのは、今日もベッドに潜り込んできたクーだった。ここ最近の寝歩きは深刻化しており、三日連続でニーナのベッドに潜り込んでいた。

　だが、その前の五日間はエルザが犠牲になっていたので、何かの恣意《しい》性を感じずにはいられない。ひとまず、ハグで締め上げられるよりはマシだったかも知れないと思っておく。くすぐったくて我慢できないのと、呼吸困難では、明らかに体と心に掛かる負担が違う。

……もしや、そうやってくすぐりに慣れさせようとしているのでは？

ベッドで眠っているクーは、さらに眠り姫としての神々《こうごう》しさを増していた。出会った頃から髪の毛は伸び続け、いよいよベッドを黄金色に染めようというレベルに突入している。

ニーナは人差し指でクーの頬をつつく。

「起きてください、クーさん。ここはあなたのベッドじゃないですよ」

「法的には問題ない……むにゃむにゃ」

つついたぐらいじゃダメだと分かると、ニーナは声をかけながらクーの肩を揺さぶった。

「ほら、お部屋まで運びますから、」

「ニーナちゃん、いろいろ柔らかくなってきた」

「へっ？」

即座に胸元をガードするニーナ。

クーはうっすらと目を開くと、おもむろにニーナのおなかに手を伸ばした。パジャマをぺらっとめくると、わき腹の肉をぎゅっとつかんだ。クーが抱き枕（ニーナ）を触るのはもはや日課であり、ニーナはなされるがままにしている。

「や、やわらかいって、おなかのことですか？」

「うむ。栄養が足りている証拠」

「あの、その、胸の方は……」

答えることなく、クーは再び深い眠りに落ちていった。

大丈夫、分かっている。念のため、もしかしたら――ということがあるから、客観的な事実を求めるために質問してみたまでなのだ。

朝御飯でも食べて気を取り戻すべく、ニーナはそそくさと自室を出た。

階下におりて、洗面所にて顔を洗う。リビングに顔を出すと、ちょうどサクラが目玉焼きを並べているところだった。アンフレックの町にも夏がやってきたため、彼女のメイド服も半袖《はんそで》にチェンジ。長く伸ばしていた髪は、カチューシャを使って持ち上げている。

キキは早朝ランニングを終えて、すでに自分の席に着いていた。もうシャワーも浴びてきたらしく、短めの銀髪が濡れている。上半身はタンクトップの一枚きりで、彼女の白い背中が見えていた。マドガルドとの戦いで背中に出来た傷は、もう完全に消えてなくなっていた。

一緒にいるはずのエルザだが、なぜだか今日は姿が見られない。ここ最近はランニングの調子も良く、ほぼ毎日キキとの競争に勝利を収めていた。

「おはようございます、ニーナさん」

「おはよう、ニーナ」

「サクラさん、キキさん、おはようございます」

朝の挨拶《あいさつ》を交わして、ニーナは自分の席に着く。

まずはコップの水を一口飲んで、それからサクラの運んできたトーストをかじった。美味《おい》しい。目玉焼きには小振りながらソーセージが添えてあり、俄然《がぜん》、食欲がわいてきた。三ケ月の不定期的なソーセージトレーニングにより、ついにニーナは肉の油っぽさを克服していたのである。

どたどたと、背後から階段を下りる音が聞こえてくる。

よろめきながらリビングに入ってきたのは、パンツ一丁、上半身裸のエルザだった。明らかに顔色が悪く、髪の毛は寝癖《ねぐせ》でバサバサ。すぐさまシャワーをお奨《すす》めしたいぐらいに寝汗をかいている。

「飲み過ぎた……確実に二日酔いだわ」

「だから破廉恥《はれんち》と言っておろうが！」

サクラの投げつけてきた雑巾《ぞうきん》を華麗《かれい》にスウェーした……と思いきや、エルザは単にふらついただけらしい。

キキは彼女を椅子《いす》に座らせ、コップの水を飲ませてあげる。

もはや、エルザには自力で水を飲む力すら残っていないようだ。

あまりの憔悴《しょうすい》っぷりに、ニーナは思わず尋ねる。

「昨日の夜、何かあったんですか？」

テーブルに突っ伏した状態で、ガラガラ声のエルザが答えた。

「昨日、パンプキン商会に流しの商人がやってきてね、そいつがアドラバルト家の紋章入りナイフを持ってたの。取り返してやろうと思って酒の飲み比べふっかけて、まぁ、結果はこの通りよ」

パンツに挟み込んでいたのか、腰のあたりから鞘《さや》付きの立派なナイフを取り出す。光沢《こうたく》のある銀と真っ赤なルビーで彩《いろど》られたナイフ。鞘から頭身を抜いて高く掲げると、エルザは満足したようにテーブルに突っ伏した。

「今日ぐらいは怒らないでおいてやりましょうかね」

サクラの言葉にニーナとキキもうなずく。

戦車乗りとはまた違った戦士の休息だ。

朝食を済ませ、ニーナはすぐに出かけることにした。魔動《まどう》バイクで向かう先は、現在もお勤めを続けているドクターの事務所だ。ここ最近は仕事も板に付いてきて、新米メイドに仕事を教えられるようになってきている。

バイクで駆け抜けるアンフレックの町並みは、三ヶ月を経てほとんど元通りになっていた。移動要塞《ようさい》やタイラントに多くの野良戦車が材料として使われていたせいか、マドガルドの襲撃以降、野良戦車が襲ってくる回数はかなり減少している。

一応の平和。

逮捕《たいほ》されたマドガルドは、中央政府から派遣《はけん》された特務警察によって護送された。現在は獄中《ごくちゅう》の病院で治療中であり、追って処分が言い渡されるとのことだった。

後に新聞やニュースで発表された内容によると、マドガルドは死刑がほぼ確定しているらしい。それを聞いて、ニーナは少し複雑な気持ちになった。個人が復讐《ふくしゅう》をしなくても、法律が復讐を完遂《かんすい》させる。まだ、十二歳のニーナでは法的正義の構造をうまく理解できなかった。

死者は出た。町も壊れた。だが、三ヶ月も経てば町は活気を取り戻し始める。

中央政府から補助金が与えられ、人材が派遣されたことによって、アンフレックは急速に復旧を開始した。復旧工事に便乗しようとする商人が町を訪れ、襲撃を受ける以前よりも成長するかと思えるほどだった。

明るい方向へ町は歩み出した。

ニーナの周囲にいる人たちも、それぞれの道を新たに進み始めている。

例えばドクターとベアトリーチェの二人は、町の復旧作業に追われていた。特に「今度こそ学校制度を確立させる」と張り切っており、効率的な復旧のプランを計画している。現在の町の成長ぶりを維持できれば、一年以内にすべての町の子供を学校へ通わせることが可能になる——というのが、医者町長と魔法秘書が自信ありげに語った計画だ。

モニカ率《ひき》いるピジョンズは、新しいメンバーを加えて今も活躍している。新しい仲間は元女野盗だという話だが、詳しい事情をニーナは聞かされていない……というか、知るのがちょっと怖い。

対艦砲戦やマドガルド戦をともに戦った戦車隊たちも、おおむね活動を再開していた。中には戦車をなくしたり、メンバーを欠いて解散したチームもある。それは取り返しの付かないことであり、悲しいことでもあるが、その一方で新しい戦車隊が町にやって来た。アンフレックが野良戦車の激戦区であるとして聞きつけてきた、意欲盛んなものたちである。

結局、ニーナが知っている中で最も重傷なのはドロシーだ。レーザー光線を受け止めた反動は予想以上に大きく、クーとキキが半月程度で退院できたのに対し、彼女は未だに入院生活を続けていた。

そうして、今日が待ちに待った退院日である。

ドクターの事務所で仕事と勉強をこなし、帰ってきた頃にはドロシーもログハウスに戻って来ていることだろう。

仕事中、ニーナはドロシーの退院祝いについて考えた。せっかく給料も得ているわけだし、何かプレゼントをしてもいいかもしれない。しかし、考えてみればドロシーも趣味の少ない人だ。夜の酒、たまに吸う煙草《たばこ》。それ以外は部屋に引きこもって魔法の研究。入院中は退屈にさいなまれ、何度も脱走しようとする始末だった。

いっそ、何か魔法板でもプレゼントしようか。

そう思い立った瞬間、ニーナの頭に小さなアイディアが思い浮かんだ。

なるほど、これならドロシーの退院祝いにふさわしい。

それと自分の旅立ちにも。

×

仕事を終えたニーナは、商店街で誕生日プレゼントを用意してから帰宅した。少々時間が掛かり、すでに太陽は地平線の向こうへ沈んでいる。彼女は小さなライトを頼りにして、畑に挟まれたあぜ道でバイクを走らせた。

ログハウスには、すでに大小さまざまな車両が集まっている。全員がドロシーの退院祝いに来た客たちだ。台数を見た限り、集まった人数は三十人をくだらないだろう。リビングには入りきらず、庭や二階まで人がはみ出ることは必死だ。

だが、妙に静かである。人が集まっているはずなのに、ログハウスからは物音一つしない。ただいま、と玄関を開けても反応なし。二階からも物音はなく、まるで自分だけが鏡の世界に入ってしまったような感覚になった。

「み、みんな……いるんですよね？」

おそるおそる、ニーナはリビングのドアを開ける。

途端、

「うわわっ――」

腕を摑《つか》まれて中へ引っ張り込まれた。

バランスを崩してニーナは転びそうになるが、そこを誰かが優しくキャッチしてくれる。うつぶせの状態からぐるんと仰向《あおむ》けにされると、受け止めてくれたのがエルザだと分かった。

彼女は逆さまにニーナのことを覗《のぞ》き込んでいるが、もはや待ちきれないとばかりに、右手には大きなジョッキを掲げている。

ニーナは周囲を見回す。見知った顔ばかりが三十数人。リビングにところ狭しと並び、ビールジョッキを構え、今にも騒ぎだしそうなところを必死に堪《こら》えている。みんなが揃《そろ》って長く待たされたのだろうか、ジョッキを持っている手がぷるぷると小刻みに震えていた。

その中央にいるのがドロシーだった。椅子《いす》に座っていた彼女も、やはりビール瓶《びん》を手にとって立ち上がる。それから周囲を見回して全員そろっていることを確認すると、病み上がりとは思えない大声で号令をかけた。

「ニーナのラビッツ入隊を祝して、カンパ――――イっ！」

天井が吹き飛ぶどころか、太陽を撃ち落とすような大歓声が巻き起こる。集まった人たちはジョッキをぶつけ合い、真っ逆様にして浴びるようにビールを飲み干す。リビングは一瞬にして宴会場へ様変わりし、酒とつまみが乱れ飛ぶ大嵐が起こった。集まった人々が飛び跳ねることで、丈夫なはずの床板が抜けそうなほどに軋んだ。

状況が理解できていないのは、祝われている当の本人だけである。

「……あの、ドロシーさんの退院祝いではなかったのでしょうか？」

答えたのは、そのドロシー本人。

「いーの、いーの。そんなこと。ニーナの正式な入隊祝いしてなかったからさ、そっちの方が重要でしょ？」

「ふふん、感謝しなさいよ。昨日の飲み比べついでに、流しの商人に貴族的高級ワインにお似合いの超熟成粗挽《あらび》きソーセージを用意させたんだから」

ドロシーに覆《おお》い被さって、エルザが自信満々な笑みを浮かべる。二日酔いもどこかへ行ってしまったらしく、豪快にソーセージにかぶりつき、貴族的高級赤ワインをがぶがぶとたしなんでいた。

ニーナの周囲にジュースとソーセージが集まってくる。

それと同時に、客たちは各々《おのおの》のプレゼントを置いていった。

この場で開けてみてと急《せ》かされ、ニーナは片《かた》っ端《ぱし》から包装を破く。中身は洋服、文具やノート、それから子供向けの図書が多い。名戦車図鑑や、名砲手大全などの戦車関連の本も多かった。ウサギのヌイグルミを置いていく人もいる。

「はいはい、ニーナちゃんにはこれをあげるからね」

セクシーなパーティドレスに身を包んだモニカが、都市部で有名なブランド物の紙袋を持ってきた。

「なんですか、これ？」

「開けてみれば分かるわよ」

テープをはがして袋をひっくり返す。

中から出てきたのは、向こう側が透けて見えるレースの下着だった。

「え、あの、これは……」

「首都で大流行中のブランド、バッドガール・ボトムズのブラとショーツよ。ピジョンズに遊びに来るときは、必ずそれを穿《は》いてきてね」

考えておきます、ぐらいに答えて袋にしまう。

次にやってきたのはクーで、彼女の胸に抱えられているのは革装丁《そうてい》の本だった。何の本なのだろうかとページを開こうとすると、体当たりをぶちかますような勢いで、クーが本を閉ざそうとしてきた。

「私が初めて書ききった小説。だから、ここで読んじゃダメ」

忠告を述べて、サッと身をくらますクー。

続けてやってきたキキが手に抱えているのは、新品の携帯ラジオだった。

「これからはもっと音楽を聴くといいよ。暗いニュースなんてつまらない」

受け取り、ニーナは電源を入れてみる。

ラジオから聞こえてきたのは、最近町でも口ずさむ人の多い流行歌だった。幼い声のアイドルが歌う初恋の歌。心地よいメロディがニーナの心をくすぐった。

すると、そこへドクターとベアトリーチェがやってくる。相変わらず、二人とも仕事の時と格好が同じだったが、ベアトリーチェは珍しくイヤリングをしていた。

ドクターは雑貨屋の袋をニーナに手渡す。

「おめでとう、ニーナくん。これは僕とベアトリーチェからのプレゼントだ……と言っても、選んでくれたのはベアトリーチェなんだけどね。未だに、女の子の心持ちってのがよく分からないものだから」

封を切って中身を引っ張り出す。

出てきたのは、つやつやした材質の赤いカチューシャだった。

「メイドとして働くとき以外にも、女の子にはカチューシャが必要になるものです。制服を支給するだけでは、女の子は満足しないということをお忘れなく」

「手厳しいなぁ、ベアトリーチェは」

早速《さっそく》、プレゼントされたカチューシャを着けてみるニーナ。

似合うなぁ……とドクターがしみじみと言った。

すると、今度はキッチンの方からサクラがやってくる。彼女の手にはカウボーイが使うようなロープが握られており、何を考えているのか、それをニーナに手渡してきた。チクチクするのかと思ったが、受け取ってみると結構すべすべしている。

「え、これ、何のロープですか？　登山用？」

「これは麻縄《あさなわ》です。主に悪い人を懲《こ》らしめるのに使います。狸寝入《たぬきねい》り女がベッドに潜り込んできたり、酔っぱらい貴族娘が酒を飲ませようとしてきたら、これを使って縛《しば》り上げてやってください。いい声で鳴きます」

「……なんだかよく分からないけど、分かりました」

サクラはクーとエルザの尻をひっぱたきつつ、意気揚々《ようよう》とキッチンに戻っていく。

続いてやってきたのは、唐突《とうとつ》にひっぱたかれて釈然としない顔をしているエルザだった。すっかりアルコールが体に浸透して、彼女は二の腕から顔までを真っ赤にしている。

「ふふん、貴族の私はリッチだから、ソーセージ以外にもちゃんとプレゼントを用意しているのよね」

細長い紙袋から彼女が取り出したのは、どこぞの貴婦人が愛用していそうなシルクの手袋だった。触ってみると、魔法で作られたものかと思うくらいにすべすべしている。

まだまだ子供の私には似合うものじゃないなぁ……などとニーナが思っていると、

「これ、決闘するときに投げつけるやつよ?」

絶対に使いたくない用途《ようと》をエルザが説明してくれた。

「あなたも私の仲間なら、プライドは高く持ってもらわないと困るわ。誰かがあなたのことを……私たちのことを侮辱《ぶじょく》するようなことがあったら、すぐにこいつを相手に投げつけてやりなさい」

「なるべくなら使わないことを祈ります……」

持ち寄られたプレゼントで、あっと言う間に埋もれてしまう。

プレゼントを渡し終えたエルザが、病み上がりのお酒解禁を楽しんでいるドロシーに飛びついた。

「で、ドロシーは何を持ってきたの？」

「あ……」

途端、ジョッキを持ち上げる手がピタリと止まった。

「ご、ごめん、ニーナ。すっかり忘れてた」

「いえいえ、大丈夫です！　だって、ほら、元々はドロシーさんの退院祝いですから！」

出すタイミングは今しかない。

そう思い立ったニーナは、鞄《かばん》から六つの小箱を取り出した。

プレゼントを受け取る側なのにどうしたんだろう——という視線に囲まれながらも、ニーナは大きな声で説明を始める。

「無事に退院したドロシーさんに……それからラビッツのみなさんに、もらったお給料でプレゼントを用意してみたんです」

一つを手元に残し、残り五つをラビッツのメンバーに配る。

小箱は手のひらに収まるサイズで、紙箱をリボンで十字に結んだだけの簡単な代物《しろもの》だ。

ラビッツのメンバーは思い思いに箱を開けてみる。

中から出て来たのはドッグタグだ。余計な装飾は一切ない、楕円形《だえんけい》の鉄板に鎖を通しただけのものである。

鎖を持ち上げてキキが気付く。

「名前が彫られているのか」

「はい。雑貨屋さんに彫ってもらいました。でも、このドックタグはただの名札というわけじゃなくて……とりあえず、首から提《さ》げてみて下さい」

ニーナに言われた通り、五人はタグを首から提げる。

全員が身に付けたのを確認し、ニーナはタグの鎖を軽く噛《か》んだ。それから第二の心臓を動かし、小さなタグに向かって魔力を送り込む。

「教えてください。ドロシーさんはどこですか？」

呪文と呼ぶべきではない優しい問いかけ。

それに答えるように、タグが鎖を緩《ゆる》やかに揺らし始める。かと思うと、同時にドロシーが首から提げているドックタグも揺れ始めた。しだいに二つは引かれ合い、浮かび上がり、タグ同士がカチカチとぶつかり合う。磁石《じしゃく》がお互いを強く引きつけているような有様だった。

周囲からちょっとした拍手が起こる。

いたく感動したらしいサクラが、目を輝かせてニーナに尋ねてきた。

「こ、これはどんな呪文が書かれてるんですか！　すごいです。ドロシーさんの発明するくだらない魔法より何百倍もすごいですっ！」

ドロシー、苦笑い。

ここは素直に喜ぶことにして、ニーナはタグを裏返して説明した。

「難しい呪文は使ってないんです。ただ、同じ意味の単語がタグには刻まれてます」

総勢三十名強が、五枚のドックタグを覗《のぞ》き込んだ。

タグにはただ一言、シンプルに刻まれていた。

場が静まる。けれども空気が震えている。呼び起こされた感情を言葉では表現できず、集まった人間たちは揃《そろ》って顔を見合わせ、笑顔になって頷《うなず》いた。

さて、発表の時間だ。

そう思って、ニーナは五人の戦友に向かって告げた。


「私、家族を探しに行こうと思うんです」


じっとタグを見つめていたエルザが顔を上げる。雨に濡れた犬のように情けない顔をしていて、ニーナには彼女が気の強いエルザと同じ人には見えないほどだった。

「それって、ここから出て行くってこと？」

聞かれるだろうと思って、考えていた答えをニーナは述べる。

「はい。一度、ソルシャまで行ってみるつもりです。家族に会えたら、私が元気だってこと、それから戦車乗りとして頑張っていることを伝えようと思います。それに、お礼を言いたい人もいるんです。ドロシーさんが戻ってきたら出発しようと、この三ヶ月、いろいろと考えてき

たことなんです。でも、えっと、その……」

　言葉に詰まったニーナを見て、

「寂しい？」

　ドロシーが優しい声で問いかけた。

　その声色があまりにも優しくて、包容力があって、馴染《なじ》み深いものだから、

「はい」

「私たちのことが懐かしくなっちゃう？」

「きっと」

　ニーナは思わず、目尻に涙を浮かべてしまった。

　思っていることがちゃんと伝えられるよう、彼女はこみ上げてくる嗚咽《おえつ》を堪《こら》える。タグをぎゅっと握りしめると、先ほど魔力を通した時の熱が残っていて、ほんのりと人肌のように温かかった。

「だから、みんながどこにいるか分かるように、これを用意してきました」

「ニーナ……」

　そっとドロシーは彼女を抱きしめる。母親のように彼女を包み込み、体だけではなく、心でもニーナのことを受け止める。彼女の髪を撫《な》で、その胸で流れ落ちる涙を感じる。

　ニーナがもっと強く抱きつくと、ドロシーはそれに答えるように腕の力を強くした。二人はそのまま一つになってしまいそうなほど、力強い抱擁《ほうよう》を交わした。

「本当によく頑張ったよ」

ドロシーは彼女の耳元で囁《ささや》く。

「いってらっしゃい、ニーナ。ラビッツは君を待ってるから」

大宴会の夜は静かに過ぎる。

一人の少女の旅立ちを祝い、彼女の願いが叶うことを祈りながら。


（終わり）

あとがき

　どこかの偉い物理学者の話によると「人間が脳内で想像した事象は、平行世界のどこかに実在することになる」のだそうです。つまり『ニーナとうさぎと魔法の戦車』の世界も、近くて遠い隣の宇宙に存在しているようです。なにそれ、すごい！

　そういうわけで、ニーナたちは今日もどこかで戦っています。ソーセージ一本を二時間も舐《な》めまわしたり、いきおくれと呼ばれて怒ったり、上半身裸でそこら辺をぶらついたり、美少女のバストサイズを目算で測ったり、雇い主を家畜扱いしたりしています。ブラックホールに向かって手紙を投げ込めば、もしかしたら彼女たちの元に届くかも知れません。重力を克服できる自信があるならば、自分がブラックホールに飛び込むのもアリでしょう。

　とまぁ、物理学者のトンデモ学説はつい最近先輩から教えてもらった話なのですが、なかなか夢のある話だと思います。ただ、受賞に至るまでに討《う》ち死《じ》にし続けた作品たちのことを思うと、なんだか寂しい気持ちになります。彼らには彼らの人生があったのに！

　特に報われないのがヒロインたちです。僕は基本的に、可哀想《かわいそう》なヒロインを軸《じく》にして物語を考え始めます。可哀想な女の子は可愛《かわい》いものだし、物語の基本は欠損の回復です。この作品のニーナもなんだか可哀想な女の子ですね。これからも可哀想で可愛い女の子が一杯出てくると思いますが、とりあえず討ち死に率が低下しただけホッとしています（でも、ギャグなんかを書く時はどうするんだろうなぁ……胸囲が可哀想とか？）。

さて、可哀想な女の子は可愛いとか書きましたが、それでもハッピーエンドが大好きです。ハッピーエンド至上主義です。空に浮かんでいる星を摑《つか》むのと、泥沼に埋まっている宝石を摑むのでは見かけ上の違いがありますが、最後は幸せを得るという点では一致しています。どうにかこうにか主人公とヒロインを幸せにしてみせるので、どうか、これからもお付き合いして頂ければ幸いです。

なんだか創作メモみたいになってきたところで謝辞《しゃじ》です。

まず、大賞という栄誉ある賞を下さった審査員の先生方。この作品に目をとめて下さった編集部の皆様。ラビッツの子たちを超絶可愛く描いて下さったＢＵＮＢＵＮ先生。本当にありがとうございました。それから、魔法の設定を一緒に考えてくれた秋間一葉さん＆一足早く受賞したライバルのすみやきくん。これからもよろしく。

最後になりますが、この本を手に取ってくれた読者の皆様。ラビッツのことをよろしくお願いします。平行世界への扉を見つけたら、ソーセージを送ってあげてください。

兎月竜之介

※本書は第９回スーパーダッシュ小説新人賞大賞受賞作『うさパン！　私立戦車小隊／首なしラビッツ』を改稿したものです。

「この作品の感想をお寄せください。」

あて先

〒101-8050
東京都千代田区一ツ橋 2-5-10
集英社 スーパーダッシュ文庫編集部 気付

兎月竜之介先生

BUNBUN先生

ニーナとうさぎと魔法の戦車

兎月竜之介

集英社スーパーダッシュ文庫

2010年9月30日　第1刷発行

★定価はカバーに表示してあります

発行者　太田富雄
発行所　株式会社　集英社
〒101-8050　東京都千代田区一ツ橋2-5-10
03(3239)5263(編集)
03(3230)6393(販売)・03(3230)6080(読者係)
印刷所　株式会社美松堂／中央精版印刷株式会社

ISBN978-4-08-630567-9 C0193